Heidi Troi

GEFÄHRLICHE TREUE

Heidi Troi

GEFÄHRLICHE TREUE

Lorenz Lovis ermittelt
Ein Brixen-Krimi

FSC
www.fsc.org
MIX
Papier aus ver-
antwortungsvollen
Quellen
FSC® C083411

1. Auflage 2022
Copyright © 2022 by Heidi Troi
Copyright © Deutsche Erstausgabe 2022 Servus Verlag
bei Benevento Publishing Salzburg – München, eine Marke
der Red Bull Media House GmbH, Wals bei Salzburg.
Dieses Werk wurde vermittelt durch die agentur literatur gudrun hebel, Berlin.

Medieninhaber, Verleger und Herausgeber:
Red Bull Media House GmbH
Oberst-Lepperdinger-Straße 11–15
5071 Wals bei Salzburg, Österreich

Satz: MEDIA DESIGN: RIZNER.AT
Gesetzt aus der Palatino, Courier, Bauer Bodoni
Umschlaggestaltung: b3K design, Andrea Schneider, diceindustries
Umschlagmotiv: Hütte: patjo/shutterstock.com; Fahne: Girodiboa/shutterstock.com;
Berge: Heidi Troi
Autorenillustration: Claudia Meitert/carolineseidler.com
Printed by CPI books GmbH, Deutschland
ISBN 978-3-7104-0281-4

FREITAG

ENDLICH RUHE

Lovis' Herz hüpfte vor Freude, als er an diesem warmen Junitag mit seinem alten Wagen den Wald hinter sich ließ und sich der Blick über die Almlandschaft eröffnete. Grüne Matten, von Alpenrosenbüschen und Latschen durchsetzt, dahinter die überwältigenden Felsmassive der Aferer Geisler und des Peitler Kofls, die nordwestlichen Ausläufer der Dolomiten, die sich strahlend vor dem tiefblauen Sommerhimmel abhoben. Hier durfte Lovis die nächsten Wochen verbringen, und er freute sich darauf, wie ein kleiner Junge. Sein Knecht Paul hatte seine wachsende Verzweiflung über die temperamentvollen Gäste auf dem Messner Hof nicht mehr mitansehen können und ihn in die »Sommerfrische« geschickt.

Wahrscheinlich wissen sie nicht einmal, was sie mir für ein Geschenk machen mit dieser Sommerfrische, dachte Lovis und musste an sich halten, um nicht mit einem lautstarken Juchiza seiner Freude Ausdruck zu verleihen. Noch war er nicht an Ort und Stelle.

Der Almweg war jetzt holprig, immer wieder zwangen ihn tiefe Schlaglöcher dazu, seine Fahrt zu verlangsamen und mehr als einmal knallte die Öl-wanne seines vollbepackten VW Golf, Baujahr '77, und damit gleich alt wie er selbst, auf einen hervorstehen-den Stein. Er manövrierte den Wagen an Wanderern vorbei, die entrüstet hustend auf die von ihm im Vor-überfahren aufgewirbelten Staubwolken reagierten, wich blöde glotzenden Kühen aus und erreichte endlich die kleine Almhütte, die sich in eine schattige Mulde schmiegte und in den nächsten Wochen sein Zuhause sein würde.

Er stellte den Motor ab und horchte. Es war ... still. Der überhitzte Motor gab ein leises Ticken von sich, aber sonst war außer dem Summen einiger Insekten nichts zu hören. Stille. Lovis atmete tief durch, ließ die würzige Luft in seine Lungen strömen und schickte ein stilles Dankeschön an Paul, der die fantastische Idee für diese Auszeit gehabt hatte. Zusammen mit den trächtigen Kühen und den Kalbinnen, die es allerdings bis jetzt auch ohne Lovis da oben überlebt hatten. Die Burgi, eine Bäuerin des nahe gelegenen, ganzjährig be-wirtschafteten Hofes, trieb sie jeden Morgen zusammen mit ihren eigenen Kühen hoch zu einer Almwiese. Abends brachte sie Lovis' Kühe dann wieder zu seiner Almhütte, neben der sie in einem kleinen umzäunten Grundstück einen Unterstand für die Nacht fanden. Pauls Vorschlag war natürlich nicht ganz uneigennüt-zig gewesen, denn er hatte Lovis gleichzeitig gebeten, einen Ermittlungsauftrag für seinen Freund, den Förs-ter Waldner zu übernehmen, der einem Waldvandalen auf die Spur kommen wollte.

»Und die hier nimmst du auch mit«, hatte Angelika gesagt und auf die Kiste mit Hannes Krimis gezeigt. Hanne Wiedenhof, eine deutsche Urlauberin, war vor ein paar Wochen überstürzt abgereist und hatte ihre gesamte Bibliothek – eine Kiste voller Alpenkrimis – auf dem Messner Hof gelassen. Jetzt freute sich Lovis auf ein paar Wochen ungestörte Lesezeit, auch wenn er Angelika vermissen würde. Seit sie ihn vor zwei Wochen endlich geküsst hatte, war er ihr noch mehr verfallen als zuvor.

Er stieg aus, öffnete den Kofferraum seines Wagens und hievte die Bücherkiste heraus.

»So, so. Eine Leseratte ist der Nachfolger vom Waschtl«, hörte er da eine Stimme hinter sich. Er fuhr herum. Ein etwa Fünfzigjähriger stand grinsend hinter ihm. Der ungepflegte Dreitagebart und das schulterlange, strähnige Haar bildeten einen seltsamen Kontrast zu seiner Bekleidung. Seine Jacke stammte von einer teuren Marke, seine Hose ebenso. Auch die Sonnenbrille, die er sich nachlässig nach oben geschoben hatte, war von einem bekannten Label. »Ich bin der Sandro. Bergführer im Sommer, Pistenwart im Winter. Hab grad wieder eine Gruppe Touris ins Tal gebracht und jetzt geht's hinauf zum Schorsch. Hüttenzauber. Kommst mit?«

Lovis wusste, dass Schorsch, sein Freund aus Jugendtagen und der Wirt der Dorfkneipe, sein Tätigkeitsfeld für den Sommer immer auf die Alm verlegte, und hatte einen Besuch bei ihm schon fest eingeplant. Trotzdem deutete er auf seinen Wagen, der bis obenhin mit allem möglichen Kram beladen war. »Ich muss erst ausladen.«

7

»Ich helf dir. Hab eh nix zu tun und auf der Alm, da hilft ma zamm.« Der Bergführer packte gleich die nächste Kiste und stemmte sie hoch. Lebensmittel für drei Wochen. »Wo soll das hin?«

Beinahe überrumpelt von der Hilfsbereitschaft des Kerls ging Lovis voraus, kramte in seiner Hosentasche nach dem handgeschmiedeten Schlüssel und öffnete die Tür.

»Da muss wohl zuerst einmal gründlich geputzt werden«, stellte Sandro amüsiert fest. Er hatte recht. In dem Sonnenstrahl, der durch das halbblinde Fenster hereinfiel, tanzten Millionen von Staubkörnchen, feine Spinnweben hatten sich an den Deckenbalken festgenistet und auf dem Esstisch waren Mäuseköttel. Die Almhütte bestand aus einem einzigen Raum und war mit der obligatorischen, hölzernen Eckbank und einem alten Bauernherd, über dem eine Eisenpfanne hing, eingerichtet. Daneben war ein Waschbecken und die Kredenz, auf der ein ausgetrockneter Knoblauch lag. Hier war ein Grundputz bitter notwendig. Aber nicht jetzt. »Hüttenzauber hast du gesagt?«

»Ja, wenn die Touris alle im Tal sind, geht's beim Schorsch hoch her. Also? Kommst mit?«

»Na, der Carabiniere! Hat's dich jetzt auch vom Tal auf den Berg versprengt?« Schorsch lachte dröhnend und schlug Lovis kräftig auf die Schulter. »Bist im Rückwärtsgang heraufgefahren?«

»Wieso das?«, wunderte sich Sandro.

»Weil er ja nicht wissen hat können, ob er auf dem Berg einen Platz zum Wenden findet und als Carabiniere dann bestimmt lieber gleich im Rückwärtsgang raufgefahren ist.« Sandro fiel in das Gelächter des Hüttenwirts mit ein und die anderen in der Hütte versammelten Männer sahen neugierig zu ihnen herüber.

Erstens bin ich kein Carabiniere und zweitens nie einer gewesen, lag es Lovis auf der Zunge, aber dann ließ er es bleiben. Schorsch wusste genau, dass er bei der italienischen Staatspolizei gewesen war, was ein kleiner, aber feiner Unterschied zu den Carabinieri war. Während die einen dem Innenministerium unterstanden, waren die Carabinieri ursprünglich Teil des italienischen Heeres und dem Verteidigungsministerium zugeordnet. Erst vor etwa zwanzig Jahren waren sie ebenfalls dem Innenministerium unterstellt worden, was das Chaos im italienischen Polizeiwesen aber nicht verringert hatte.

Lovis seufzte. Das alles lag zum Glück hinter ihm. Vor ein paar Monaten hatte er seinen Dienst bei der italienischen Staatspolizei gekündigt und den Hof seines Onkels Sebastian übernommen, um dann festzustellen, dass dieser hoch verschuldet war. Die Kreditraten würden ihn noch lange Zeit begleiten oder ihm früher oder später den Hals brechen. Weiterhin flatterten neue Schuldscheine oder Mahnungen ins Haus. Noch einmal entfuhr Lovis ein tiefer Seufzer, der von Schorsch mit einem Glucksen quittiert wurde.

»So ernst, Lovis?«, fragte er.

Lovis nickte. »Weißt eh.«

»Ein Enzian gegen den Weltschmerz?« Ohne Lovis' Zustimmung abzuwarten, griff Schorsch nach einer

Glasflasche, die mit einer gelblichen Flüssigkeit gefüllt war. »Hat die Moidl letztes Jahr angesetzt.«

»Jetzt weiß ich, warum keine Enzian mehr wachsen …«, sagte Lovis, nahm das Stamperle, das Schnapsglas jedoch gern an. »… wenn ihr für euren Enzian alle Wurzeln ausgrabt.«

Schorsch schüttelte den Kopf. »Da nimmt man eh nicht den blauen Enzian dafür, sondern den gelben, und die Wurzeln holt die Moidl aus der Apotheke. Außerdem kriegen nur meine Spezialgäste den selbst angesetzten.«

Er sah zu, wie Lovis den Hochprozentigen hinunterstürzte, anerkennend das Gesicht verzog und füllte das Stamperle noch einmal nach.

»Und was machst du da heroben? Kommst den Kartenspielern ihr Spiel verderben?«

»He, so schlecht spiel ich nicht«, begehrte Lovis auf und erntete ein Kichern von einem Tisch, an dem vier Männer das typische Südtiroler Kartenspiel Watten spielten. Zwei davon kannte er aus dem Dorf, und zwar den Karl, Leiter der Dorfkapelle, und den Gunsch, einen Bauern, dessen Apfelfeld im Tal an Lovis' Galawiese grenzte. Sie verbrachten alle das Wochenende auf der Alm, weil beinahe zu jedem Hof auch ein Stück vom Berg gehörte.

»Man könnt sagen, du hast inzwischen was dazugelernt«, feixte Gunsch.

Zeit zu grüßen, dachte Lovis und ging zu den Männern hin. »Sagt einmal, ist überhaupt noch irgendwer im Dorf?«

Karl zuckte mit den Schultern. »Ist eh nur heiß da unten.«

»Schorsch hat seine Kneipe auch dichtgemacht. Was willst also in dem Hexenkessel?«, fügte Goggo hinzu. »Lust auf einen Karter? Uns fehlt der vierte Mann. Das da ist ...«

Doch Lovis erkannte ihn selbst. »Michl?«, fragte er erstaunt und ein Lächeln breitete sich über sein Gesicht aus. Den Wieser Michael kannte er aus der Mittelschule. Damals hatten sie sich nicht nur eine Bank geteilt, sondern auch die Hänseleien, die sie als Bauernbuben über sich ergehen lassen mussten. Als Sohn eines Bergbauern hatte der Michl vor Antritt seiner beinahe zweistündigen Fahrt in die Schule im Stall helfen müssen und das hatte man natürlich in der Schule gerochen.

Auch auf Michls Gesicht erschien ein Lächeln. »Inzwischen nennen sie mich nicht mehr Wieser Michl, sondern Stoaner Much«, sagte er, stand auf und klopfte Lovis auf die Schulter. »Ich hab die Steiner Thres geheiratet und den Hof übernommen, als der Vater gestorben ist. Ewig nicht gesehen, Lovis, alter Knabe.«

»Ewig, ja«, stimmte Lovis ihm zu und er hoffte, dass er in den nächsten Tagen und Wochen Gelegenheit haben würde, mit seinem ehemaligen Freund Kindheitserinnerungen auszutauschen.

Er wollte sich gerade zu der Watter-Runde setzen, doch zum Kartenspielen kam er nicht.

»Lovis?«, fragte ein älterer Mann mit silbergrauem Bart, der zusammen mit Sandro am Nebentisch saß. An seiner Uniform erkannte er ihn als Förster.

»Und du musst der Waldner sein ...«, meinte Lovis, zwinkerte Much entschuldigend zu und reichte dem Förster die Hand. »... der einen Ermittlungsauftrag für mich hat.«

»Und der froh ist, dass dem Paul sein Boss ein Privatdetektiv ist. Ich hätt sonst wirklich nicht gewusst, wen ich mir für den Fall zur Hilfe hol«, erwiderte der. Lovis lächelte. Sein Knecht Paul war ein entfernter Verwandter von Waldner. Er hatte Lovis bereits gesagt, dass ein Vandale auf der Plose sein Unwesen trieb. Die Förster waren unterbesetzt und hatten keine Zeit, sich auf die Lauer zu legen. Da kam Lovis als Privatdetektiv gerade recht. »Du bist meine Ausrede dafür, dass ich hier auf der Alm sein darf«, sagte Lovis. »Und so nebenher einem Waldvandalen auf die Spur zu kommen, passt mir auch nicht schlecht.«

»Pass halt auf, dass dich der Räuber Hotzenplotz nicht fängt, wenn du den Fall übernimmst.« Der Wirt lachte.

»Solang du hinter deinem Pudl bleibst, hab ich zumindest keine Angst, dass ich im Wald jemanden mit dem Räuber Hotzenplotz verwechseln könnte.« Er sah bedeutungsvoll auf Schorschs Wampe, die unter seinem T-Shirt hervorblitzte. Dann wandte er sich wieder an Waldner. »Also ein Pilzräuber, sagt Paul. Und was genau stört dich dran?«

»Dass er ausgerechnet seine Pilzplatzln abgrast«, meldete sich Goggo zu Wort. Jeder Pilzsammler hatte sogenannte Geheimplätze, die reiche Ernte versprachen und die er deshalb mit niemandem teilte.

Die versammelten Männer lachten. Der Förster lachte mit, dann aber meinte er: »Er fladert nicht nur meine Schwammln – auch an ungeraden Tagen übrigens – und ja, ihr könnt jetzt alle in die Luft schauen und so tun, als ob ihr selber nur an geraden Tagen in die Schwämme geht – ich kenne meine Pappenheimer. Aber der Kerl schmeißt auch alles um, was nicht essbar ist. Und das stößt mir sauer auf.«

Laut Südtiroler Landesgesetz durfte man nur an Tagen mit geradem Datum Pilze sammeln und auch nicht mehr als ein Kilo, außer man hatte einen Wohnsitz in der Gemeinde, dann durften es auch zwei sein. Trotzdem war das noch lange kein Grund, einen Privatdetektiv zu engagieren, dachte Lovis bei sich.

»Außerdem macht er die Ameisenhaufen kaputt, reißt Äste ab, zerstört Wanderschilder …«, fuhr der Förster fort.

Und Karl ergänzte: »… durchschneidet den Draht der Weidezäune. Mir sind meine ganzen Rinder ausgebrochen, weil der den Zaun durchgeschnitten hat.«

»Ein Walscher halt …«, schimpfte der Förster. Das Wort »Walscher« kam von der Bezeichnung »Welschtiroler« für die Bewohner der heutigen Provinz Trient. Mittlerweile hatte es sich zu einem abfälligen Sammelbegriff für alle Italiener entwickelt, die dafür mit dem Schimpfwort *Crucco*, Krautkopf, für die deutschsprachigen Südtiroler konterten. Man blieb sich eben nichts schuldig.

Lovis war dieser ganze faule Patriotismus zuwider. Inzwischen sollte es doch der letzte Hinterwäldler verstanden haben, dass in diesem wunderschönen Flecken Land nicht nur Deutsche und Italiener friedlich miteinander leben konnten, sondern auch noch eine weitere Sprachgruppe, die Ladiner, deren Hoheitsgebiet gleich hinter dem Würzjoch begann. Noch dazu hatte auch in Südtirol die Globalisierung Einzug gehalten und es gab wohl kaum eine Sprache, die nicht irgendwie vertreten war.

Inzwischen versuchte Schorsch, den Förster wieder auf den Boden zu holen. »Geh, Waldner, du weißt doch gar nicht, ob das alles ein Walscher ist. Da sind ja noch jede Menge anderer Leute im Wald unterwegs.«

»Eben«, brummte Waldner. »Ich weiß ja nicht, ob ich mich da nicht in was verrenn, weil mir der Kerl so zwider ist.«

»Das bedeutet, du hast einen Verdacht?«, fragte Lovis interessiert.

»Hab ich. Da ist einer, der sich eine der Almhütten Richtung Würzjoch gemietet hat. Ein W…«

»Italiener«, korrigierte ihn Lovis, noch bevor er das Wort zu Ende sprechen konnte. »Das hab ich verstanden. Und warum verdächtigst du gerade ihn?«

Jetzt druckste Waldner verlegen herum. »Weil …«

»Weil der Walsche ihm die Schneid abgekauft hat«, mischte sich Schorsch ins Gespräch. »Ganz klein ist er geworden, unser Waldi und …«

»Das tut hier nix zur Sache«, schnitt ihm der Förster das Wort ab. »Ich hab schon meine Gründe, warum du genau den beschatten sollst. Also. Ich hab mir gedacht, du versteckst dich drüben bei der Fichtenschonung. Da legst du dich auf die Lauer und …« Waldner beugte sich vor und erklärte Lovis ausführlich, wie er sich dessen Ermittlungen vorstellte.

Der war jedoch abgelenkt, denn an dem Tisch, wo sich ein paar jüngere Männer versammelt hatten, entstand plötzlich Unruhe. Einer von ihnen, den Lovis als Goggos jüngsten Sohn Felix erkannte, rief: »Sie kommt«, und deutete aus dem Fenster. Der Förster hielt inne und folgte seinem Blick. Draußen stapfte eine junge blonde Frau mit geröteten Wangen und resoluten Schritten den

Abhang vom Wald herauf. Mit beiden Händen winkte sie zu der Almhütte, in der die Männer ihre Nasen an die Fensterscheiben drückten. Auf ihrem Gesicht, das in der Abendsonne ganz rosig schien, lag ein Lächeln.

»Dann ist's für mich besser, ich geh«, meinte Felix' Nachbar, ein großgewachsener Bauernbursche mit grobschlächtigen Gesichtszügen. »Die Stoaner Frauen pack ich nicht.«

»Geh Samuel, wegen der Geschichte mit der Thres musst doch nicht auch der Burgi bös sein«, beschwichtigte ihn Much vom Tisch der Kartenspieler herüber.

»Die zwei stecken doch unter einer Decke!«, knurrte der Angesprochene. »Ich lass mir doch nicht den Hund auf den Hals hetzen, als wär ich ein dahergelaufener Dieb.«

»Gehst halt auf dem Wanderweg durch unsere Wiese und nicht querfeldein, dann passiert dir so was nicht. Die Thres wird halt gemeint haben, du bist der Walsche.«

»Entschuldig sie ruhig, deine Weiber. Ich pack mich.« Und damit war Samuel fort. Lovis beobachtete, wie er ohne ein Wort des Grußes an der jungen Frau vorbeiging, die Schorschs Hütte nun erreicht hatte.

Er fragte sich, was da wohl passiert war, kam aber nicht mehr dazu, sich weiter Gedanken zu machen, denn Schorsch wies die jungen Männer, die um den Kartentisch herumsaßen, an: »Packt die Steirische herunter. Jetzt wird aufgspielt.«

Der Befehl wurde unverzüglich befolgt und kaum stand die schwere Ziehharmonika auf dem Tisch, sprang die Tür auf und die junge Frau war in der Almhütte. »Hoi Mander!«, rief sie. In ihrer lauten Stimme lag ein Lachen. »Habt ihr schon ohne mich angefangen?«

Allgemeines Abwehrgebrummel, demonstrativ schob Felix ihr die Ziehharmonika zu. Mit einem »Brav, Biabl!« bedankte sie sich und schnallte sich die Steirische um. Da bemerkte sie Lovis. »Hollawind, ein neues Gesicht. Ich bin die Burgi. Oder die Stoanergitsch, wies'd lieber willst.« Mit ausgestreckter Hand, die Ziehharmonika vor dem Bauch, ging sie auf Lovis zu und wechselte einen kräftigen Händedruck mit ihm. »Lass mich raten. Der Neffe vom Waschtl? Auf dem seine Kühe ich jetzt aufpass?«

Lovis nickte verdattert. Das Temperament der Frau nahm ihm den Atem. »Kannst gleich gut singen wie er?«

»Kann er«, sagte Schorsch an seiner Stelle. »Allerdings musst du Kirchenlieder anstimmen, wenn er mitsingen soll. Er ist nämlich im Brixner Domchor.«

Die Männer lachten wieder.

Burgi zuckte mit den Schultern. Dann betätigte sie den Balg und stimmte »Oh Haupt voll Blut und Wunden« an. Die Männer johlten.

Lovis verstand erst warum, als die junge Frau mit ihrer volltönenden Stimme darüber sang: »Oh, hast den Schwamm gefunden, was willst dafür zum Lohn? Den Steinpilz da den runden, an Pfiffer hab ich schon.«

Sie zwinkerte Lovis zu, verwandelte die schönen Moll-Harmonien in Dur und die ganze Almhütte stimmte aus voller Kehle in ein schlüpfriges Volkslied ein, das so begann: »Mein Schotz hot mar aufg'sogt mit Herz und mit Mund und i hon nen vergessen in a Dreiviertelstund.«

Als die letzten Takte unter dem Gelächter der Männer verklungen waren, sah die junge Frau Lovis unschuldig an. »Kirchlich genug?«

»Na ja«, meinte er, »der Pfarrer sollt's besser nicht hören.« Dann grinste er. »Was hast denn noch im Kasten?«

»Mal schau'n, was du aufm Kasten hast«, meinte sie und schnallte die Ziehharmonika ab. »Kennst den?« Und dann sang sie einen Jodler.

Lovis schüttelte den Kopf.

»Dann lernst ihn jetzt.« Ihr Ton ließ keine Widerrede zu. Sie sang die kurze Melodie noch mal vor und Lovis versuchte, ihr zu folgen. Schwieriger war es für ihn, den Text richtig unterzulegen, als sich die Melodie zu merken. Nach kurzer Zeit war Burgi zufrieden. »Gut!«, sagte sie. »Jetzt zusammen.«

Und als Lovis mit seiner Stimme begann, legte sie eine zweite Stimme drüber und Lovis fühlte, wie die Harmonien sein Herz zum Hüpfen brachten.

SAMSTAG

GROSSREINEMACHEN

Am nächsten Morgen trieben Lovis gehörige Kopf-
schmerzen in aller Herrgottsfrühe aus dem Bett. Er
hatte Schorschs Enzian wohl ein paar Mal zu oft zu-
gesprochen oder dem Bier oder es war die Höhenluft,
die er nicht mehr gewöhnt war. Vielleicht waren die
Schmerzen auch nur dem Umstand zu verdanken, dass
er die ganze Nacht über das Gefühl gehabt hatte, das
Bett sei voller Insekten. Ständig hatte es irgendwo ge-
juckt oder gestochen und als er nun seine Arme und
Beine ansah, bestätigten viele rote Schwellungen seine
Vermutung, dass dieses Bett voller Ungeziefer war – so
wie die ganze Hütte.

Also war heute zuallererst Großreinemachen ange-
sagt. Gleich nach dem Frühstück wollte er damit anfangen. Das war zumindest sein Plan, bis beim Kaffeemachen plötzlich dicker, gelblicher Rauch aus allen
Ritzen und Fugen des Holzherds quoll. Zuerst musste
der Kamin geputzt werden. So stieg er also auf das

Dach und ließ die Stahlbürste durch den Kamin hinuntergleiten. Die Geisler färbten sich gerade im Morgenlicht rosa und die Sonne streckte ihre Finger Richtung Tal aus. Auf dem harten Almgras hatten Spinnen ihre Netze ausgebreitet, die nun im ersten Morgenlicht wie ein silbernes Meer funkelten. Ein atemberaubender Anblick.

Vom Wald her näherte sich das Gebimmel vieler Kuhglocken.

Bist nicht einmal der Erste auf den Beinen, dachte er und kniff die Augen zusammen, um zu sehen, wer sich da näherte. Er war nicht überrascht, als er Burgis Gesicht zwischen den Stämmen der Kiefern aufleuchten sah, genauso fröhlich wie am Abend zuvor. Es wirkte beinahe, als leuchteten nicht nur ihre Augen, sondern auch ihre Wangen auf, als sie Lovis erblickte.

»Was tust denn da auf dem Dach, Waschtl-Neffe?«, fragte sie.

»Weihnachtsmanntraining?«

»Der Kamin zieht nicht«, gab Lovis zur Antwort. »Ich hätte mich beim Kaffeemachen fast selber geselcht.«

Sie kicherte. »Ja, das passiert schon mal, wenn eine Hütte so lang leer steht. Kannst froh sein, wenn nicht ein Siebenschläfer sein Nest im Rohr gebaut hat. Hast ein nasses Tuch über die Platte gelegt?«

Lovis verneinte.

»Dann mach ich das besser noch schnell. Sonst hast den ganzen Ruß in der Hütte.«

Daran hatte er natürlich nicht gedacht. Als ihr Ruf »Erledigt! Jetzt kannst du loslegen!« erscholl, ließ er die Bürste ein paar Mal auf- und abgleiten. Irgendwann kam von unten: »Da ist was gekommen. Wart mal.«

Er hielt inne. »Ein Vogelnest. Kein Wunder, dass dich beinahe ausgeräuchert hättst!« Sie lachte. »Jetzt kannst runterkommen vom Dach, glaub ich.«

Er tat, was sie vorgeschlagen hatte, und stieg vorsichtig von dem Schindeldach herunter. Kaum war er am Fuß der Leiter angekommen, stand sie schon vor ihm. »Du hast davor was von einem Kaffee gesagt?« Lovis erwiderte ihr Grinsen. »Hab ich, ja. Magst auch einen Schluck?«

»Würd ich sonst fragen?« Die Burgi ließ sich auf die grob gezimmerte Bank vor dem Haus fallen und hielt ihr Gesicht in die Sonne. »Soll ich dann deine Kühe auch mitnehmen? War mit dem Paul so ausgemacht, aber da hat er vielleicht noch nicht gewusst, dass sein Bauer auf Sommerfrische geht, wie ein Stadtler.« Sie zwinkerte Lovis zu.

Lovis trieb es die Wärme in die Wangen. Er war noch nicht auf der Alm angekommen und die Leute hatten ihn schon in die Schublade »Kriegt allein gar nichts auf die Reihe« gesteckt. Aber er nickte. Wenn er die Hütte bezugsfertig kriegen wollte, musste er sich dahinterklemmen. »Gern.«

Burgi nickte zufrieden und schlürfte an ihrem Kaffee. Gemeinsam genossen sie die Stille, die nur von dem Gebimmel der Kuhglocken unterbrochen wurde. Da störte ein neues Geräusch die Ruhe. Ein Wagen näherte sich vom Tal her. Das metallische Klackern, das das Motorengeräusch begleitete, verriet, dass es sich um ein Fahrzeug mit Anhänger handelte.

»Bringt wer noch mehr Viech auf die Alm?«, fragte Burgi, ohne die Augen zu öffnen. Lovis spähte dorthin, wo die Forststraße vom Wald auf die Alm mündete, und erkannte den Traktor des Messner Hofs, den Paul liebevoll Jonny getauft hatte. Paul thronte in seinem blauen Overall hoch oben auf dem Fahrersitz, neben ihm eine winkende Angelika und – Lovis traute seinen Augen nicht – irgendwie auf alle möglichen Trittbretter und Sitze gequetscht die drei Jungs, die ihn bei seinen letzten Fällen unterstützt hatten: Iwan, Erik und Matthias. Hinter dem Traktor schaukelte ein Pferdeanhänger über den unebenen Weg. Noch vorsichtiger bog Paul in den Almweg ein, der von der Almstraße zu Lovis' Hütte führte, dann verstummte der Motor und Angelika sprang vom Traktor, die Jungs folgten johlend.

»Lollo, du bist schon auf? So früh? Es geschehen noch Zeichen und Wunder!«, meinte sie. Sie taxierte Burgi mit einem flüchtigen Blick, dann schüttelte sie ihr die Hand. »Angelika«, sagte sie. »Die Freundin vom Lollo, die ihm täglich ein neues graues Haar beschert mit ihren verrückten Ideen für den Hof.« Sie warf Lovis einen Luftkuss zu.

Lovis' Herz schlug höher. Sie hatte sich als seine Freundin bezeichnet!

»Burgi. Vom Stoanerhof«, stellte er Angelika seinen unerwarteten Frauenbesuch vor.

Angelika nickte gleichgültig, schloss die Augen und atmete tief durch. Der Spruch des Tages

WAS SAGT DEIN PFERD BEIM PSYCHIATER?
ALLE REITEN AUF MIR HERUM!

spannte auf ihrem T-Shirt und Lovis konnte wieder mal den Blick nicht davon abwenden. »Weißt du überhaupt, wie fein du's hier oben hast, Lollo?«, fragte sie ihn.

Er nickte nur. Angelika hatte seinem Onkel Sebastian den Haushalt geführt im Tausch gegen Kost und Logis für ihren Friesenwallach Diablo. Nach Sebastians Tod hatten sie das Arrangement beibehalten, auch wenn es Lovis nicht um Angelikas haushälterische Fähigkeiten ging. Denn er war schon seit seiner Jugend bis über beide Ohren in sie verliebt. Sie war sich dessen wohl bewusst, aber das bedeutete nicht, dass sie es ihm irgendwie leichter machte. Lovis träumte sich zu dem Augenblick vor zwei Wochen, als Angelika ihn zum ersten Mal geküsst hatte, da boxte ihn jemand unsanft in den Arm.

Es war die Frau seiner Träume. Meilenweit von irgendwelchen romantischen Gefühlen entfernt, fragte sie mit einem spöttischen Unterton in der Stimme: »Frühstück gefällig, Senner Lollo?«

Lovis konnte nur nicken. Ihre grün-braunen Augen leuchteten so wunderschön in der Morgensonne, dass er sie am liebsten in die Arme genommen und den Kuss wiederholt hätte.

Der Blick, den Angelika Burgi zuschoss, sagte deutlich, dass sie diese nicht in ihre Einladung einschloss.

Doch die Stoanergitsch störte sich nicht dran. »Paul, alter Knabe, bringst mir noch ein paar Rindviecher mehr?« Dabei ruhte ihr Blick gar nicht auf Paul, sondern Angelika.

Paul fühlte sich trotzdem angesprochen. »Nein. Wir bringen zwei Rösser.«

Angelika fügte gleich hinzu: »Diablo und Shanty. Irgendwann die nächsten Tage bringen wir auch noch die Semira rauf. Der Liam überlegt noch, ob er auch den Gonzo auf die Alm bringt. Glaubst du, du schaffst das mit vier Pferden?«

Lovis nickte.»Sonst seid ihr ja nicht aus der Welt.«
»Und ich bin ja auch noch da«, ergänzte Burgi freundlich lächelnd.

Angelika musterte sie.»Du bist die, die unsere Kühe mit auf die Weide nimmt?«

»Erst einmal wollt ich einen Kaffee trinken. Der Lorenz hat mich ganz lieb eingeladen.« Die Burgi schmiegte sich vertraulich an Lovis.»Nachdem ich ihm geholfen hab. Ist ein bisschen heiß hergegangen heut.«

Unbehaglich rückte Lovis von ihr weg. Was sollte dieses Benehmen?

»Der Kamin war verstopft und ich hab die Bude geräuchert. Und mich mit. Die Burgi ist zufällig dazugekommen und hat ein nasses Tuch auf die Herdplatte gelegt. Daran hab ich nämlich nicht gedacht«, erklärte er schnell, um keine Missverständnisse aufkommen zu lassen.

»Ach so.« Angelika zuckte mit den Schultern.»Dann bist eh noch nicht zum Frühstücken gekommen, oder? Die Jungs und ich haben uns nämlich gedacht ...«

»Können wir endlich aufhören zu reden und mit dem Frühstück anfangen? Mir knurrt der Magen schon, seit wir im Tal aufgebrochen sind«, maulte Matthias, ein zwölfjähriger Rotschopf, dessen Gesicht von Sommersprossen übersät war.

»Ach, du warst das«, stichelte Iwan.»Ich hab schon gedacht, ein Wolf läuft neben uns her.« Der Junge trug wie immer seine überdimensionale Brille auf der Nase und steckte in seiner Trainingsausrüstung der Brixner Fußballmannschaft. Erik, der dritte im Bunde, sah neben den beiden wie ein Bankangestellter aus. Seine Frisur saß perfekt, statt eines T-Shirts mit Werbeaufdruck trug er ein Polo-Shirt. Auch die Shorts sahen aus, als wären sie noch nie mit Dreck in Berührung gekommen. Matthias boxte Iwan in den Arm und wenige Augenblicke später balgten sich alle drei Jungs in der taufrischen Wiese. Die Erwachsenen lachten. Am liebsten hätte Lovis mitgemacht, aber er kannte seine Pflichten als Gastgeber und bat alle, Platz zu nehmen, während er neues Kaffeewasser aufsetzte und den aus einem halben Baumstamm gefertigten Tisch deckte. Angelika packte inzwischen ihre Köstlichkeiten aus, stellte Butter, Milch »aus der Tüte für unseren Bauern, der keine frische Kuhmilch trinkt« und duftendes Brot daneben und bald waren alle mit Kauen und Schmatzen beschäftigt.

»Wenn ich die Pferde jetzt raushol, wär es gut, die Kühe wären weg«, erklärte Angelika irgendwann. Sie schaute niemanden Bestimmtes an, aber Burgi fühlte sich doch angesprochen.

»Dann werd ich die Rindviecher jetzt wohl weitertreiben«, sagte sie. »Danke fürn Kaffee, Waschtl-Neffe, und wir sehen uns wieder beim Hüttenzauber.« Sie zwinkerte ihm zu, packte ihren Hüterstecken und ging zu den Kühen. Ihr »Ho – ho – ho« wurde zu einem Jodler und jodelnd trieb sie die Kühe den Berg hinauf.

Kaum war sie außer Hörweite, blitzte Angelika die beiden Männer an: »Was war denn das für eine?«

Paul schmunzelte. »Die Burgi halt. Entweder du magst sie oder du hasst sie. Wobei … hassen tun sie eigentlich nur Frauen.« Er duckte sich lachend unter Angelikas Kopfnuss weg.

»Das muss ich irgendwie im Gespür gehabt haben und deswegen hab ich dir die drei Jungs als Aufpasser mitgebracht.«

25

»Aufpasser?«

»Meiner Mama ist der Kragen geplatzt, weil ich mein Zimmer wieder einmal nicht aufgeräumt hab und überhaupt nur daheim herumgehockt bin bei der Hitze, und da hat sie Angelika gefragt, ob's nicht auf dem Messner Hof was zu tun gäb für mich«, beichtete Iwan schuldbewusst.

»Und ich hab natürlich Ja gesagt«, ergänzte Angelika. »Und das hat auch meine Mutter spitzgekriegt und gefragt, ob es nicht noch ein bisschen mehr zu tun gäbe und ...«, sagte Erik, wurde aber von Matthias unterbrochen, der kichernd seinen Satz beendete: »Da hat die Angelika natürlich wieder Ja gesagt. Und als ich das mitbekommen hab, wollt ich auch nicht mehr in dem Backofen da unten sein und deswegen hab ich meine Mama belagert und ...«

»... da hat sie dich erst einmal erstaunt angeschaut und dich gefragt, wer du bist ...«, warf Iwan ein. Matthias lachte laut und nickte. »Und als ich ihr dann die Geburtsurkunde vor die Nase gehalten habe, war sie doch ganz glücklich, dass ich auch verschwinde. Und da sind wir nun.«

»Ausdrücklich, um zu helfen«, meldete sich jetzt Paul zu Wort. »Sie kriegen nämlich ein kleines Taschengeld. Also spann sie ein.«

»Bei was denn?«, fragte Lovis. Wenn der Großputz beendet war, sollte selbst er sich langweilen. Doch weit gefehlt. Während nämlich Angelika die Pferde aus dem Transporter holte, führte ihn Paul um die Hütte und auf dem Grundstück herum und zählte eine lange Liste an Dingen auf, die unbedingt endlich erledigt werden mussten.

Erschrocken sahen Lovis und die Jungs einander an. Mit der Sommerfrische war's aus und vorbei.

Es ging auf Abend zu. Angelika und Paul waren längst wieder Richtung Tal gefahren und Lovis und die Jungs saßen abgekämpft auf der Bank vor dem Haus, zu müde, um auch nur noch einen Finger zu rühren. Sie hatten den ganzen Tag mit dem jahrealten Mief in der Almhütte zugebracht, alle Möbel ins Freie gestellt und darunter Unerwartetes gefunden: Spannendes wie einen Löffel mit einer Gravur, die darauf hinwies, dass er aus einem US-amerikanischen Kriegsgefangenenlager stammte – Lovis hatte vage in Erinnerung, dass Sebastians Vater im Zweiten Weltkrieg in Kriegsgefangenschaft geraten war. Geheimnisvolles wie eine Postkarte mit einem kitschigen Motiv, auf der nur vier Worte standen – »In ewiger Liebe, Marlén«, die Lovis ins Grübeln brachten. Bisher war er immer der Auffassung gewesen, dass sein Onkel ein eingefleischter Junggeselle gewesen war – aus Überzeugung. Aber vielleicht war auch er nicht von der großen Liebe verschont geblieben. Was war passiert, dass Sebastian am Ende doch allein geblieben war?

Einige Entdeckungen waren wunderlich, wie die fein säuberlich zu Rechtecken geschnittenen Zeitungsblätter im Klohäuschen, das etwas abseits der Hütte unter einer Kiefer stand. Die meisten waren jedoch einfach nur eklig, wie die Stockflecken auf den uralten

Rosshaarmatratzen, die im Bettenlager unter dem Dach übereinandergestapelt waren.

»Ich hab Hunger«, raunte Matthias seinen Freunden zu.

»Lutscht am Daumen«, sagte Lovis, der das natürlich gehört hatte. Aber auch sein Magen knurrte vernehmlich. »Wie wär's mit einem Melchermuas?«

Melchermuas, zu Deutsch Melkermus, war ein Tiroler Traditionsgericht, das in seinen Augen auf die Alm gehörte. Die Jungs jubelten begeistert.

»Mit Zimt und Zucker«, verlangte Matthias.

Iwan widersprach: »Nein, mit Grantenmarmelade«, und meinte damit Preiselbeermarmelade.

Erik hielt sich theatralisch den Bauch: »Hauptsache bald. Ich vergeh vor Hunger.«

Lovis gab ihm eine Kopfnuss und stand auf. »Dann seht ihr zu, dass der Tisch gedeckt ist. Ich mach mich ans Kochen.«

In etwas geschmolzener Butter rührte er Mehl ein, dann gab er Milch dazu, bis er einen Teig hatte, der so dickflüssig war, dass der Rührlöffel stecken blieb. Dann schürte er das Feuer neu auf, erhitzte die Eisenpfanne und briet die Masse in Butter an, wie einen dicken Pfannkuchen. Danach wendete er das Ganze einmal, streute – wie Matthias es gefordert hatte – Zucker und Zimt darüber, gab noch etwas zerlassene Butter darauf und servierte das Melchermuas mit einer kleinen Verbeugung.

Die Jungs tauchten ihre Löffel hinein und schoben sich das Mus in den Mund.

»Mmmh. Du kannst ja kochen«, sagte Matthias und grinste ihn frech an. »Morgen wünsch ich mir Brathühnchen.«

»Und wie kommen die Brathühnchen auf die Alm?«, fragte Lovis und war ganz froh, dass er nicht in Verlegenheit kommen würde, so ein Hühnchen zu braten, ganz einfach deshalb, weil er hier oben über kein Backrohr verfügte. Matthias erwartete wohl auch nicht wirklich ein Brathühnchen, sondern schoppte hingebungsvoll eine Löffelladung nach der anderen in seinen Mund und Lovis musste zusehen, dass er überhaupt noch etwas abbekam, bei dem Esstempo, das die Jungs vorlegten. Da sah er aus dem Augenwinkel eine Bewegung am Waldrand. Es war Burgi. Auf dem Weg zum Hüttenzauber bei Schorsch.

»Darf man mitessen?«, fragte sie, als sie Lovis' Hütte erreicht hatte.

Die Jungs sahen hoch. An ihren Blicken konnte man deutlich erkennen, dass sie um ihren Anteil besorgt waren.

»Wenn du riskieren willst, dass die Meute über dich herfällt ...« Lovis schmunzelte.

»Na, lieber nicht.« Burgi wies mit dem Kinn hoch in die Richtung von Schorschs Buschenschank. »Kommst mit rauf? Oder ...« Sie musterte die Jungs. »Die brauchen eh keinen Babysitter mehr«, stellte sie fest.

»Eh nicht«, sagte Lovis. »Aber ich werd heut passen. Uns tun alle Knochen weh.«

»Wir haben heut gearbeitet«, verkündete Matthias stolz. »Die ganze Hütte haben wir auf Vordermann gebracht.«

Iwan ergänzte: »Und morgen kommt der Zaun dran.«

»Na dann«, meinte Burgi enttäuscht. »Schad. Aber morgen tut ihr ein bissl weniger. Da ist Herz Jesu und wir machen ein ordentliches Feuer am Gipfel vom Gabler. Seid's dabei?«

»Logo«, sagten die drei Jungs einstimmig und Lovis stimmte ihnen zu.

Am Herz-Jesu-Sonntag, der am zweiten Sonntag nach Fronleichnam gefeiert wurde, entzündeten die traditions- und bergbegeisterten Südtiroler auf allen Gipfeln die Herz-Jesu-Feuer. Im Jahr 1796 hatten die Tiroler vom heiligsten Herz Jesu Beistand für ihr Land gegen die französischen Truppen unter dem Feldherrn Napoleon erbeten und dieses Gelöbnis wurde alljährlich feierlich in der Kirche und in den Bergen erneuert. Auch wenn Lovis weder dem Lager der patriotischen Schützen noch dem der streng Religiösen angehörte – obwohl er im Kirchenchor sang, war er nicht unbedingt fromm –, übermannte ihn doch immer ein andächtiges Gefühl, wenn die Feuer eins nach dem anderen auf den Bergen aufflackerten. Das letzte Mal war er in seiner Jugend oben auf dem Gipfel beim Entzünden eines dieser Feuer dabei gewesen. Deshalb freute er sich umso mehr über die Einladung von Burgi.

Die durchwachte Nacht und der Arbeitseinsatz forderten jedoch Tribut von ihm und er wünschte sich nichts sehnlicher, als später einfach auf sein hoffentlich ungezieferfreies Lager zu sinken und zu schlafen. Burgi verstand und setzte ihren Weg allein fort.

»Heut sieht man sicher einen tollen Sonnenuntergang«, sagte Erik neben ihm. »Das ist das Schönste auf dem Berg. Die Sonnenauf- und -untergänge.«

»Für den Sonnenaufgang musst aber früh aufstehen«, stichelte Lovis.

»Mach ich.« Erik nickte. »Aber nicht morgen. Morgen muss ich lang ausschlafen. Sonst schaffen wir ja das Herz-Jesu-Feuer nicht.«

»Morgen schlaft ihr auf keinen Fall lang aus. Der Zaun macht sich nicht von allein und ich füttere euch nicht fürs Nichtstun durch«, stichelte Lovis, nahm sich aber selbst vor, so lang auszuschlafen wie möglich.

Noch einige Zeit hingen sie ihren Gedanken nach, beobachteten, wie die Schatten länger wurden und die Geräusche auf der Alm erstarben.

Dann gähnte Matthias, sah auf die Uhr, erhob sich und murmelte: »Ich pack's nicht mehr«, bevor er über die Hennentrittleiter durch die Luke ins Bettenlager verschwand.

»Baby«, sagte Iwan verächtlich, konnte aber selbst ein Gähnen nur mit Mühe unterdrücken.

»Jungs, geht ihr ruhig vor. Ich bleib hier noch ein Weilchen sitzen. Es ist zu schön.« Lovis scheuchte sie mit einer Handbewegung in die Hütte. Daran, dass sie ohne zu murren seinem Befehl Folge leisteten, erkannte er, wie müde sie waren. Auch wenn sicher zum Großteil die Höhenluft schuld daran war, nahm er sich doch vor, sie am folgenden Tag ein bisschen weniger schuften zu lassen.

Meine Assistenten … Er schmunzelte beim Gedanken an die Abenteuer, die sie schon gemeinsam überstanden hatten. Wenn er die drei Jungs bei der Auflösung seiner letzten Fälle nicht gehabt hätte, wäre wohl weder der Mord am Dorfbaron noch der an der Reiterin aufgeklärt worden. Er wusste, wie viel er ihnen zu verdanken hatte. Von ihm aus konnten sie auch zwei Wochen lang eine ruhige Kugel schieben, ohne auch nur einen Finger krumm zu machen. Dass sie sich so in die Arbeit stürzten, rechnete er ihnen hoch an.

Leise Schritte im Gras ließen ihn hochsehen. Es war der Michl, oder besser gesagt der Much, wie er sich jetzt nannte.

»Bist doch noch nicht im Bett«, sagte der zur Begrüßung.

»Ich bin hundemüde. Aber zu dieser Zeit kann ich noch nicht schlafen. Selbst wenn ich wollte«, erklärte Lovis.

»Dann setz ich mich noch ein bisschen zu dir?«

»Gern.«

Much ließ sich auf die Bank neben Lovis fallen, klopfte sich auf die Taschen seiner Hose und Jacke und zog schließlich eine Pfeife und ein Päckchen Tabak heraus. »Stört's dich?«

Lovis schüttelte stumm den Kopf. Obwohl er sofort ein nostalgisches Gefühl gehabt hatte, als er den Fuß aus dem Auto und auf das borstige Almgras gesetzt hatte, hatte ihm doch etwas gefehlt. Er hatte es nicht mit Worten greifen können. Erst jetzt, als Much seine Pfeife herauszog und der würzige Geruch des Tabaks Lovis in die Nase stieg, wusste er was: Hier, genau an dieser Stelle, war Onkel Sebastian abends immer mit seinem Pfeifchen gesessen, hatte zufrieden daran gezogen und Rauchwölkchen in die Luft aufsteigen lassen. »Des moch i lei, dass ins die Staggen net auffressen.« Das mache er nur, um die Mücken zu vertreiben, hatte er sich gegen den besserwisserischen Lorenz verteidigt, der ihm Vorträge darüber gehalten hatte, wie schädlich das Rauchen sei.

Nun ließ Much solche Rauchwölkchen aufsteigen und Lovis kämpfte mit seinen Gefühlen.

»Dann geht's dir gut?«, fragte Much zwischen einem Zug und dem anderen.

Lovis nickte.

»Privatdetektiv bist, haben die anderen gesagt?«

»Der Buschfunk funktioniert auch auf der Alm, sehe ich.« Lovis verzog das Gesicht. War ja klar, dass er sofort wieder Gegenstand der Almgespräche sein würde. Schließlich hatten die Leute sonst nichts zu tun hier oben …

»Und lebt man gut als Privatdetektiv?«, fragte Much.

Lovis schnaubte. »Kannst ja mal ausprobieren.«

»Die einzigen Kriminellen hier heroben sind die Schwammlsucher. Da würd ich nicht reich«, wehrte der Stoaner Bauer ab.

»Und als Bergbauer wirst reich?«

Diesmal war es Much, der schnaubte. »Das glaubst du wohl selber nicht.«

»Warum machst du das dann?« Lovis war wirklich neugierig. Er kannte den Stoaner Hof gut, der nur etwa fünfzehn Gehminuten entfernt lag, und konnte sich nicht vorstellen, dass er genug abwarf, um eine Familie zu ernähren.

»Mei, ich weiß auch nicht. Es ist halt der Hof von der Thres ihrer Familie. Es tät ihr leid, wenn er vor die Hunde ginge.« Er schnitt eine Grimasse. »Und wenn ich mich nicht abrackere, hab ich sofort der Thres ihre Schwestern im Nacken. Kaum stimmt was nicht, rennt die Burgi zu ihrer anderen Schwester, der Nandl, und dann kommt die angeflogen und sie hacken zu dritt auf mir herum wie die aufgescheuchten Hühner.«

»Da hab ich's leichter. Die Eltern von der Thres sind gestorben?«

»Ja, die Mutter schon länger, der Vater voriges Jahr.«
Der Much seufzte.»Wir haben eigentlich schon länger
die ganze Arbeit allein gemacht. Die Thres, die Burgi
und ich, weil die Nandl lebt und arbeitet ja schon eine
Weile mit ihrem Mann in Villnöß.« Das war das Tal
hinter den Aferer Geislern.

»Und seit wann bist du dann hier heroben?«

»Ich hab erst einen Winter mitgemacht. Vorher waren
wir nur im Sommer oben, aber als dann auch noch der
Vater von der Thres gestorben ist, sind wir ganz auf den
Hof gezogen.«

Das hieß alles, fand Lovis. Der Winter war oben auf
dem Berg um einiges härter als im Tal. Wenn Schnee
fiel, war die Verbindung zur Zivilisation getrennt, Strom,
Telefon, Heizung – das alles war ein brüchiges System
für die Bergbauern. Er dachte an die letzten großen
Schneefälle, die sogar das Leben in Brixen lahmgelegt
hatten. Manche Dörfer waren tagelang, andere über
eine Woche ohne Strom und Telefon gewesen. So eine
Situation war für den Stoaner Bauern nichts Ungewöhn-
liches, vermutete Lovis und er fragte sich insgeheim,
ob Muchs Entscheidung, den Hof seiner Frau zu führen,
nicht möglicherweise noch unüberlegter und folgen-
schwerer gewesen war als seine eigene, den Messner
Hof zu übernehmen und dafür den sicheren Job bei der
italienischen Staatspolizei hinzuwerfen.»Und wie schaut
die Zukunft aus?«, fragte er seinen alten Schulfreund.

»Wird das jetzt ein Verhör?«, fragte der und grinste
frech.»Ich weiß schon, was ich getan hab, Lovis. Ich
hab die Liebe meines Lebens geheiratet und wir sitzen
jeden Abend zusammen auf dem Bankl vor unserem
Haus und schauen auf euch hinunter. Und weißt du,

was wir dann denken? Die armen Brixner! Müssen jeden Tag in so einem Mief leben, kriechen da unten im Tal herum wie die Ameisen und schuften und zermürben sich und wissen nicht warum! Wir wissen's. Schau dich um!« Er machte eine ausladende Bewegung, die das ganze Dolomitenpanorama mit einschloss. Die Scharten, die westwärts ausgerichtet waren, wurden von der Abendsonne in oranges Licht getaucht. Das Tal lag bereits in tiefe Schatten getaucht, während hier oben der Abend noch lange nicht vorüber war.

Lovis wusste, was er meinte und konnte nicht anders, als ihm beizupflichten. »Hast ja recht«, sagte er. Dann meinte er: »Bist gar nicht beim Hüttenzauber oben?«

Much schüttelte den Kopf. »Die Thres hat mich raufgeschickt. Ich soll ihre Schwester abholen. Wegen dem Italiener, der da seit Neuestem sein Unwesen treibt.«

Lovis wurde hellhörig. »Was ist mit dem?«

Much winkte ab. »Ach, gar nix ist mit dem. Der hat es sich mit meiner Thres verscherzt, weil er die Forststraße mit seinem Auto wie ein Wilder heraufgebrettert ist. Dann hat er auch noch das Viehgatter offen gelassen und die Rinder sind ausgekommen. Wie sie ihn dann endlich zu fassen gekriegt hat, hat sie ihn angepflaumt – auf Italienisch natürlich, und hat von ihr verlangt, dass sie auch Italienisch spricht. »*Siamo in Italia*« und so. Die Thres und Italienisch, das ist nicht die große Liebe ... na ja ... sagen wir mal: Wenn ein Gewitter über den Peitler kommt – so ungefähr hat es sich angehört, als die beiden aneinandergeraten sind.« Er verzog die Mundwinkel nach oben. »Jedenfalls unterstellt die Thres diesem Kerl alles Mögliche und besteht drauf, dass ich die

Burgi vom Hüttenzauber abhol. Wenn du mich fragst, hätt sie auch einfach auf dem Hof bleiben können, aber die Burgi braucht halt Menschen um sich.«

»Das Gefühl hatte ich auch gestern.« Lovis rief sich Burgi beim Hüttenzauber in Erinnerung: eine Südtiroler Version von Marilyn Monroe, um die sich wie bei *Diamonds Are a Girl's Best Friend* die nach Aufmerksamkeit lechzenden Männer ringten, als gäbe es sonst keine Frauen auf der Alm. »Ja, die ist kein Kind von Traurigkeit«, meinte er. »Und wieso bist du dann hier?«

»Hab keine Lust, hinaufzulatschen. Und wenn der Kerl ihr zwischen deiner Hütte und der Hütte vom Schorsch auflauern sollte, hör ich sie bis hier schreien.« Much zwinkerte ihm zu. »Oder ihn jaulen. Je nachdem, welche Schuhe sie anhat.«

Sie hörten weder Burgi schreien noch einen Mann jaulen, denn kurz darauf kam – ein unanständiges Liedchen trällernd – die Besagte den Wanderweg entlang gesprungen. Bei Muchs Anblick stutzte sie kurz, meinte dann aber: »Ah, ihr kennt's euch ja.«

Much erhob sich. »War nett, der Ratscher.«

Dem konnte Lovis nur zustimmen.

»Dann bis morgen beim Feuer«, erinnerte ihn Burgi. »Wir starten hier um vier, damit wir es noch schaffen, den Haufen aufzurichten. Und vergiss nicht, ein bissl Brennholz mitzubringen. Das trägt sich nicht von allein rauf. Verstanden?«

»Verstanden, Chefin«, spottete Lovis, salutierte und sah den beiden lächelnd nach, wie sie im Wald verschwanden.

SONNTAG

HERZ–JESU–FEUER

Lovis und die Jungs hatten nicht nur ein bisschen Feuerholz hinaufgetragen auf den Gabler, einen der beiden
Gipfel des Plosebergs, sondern waren stolz darauf, dass
sie mit ihrem Beitrag das Herz-Jesu-Feuer beträchtlich
vergrößern konnten.

Die Plose war der Hausberg der Brixner und ihr
Name leitete sich wahrscheinlich von dem Wort »Blöße«
ab, denn über einer Meereshöhe von etwa zweitau-
send Metern wuchs auf dem ganzen Bergmassiv kein
Baum mehr. Sommers wie winters war die Plose ein
beliebtes Ausflugsziel und die Brixner hatten alles
dafür getan, dass auch der letzte Bewegungs- und
Naturmuffel hier etwas fand, für das es sich lohnte,
herzukommen. Ein Gondellift brachte die Wanderer
auf den Berg, von dort aus starteten Touren für alle
Wanderniveaus. Besonders der *Woody Walk*, ein Spa-
zierweg von etwa einer Stunde Gehzeit, der mit natur-
nahen Spielattraktionen ausgestattet war, lockte viele

Familien an und so fühlte man sich dort manchmal wie bei einer Prozession.

Viele bekannte Gesichter hatten sich bereits auf dem Gabler versammelt. Da waren Karl und Goggo mit ihren Frauen und Söhnen. Lovis erkannte Miriam, der er Shanty, das vielleicht sturste Pferd der Welt, verdankte und ihren Bruder Felix, natürlich Schorsch mit Moidl und den Jungs der Schieners, welche Moidl unter ihre Fittiche genommen hatte, seit deren Eltern im Gefängnis waren.

Der Bergführer Sandro stand mit dem Förster Waldner zusammen, daneben ein Mann, dessen Wampe Schorschs Vorbau Konkurrenz machte und der Lovis beim Hüttenzauber als Herbert vorgestellt worden war. Er war Senner und stellte in einer Hütte unweit der von Lovis den besten Graukäse im ganzen Land her – behauptete zumindest Schorsch.

Etwas weiter drüben hatten es sich die eigentlichen Herren der Veranstaltung gemütlich gemacht. In Lederhosen gekleidet, mit federkielbestickten Gürteln und Geldtaschen ausgestattet, lagerte da drüben die Schützenjugend. Alles junge, laute Männer, die, anstatt in jugendlichem Übermut Neues auszuprobieren, sich in die Traditionen des Landes verbissen. Die Entstehung der Schützen ging auf eine Urkunde des Kaisers Maximilian im frühen 16. Jahrhundert zurück, die besagte, dass die Stände zur Verteidigung des Landes Kriegsdienste zu leisten hatten. Diese Pflicht wurde dann wichtig, als der Feldherr Napoleon mit seinen Truppen durch Tirol zog. Unter Andreas Hofer schlugen sie die legendäre Schlacht am Bergisel in Innsbruck, und ihr Aufgebot gegen die Franzosen und Bayern übertrugen die reaktionären Schützen heutzutage einfach auf die Italiener. Höhepunkt ihrer Jahrestätigkeit war natürlich das Herz-Jesu-Feuer. Diese jungen Schützen hatten zusätzlich zu dem ganzen Holz mehrere Kisten Bier den Berg hochgetragen und schon beim Aufstieg so einiges getankt, wie es aussah. Unter ihnen erkannte Lovis Samuel, der bei Burgis Ankunft vom Hüttenzauber geflüchtet war. »Vinzenz, auf Ex«, röhrte soeben einer von ihnen, der den Schädel schnippelkurz rasiert hatte.

Der als Vinzenz Angesprochene nahm die entgegengestreckte Flasche entgegen, setzte sie an die Lippen und soff das Bier in einem Zug hinunter, wobei sein Adamsapfel auf und ab tanzte. Der Rest der Schützen applaudierte grölend und forderte gleich vom nächsten, eine Flasche Bier zu leeren.

Hoffentlich beginnt die Show bald, sonst sind die sternhagelvoll, bevor es losgeht, dachte Lovis etwas unbehaglich. Alkohol war ein Problem in diesem Land. Das dachte er nicht erst, seit sein Knecht Paul mit einem Vollrausch vor dem Messner Hof gelegen war, unfähig sich daran zu erinnern, was er in der Nacht zuvor alles angestellt hatte. Die Erinnerung war bis heute nicht zurückgekehrt und wenn nicht Lovis die wahren Täter im Mordfall Oberegger gestellt hätte, würde Paul jetzt wohl seine Tage im Gefängnis fristen – ohne zu wissen, ob die Anschuldigungen an ihn gerechtfertigt waren oder nicht. Die anwesenden jungen Männer waren jedenfalls auf dem besten Weg zu einem Vollrausch. Und der konnte ihnen bei der anschließenden Wanderung über den schmalen Grat ins Tal zum Verhängnis werden.

Lovis versuchte, die lauten Stimmen der Feiernden auszublenden und ließ den Blick über den unverstellten

Horizont schweifen. Berggipfel reihte sich an Berggipfel, wie ein steinernes Meer. Im Westen konnte man bis zu den schneebedeckten Gipfeln der Ortlergruppe sehen, im Norden die Zillertaler und Stubaier Alpen und davor blitzten die Gletscher der Rieserfernergruppe weiß im Licht der Abendsonne.

»Ein Kranz von Bergen, stolz und hoch erhoben, umringt die Heimat, mein Tiroler Land«, stimmte Schorsch neben ihm leise den Tiroler Marsch an. »Die Gipfel strahlen hell in ihrem Glanze, und leuchten weit von steiler Felsenwand.«

Und obwohl Lovis das ganze Patriotismusgedöns zuwider war, stimmte er doch ebenso leise in den Refrain ein. »Du bist das Land, dem ich die Treue halte, weil du so schön bist, mein Tiroler Land.«

»Aha, ich seh, da wird schon fleißig gesungen. Und das sogar ohne mich«, sagte die Burgi. Sie schnaufte schwer und es war ihr auch nicht zu verdenken, denn auf ihren Rücken hatte sie sich einen schwarzen Kasten geschnallt, der eindeutig ihre steirische Harmonika enthielt, und in beiden Händen trug sie Holzbündel. »Uff, ist das schwer das Zeug. Ich hätt einmal lieber einen Kanister mit Wasser heraufschleppen sollen. Wahrscheinlich verdurst ich, bevor ich was spielen kann. Dann war die ganze Schlepperei umsonst.«

Auffordernd sah sie in die Runde und Lovis beobachtete belustigt, wie gleich mehrere junge Männer ihrer Aufforderung nachkamen und Burgi ihre Flaschen anboten.

»Die Burgi«, sagte der Schorsch und zwinkerte Lovis zu. »Der gefällst du jedenfalls.«

»Ich?« Lovis sah den Hüttenwirt erstaunt an. »Wieso ich?«

»Wer weiß, wieso jemand von Amors Pfeil getroffen wird«, sinnierte Schorsch vor sich hin. »Vielleicht täusch ich mich auch. Aber du bist ja eh bedient, glaub ich, oder?«

Lovis nickte stumm. Wenn Schorsch wusste, dass er vergeben war, wieso sagte er ihm das mit der Burgi? Sehnsüchtig dachte er an Angelika, die er gern dabeigehabt hätte, doch die hatte wieder einmal Nachtdienst und würde die Feuer allerhöchstens vom Krankenhausfenster aus sehen.

Aber Schorsch lieferte ihm die Lösung selbst: »Ich mein ja nur. Solltest einen Grund brauchen, warum du die Angelika vorm Traualtar stehen lassen kannst.« Er spielte auf Lovis' Verlöbnis mit Schorschs Schwester Anna an, das Ersterer kurz vor der Hochzeit gelöst hatte. Keine andere Frau war damals der Grund für diese Kurzschlusshandlung gewesen, sondern einzig und allein Lovis' Unreife. Er bereute es immer noch, Anna so verletzt zu haben, und schaffte es auch heute kaum, ihr in die Augen zu schauen, wenn sie sich im Dorf über den Weg liefen.

Lovis schnaubte. »Erstens sind wir nicht so weit und zweitens mach ich so einen Fehler sicher nicht noch einmal.«

Schorsch brummte zufrieden.

»Da, schau! Da unten!« Matthias zeigte aufgeregt auf die gegenüberliegenden Berge, wo das erste Feuer aufflackerte.

»Die Stümper«, meinte Burgi verächtlich. »Können's kaum erwarten. Viel zu früh!«

»Besser früh als gar nicht«, rief Felix herüber und wackelte zweideutig mit den Augenbrauen, was Burgi mit einem Lachen quittierte. »Mit so Jungspunden hab ich nix am Hut, Bubi. Ich halt mich an die richtigen Männer.«

Lovis fühlte sich unbehaglich unter ihrem vielsagenden Blick und war froh, dass Matthias wieder die Aufmerksamkeit der Versammelten auf sich zog. »Da drüben ist noch eins. Und da!«

Ein Feuer nach dem anderen flackerte auf und dieselbe Erregung wie bei »Der Herr der Ringe«, wenn die Leuchtfeuer von Minas Tirith aufflammten, packte Lovis. Einen kleinen Wermutstropfen gab es dabei aber leider auch: In den letzten Jahren erschienen zunehmend Parolen wie »Ein Tirol«, »Los von Rom« oder »Freiheit für Südtirol« als Leuchtfeuer auf den Berghängen – eine Provokation, die die Extremisten auf der anderen Seite nur zu gern in den falschen Hals bekamen. Würde irgendwann der berühmte Funke fliegen, der das ganze Land in Brand setzte, oder waren die extremen Patrioten eine aussterbende Rasse? Lovis hoffte auf Letzteres.

Als die ersten Lichtpunkte eines riesigen Herzens auf dem Radlseeberg aufflammten, verteilten auch die Jungschützen das mitgebrachte Benzin auf dem Holzhaufen und steckten ihn an. Im Nu züngelten die Flammen hoch und die Kinder jubelten begeistert. Lovis jedoch fühlte sich an den Nachmittag erinnert, an dem er hilflos vor Cavagnas Jagdhütte gestanden hatte. Unbehaglich trat er ein paar Schritte zurück und wandte sich von dem Feuer ab.

»Keine Angst, das passiert nicht noch einmal«, sagte Schorsch.

»Was?«

»Dass sie dich verdächtigen.«

Statt einer Antwort schnaubte Lovis.

»Die Wahrscheinlichkeit, dass in unserem Dorf noch so was passiert, ist gleich null. War sie streng genommen schon vor Cavagna und der Obereggerin.«

Lovis wünschte sich, dass Schorsch recht behielt. Doch ein feines Stimmchen in ihm flüsterte ihm zu: »Aller guten Dinge sind drei, Lovis …« Um die beängstigenden Gedanken loszuwerden, wandte er sich Richtung Burgi, die in Flachsereien mit den jungen Burschen vertieft war. »Hattest du mit der Steirischen was vor?«

Burgi sah auf und grinste. »Der Neffe vom Waschtl will singen, glaub ich. Ihr erlaubt?«

Die Burschen erlaubten und endlich packte die Stoaner Bäuerin ihre Ziehharmonika aus und stimmte die ersten Takte des Lieds »Auf zum Schwur« an, das natürlich ein Muss beim Herz-Jesu-Feuer war. Lovis konzentrierte sich auf die getragene Melodie von Ignaz Mitterer, als er sang: »Auf zum Schwur, Tiroler Land, heb zum Himmel Herz und Hand! Was die Väter einst gelobt, da der Kriegssturm sie umtobt: Das geloben wir aufs Neue: Jesu Herz, dir ew'ge Treue!«

Als das Lied beinahe geendet hatte, wechselte Burgi in einen schnelleren, rockigen Rhythmus. Lovis erkannte ihn sofort als ein Lied der Brixner Deutschrockband Freiwild, die über die Grenzen hinaus bekannt war. Der Text war ihm aber nicht geläufig und daher sah er nur staunend zu, wie plötzlich seine drei Jungs, die sich bis dahin aus dem Gesang eher herausgehalten hatten, laut die Texte herausschrien, in denen es von Schlagworten wie Gewissen, Friede, Ehre und Freiheit nur so wimmelte. Beim Refrain stimmten sogar die meisten Erwachsenen mit ein und brüllten vom Gipfel des Gabler in die dunkle Nacht hinaus: »Das Feuer, es brennt, das Feuer, es brennt für dieses Land, für seine Freiheit.«

Mit Mühe konnte Lovis ein Kopfschütteln unterdrücken. Noch ein bisschen mehr dieses Patriotismus und es würde gefährlich werden. Er wechselte einen Blick mit Schorsch.

Der hob gleichgültig die Schultern. »Lass sie«, sagte er. »Ist doch gut, dass sie wissen, wo ihre Wurzeln sind. Und es tut ja niemandem weh.«

Das Lied war verklungen und die Jungs belagerten Burgi, doch den nächsten Titel aus dem Repertoire der Brixner Band anzustimmen, doch die meinte zwinkernd: »Ihr wollt Heimatliebe und Tiroler Feeling? Dann singt auch die Lieder, die mit unseren Traditionen verbunden sind. Außerdem kann ich kein anderes Lied von denen.« Damit stimmte sie das Südtiroler Bergsteigerlied an, bei dem Lovis wieder mithalten konnte.

Es war inzwischen dunkel geworden und die Flammen schlugen nicht mehr ganz so hoch. Die Lieder wurden leiser, verträumter, manchmal ließ Burgi auch nur irgendwelche sehnsüchtigen Harmonien über die Weite klingen.

Irgendwann setzte sich Vinzenz zu Lovis. Unter dem breitkrempigen Hut, der an den Schützenhut erinnerte, blitzten helle Augen hervor. Er war trotz des vielen Alkohols noch erstaunlich sicher auf den Füßen, dasselbe galt für Steve – so hieß der mit dem rasierten Schädel, hatte Lovis inzwischen erfahren.

»Hast den Wa…, den Italiener, mein ich, schon geschnappt?«, fragte Vinzenz.

»Woher wisst ihr …?«

Vinzenz erriet seine Frage und erklärte:»Der Förster ist mein Vater. Und hast?«

»Wann denn?«

»Na heut? Bist so gut, wie sie alle sagen, oder hast nur das Maul weit offen?«

Lovis vermutete, dass der Alkohol aus dem jungen Mann sprach und ging nicht auf die Provokation ein.

»Was weißt du denn von dem Italiener?«

»Kannst ihn ruhig den Walschen nennen. Wir sind auf dem Berg.«

»Der Berg entschuldigt auch nicht alles.«

»Wann wirst ihn haben?«

Lovis hob die Schultern.»Keine Ahnung. Ich muss erst einmal herausfinden, wo dem seine Hütte ist.«

»Das ist ganz einfach. Du gehst …« Es folgte eine Beschreibung, gespickt mit Flur- und Hofnamen, von denen Lovis kein einziger geläufig war. Lovis drehte sich der Kopf, als Vinzenz geendet hatte, und das Einzige, was er verstanden hatte, war, dass er wohl eine Karte und Schorsch zurate ziehen musste, um diese Hütte zu finden. Und dann war das erst die Hütte und nicht dieser geheimnisumwobene Italiener, der sich erdreistete, die geheimen Pilzplätze des Försters abzuernten.

»… überhaupt der Gipfel. Was sagst denn du dazu?«, ereiferte sich Vinzenz soeben neben ihm und Lovis musste sich wieder einmal eingestehen, dass er mit den Gedanken meilenweit weggewesen war und absolut keine Ahnung hatte, zu welchem Thema der junge Mann neben ihm seine Meinung wissen wollte.

»Zu was?«, fragte er.

»Zum Ausverkauf der Heimat. Dazu, dass die Walschen zu uns heraufkommen, Häuser kaufen, sodass die Immobilienpreise ins Unermessliche steigen und unsere braven Einheimischen sich keine Wohnung mehr leisten können. Und jetzt kaufen sie uns auch die Hütten auf der Alm weg.«

Lovis wollte nichts dazu sagen. Einerseits hatte der junge Mann recht. Reiche Italiener und Deutsche investierten in Immobilien in Südtirol, und das nahm solche Ausmaße an, dass es Dörfer gab, die in der Nebensaison wie ausgestorben waren. Geisterdörfer, in denen kaum Menschen lebten. Dafür waren Wohnungen für junge Paare kaum erschwinglich, und das war natürlich ein Problem, das er nachvollziehen konnte. Trotzdem wollte er sich auf diese Diskussion nicht einlassen, weil sie nicht in die richtige Richtung führte. Es ging Vinzenz nicht darum, eine Lösung für das Problem zu finden, sondern seine Phrasen waren einzig und allein Aufhänger für weitere Parolen gegen die Unterdrückung durch die italienischen Machthaber.

»Was weißt noch über den Italiener?«, fragte Lovis darum und hoffte, dass er von diesem Vinzenz ein paar brauchbare Informationen kriegen konnte.

»Nix, als dass er ein Walscher ist«, sagte der, erhob sich und wandte sich ab. »Und dass er dem Vater seine Pilze stiehlt und im Wald alles kaputt macht. Und dass er sich aufspielt, als wäre er der *Duce* persönlich und alles müsste vor ihm kuschen.«

Das ist nicht besonders viel, dachte Lovis. Doch da fuhr Vinzenz fort: »Und dass er sich mit jedem hier auf der Alm anlegt. Mit der Thres …«

»Ja, das hab ich schon gehört. Er hat die Viehgatter offen gelassen. Hat mir der Much erzählt.«

Vinzenz stutzte kurz. Dann meinte er: »Hat dir der Much erzählt, dass auch er mit ihm in Streit geraten ist?«

Lovis sah auf. Wieso hatte der Much nichts davon erzählt? »Worum ist es da gegangen?«

»Der Walsche ist wohl ein begeisterter Radler. Fährt den ganzen Berg ab und bleibt nicht gern auf den ausgewiesenen Wegen. Um genau zu sein: Er bleibt überhaupt nicht gern auf Wegen.«

Lovis wusste, dass die Mountainbiker auf dem Berg überhandnahmen. Auch er zählte zu den Tausenden, die hin und wieder dieser Freizeitbeschäftigung nachgingen, und er wusste, dass die Massen an Radfahrern inzwischen für die Wanderer zum Problem geworden waren. Es gab Gemeinden in Südtirol, die das Radfahren auf Straßen verboten, die schmaler als zwei Meter waren. In Brixen hatte man sich darauf verlegt, manche Wege eigens für Mountainbiker auszuweisen, während auf anderen das Radfahren verboten war. Querfeldein zu fahren, wie es dieser von allen gehasste Kerl offensichtlich machte, verbot der Ehrenkodex unter den einheimischen Radfahrern. Schließlich wusste man, was ein bremsender Reifen der Grasnarbe antat und dass der Bürstling, so nannten die Bauern das Almgras, lange brauchte, um sich von so einer Verletzung zu erholen.

»Jedenfalls hat der Much ihn dabei ertappt, wie er quer über seine Wiese gebrettert ist und natürlich alles aufgerissen hat. Er hat ihn aufgehalten, ihm die Leviten gelesen und ihm angedroht, dass er ihm die Polizei auf den Hals hetzen würde«, fuhr Vinzenz inzwischen fort.

»Und?«

»Der Walsche hat gelacht.« Vinzenz zuckte mit den Schultern. »Wenn ich der Much wär, würd ich einen Draht spannen, wo der Walsche durchfährt. Dann würd er sich den Hals brechen und das Problem wär gelöst.« Lovis sah ihn erschrocken an. Er hatte schon von mehreren Radfahrerkollegen Geschichten von über den Weg gespannten Drähten gehört. Die Mountainbiker, denen der Fahrtwind die Tränen in die Augen trieb oder der Schweiß die Sicht verklebte, sahen sie nicht oder zu spät, und wurden Hals über Kopf über das Hindernis katapultiert – oft mit schlimmen Verletzungen. Er hatte das als moderne Legenden abgetan, nicht daran glauben wollen, dass es tatsächlich Menschen gab, die wissentlich den Tod eines Radfahrers in Kauf nahmen. Aber so wie Vinzenz da redete, gab es diese Menschen wohl doch.

»Aber du hast selber auch nicht beobachtet, wo ich den Kerl drankriegen kann, oder?«, fragte Lovis.

Vinzenz schüttelte den Kopf. »Den wirst auf frischer Tat ertappen müssen und so wie der drauf ist, dreht er dir das Wort im Mund um und zum Schluss hast du die Schuld gehabt. Zumindest, wennst Italienisch redest mit ihm. Wenn nicht, dann geht sowieso nix.«

»Wie nix?«

»Das ist einer von denen, die sich weigern, Deutsch zu reden. Weißt eh. *Siamo in Italia* und so.«

So etwas hatte Much auch erzählt. Das war natürlich das andere Extrem und es war verständlich, dass die Menschen hier auf dem Berg nicht gut auf den Kerl zu sprechen waren, wenn der sich so aufführte. Leider war er mit diesem Verhalten nicht allein. Lovis kannte selbst ähnliche Typen. Er sah die arrogante Visage seines ehemaligen Chefs bei der italienischen Staatspolizei vor sich. Commissario Fernando Botta hatte sich auch geweigert, Deutsch zu sprechen. Gleichzeitig hatte er den Akzent bemängelt, der bei Lovis auch nach zehn Jahren Polizeiarbeit in verschiedenen italienischen Städten noch zu hören war, und beißende Kritik geübt, kaum dass Lovis den Mund aufmachte. So einer war das also ...

Er spekulierte noch eine Weile mit Vinzenz darüber, warum dieser ungeliebte Gast wohl mit jedem hier auf der Alm Streit suchte, aber sie kamen zu keinem Ergebnis, als dass die »Walschen« eben so waren. Und darauf hatte Lovis keine Lust. So war er recht froh darüber, dass es Vinzenz bei ihm irgendwann »zu trocken« wurde und es ihn wieder zu seinen Schützenkollegen und der dort lagernden Bierkiste hinüberzog.

Statt ihm kam Schorsch zu Lovis und meinte: »Ermittelst du schon?«

»Ich versuch's«, sagte Lovis. »Aber ich hab das Gefühl, dass der Kerl allein deshalb als Verdächtiger gehandelt wird, weil er ein Italiener ist.«

Schorsch grunzte amüsiert.

»Ich werd mich halt wirklich auf die Lauer legen und den Pilzräuber auf frischer Tat ertappen müssen. Bleibt zu hoffen, dass er in dem ganzen Wald ausgerechnet da aufschlägt, wo ich mich im Gebüsch versteck.«

»Ich werd ihm sagen, er soll vorbeischauen.«

Lovis sah auf. »Wie meinst du das?«

»Der Kerl kommt alle zwei Tage und holt bei mir Lebensmittel. Ich nehm vom Tal mit herauf, was er bestellt hat.«

»Und das sagst du mir erst jetzt?«

Schorsch gluckste vor sich hin. »Ich will dir ja den Spaß an der Freude nicht nehmen.«

»Und? Was sagst du über den Kerl?«

Sein Freund zuckte mit den Schultern. »Nicht viel. Außer einer Sache, die dir vielleicht hilft: Bei der letzten Lebensmittellieferung waren auch zwei Dosen Champignons dabei.«

»Aha«, machte Lovis verständnislos.

»Champignons«, wiederholte sein Freund bedeutungsvoll. »Pilze.«

Da ging auch Lovis ein Licht auf. »Wieso bestellt der Kerl Pilze, wenn er den ganzen Wald aberntet?«

Schorsch nickte zufrieden. »Bist ja doch nicht auf den Kopf gefallen.« Dann sah er Lovis an. »Der Waldner war heut in der Hütte und hat gefragt, wie effizient du bist. Ich hab mich einmal weit aus dem Fenster gelehnt und versprochen, dass du den Fall lösen wirst.«

Matthias, der dem Gespräch mit einem Ohr lauschte, meinte: »Das kannst auch versprechen. Er hat eine hundertprozentige Trefferquote.«

»Ich hab bisher nur Glück gehabt«, wehrte Lovis ab und fügte mit einem Blick in die Richtung der Jungs hinzu: »Und tolle Unterstützung.«

»Dann hast halt jetzt bitte weiter Glück. Sonst verlier ich meinen guten Ruf hier auf der Alm.«

»Ich werd mich dran halten«, versprach Lovis. Dann wechselten sie das Gesprächsthema.

Die Flammen züngelten nur noch schwach empor, auch auf den anderen Gipfeln waren kaum mehr Feuer zu sehen. Die Gespräche wurden leiser, Goggos Tochter war an seine Schulter gelehnt eingeschlafen. Langsam zog die Kälte des Bodens durch Lovis' Hosen. Er weckte vorsichtig die Kleine und stand auf. »Jungs, wir starten«, sagte er.

Erik, Matthias und Iwan, die mit Felix und den anderen Jugendlichen ins Kartenspiel vertieft gewesen waren, standen ohne zu murren auf. An ihren Augen, die zu schmalen Schlitzen geworden waren, erkannte Lovis, dass sie hundemüde waren, und jetzt hatten sie noch ein ordentliches Stück Fußweg im Dunkeln vor sich.

Sie verabschiedeten sich von den anderen und machten sich langsam an den Abstieg.

MONTAG

GOASLSCHNÖLLN

Am darauffolgenden Tag war weder mit Lovis noch mit den drei Jungs viel anzufangen. Sie schliefen bis in den frühen Nachmittag hinein, dann wurden sie vom Hunger aus dem Bett getrieben, versorgten sich mit einer Brettljause und hielten die Nasen in die frische Almluft. Lovis nahm blindlings einen von Hannes Büchern aus der Kiste, setzte sich in den Schatten und vertiefte sich in einen Krimi aus Bayern, der ihm mit dem Titel »Felsenkraxler« irgendwie passend für seinen Aufenthaltsort schien. Die Jungs hatten eine Goasl, eine etwa sechs Meter lange Peitsche, entdeckt und übten sich im Goaslschnölln – bislang ohne Erfolg. Ziel des Unterfangens war, der ledernen Peitsche einen Knall zu entlocken, doch den größten Lärm machten die Flüche der drei, wenn die Peitsche wieder einmal schmerzhafte Striemen in ihrem Gesicht hinterlassen hatte.

Lovis schmunzelte in sich hinein und bewunderte gleichzeitig die Ausdauer der Jungs.

»So wird das nix, Buabm«, hörte er irgendwann eine Stimme, sah auf und erkannte Samuel, den jungen Mann, der bei Burgis Ankunft vom Hüttenzauber aufgebrochen war. Der Bauernbursche ließ das Bündel fallen, das er heraufgetragen hatte, und nahm Iwan die Goasl aus der Hand. »Obacht«, sagte er und die drei Jungs wichen respektvoll zurück. Samuel packte die Peitsche mit beiden Händen, schwang sie nach vorne und dann ruckartig nach hinten, wobei sie einen ohrenbetäubenden Knall von sich gab. Die Jungs johlten begeistert auf und auch Lovis ließ sein Buch sinken. Samuel stand breitbeinig auf der Wiese und ließ die Peitsche tanzen, es knallte und schnalzte, krachte und schmatzte, und das in einem wilden Rhythmus, der vom Abhang zurückgeworfen wurde. Nach etwa zwei Minuten ließ Samuel die Goasl sinken, in die Stille hinein hörte man das Echo.

Samuel meinte stolz: »So müsst ihr das machen, Mander.«

Beflissen stürzten die Jungs herbei, Iwan war wieder der Erste bei Samuel, nahm die Peitsche an sich und stellte sich genauso breitbeinig hin wie dieser. Mit hochkonzentrierter Miene versuchte er die Bewegungen des Burschen nachzuahmen und als er der Peitsche ein sanftes Schmatzen entlockte, jubelte er: »Ich kann's!«

»Zur Meisterschaft braucht's schon noch ein bissl«, sagte Samuel. »Aber ein Anfang ist's.« Lovis wusste, dass es regelrechte Schnöllmeisterschaften gab und so dieser althergebrachte Brauch weiterhin am Leben gehalten wurde. In manchen Dörfern wurde zum

Kirchweihfest »geschnöllt«, in anderen Ortschaften begleitete das Goaslschnölln den Winteraustrieb oder den Almabtrieb.

Samuel gab den Jungs noch den einen oder anderen Tipp. Als alle drei ihren ersten »Schnöll« geschafft hatten, packte er sein Bündel und verabschiedete sich wieder. »Üben, Mander«, gab er ihnen noch mit, dann stieg er weiter den Wanderpfad empor.

Am Abend schickte Lovis seine drei Assistenten früh zu Bett. Sie hatten beschlossen, am nächsten Tag in aller Herrgottsfrühe auf »Räuberjagd« zu gehen, wie Matthias es ausgedrückt hatte. Sie würden sich an verschiedenen Stellen im Wald auf die Lauer legen und darauf warten, dass dieser Pilzräuber aufkreuzte. Für denjenigen, der ihn auf frischer Tat ertappte, hatte Lovis einen Kaiserschmarrn bei Schorsch ausgeschrieben.

Er selbst saß noch eine Weile auf der Bank vor seiner Hütte und sah zu, wie die Dunkelheit sich über das Land senkte. Der Himmel war nun leicht bewölkt und weit hinten über der Ortlergruppe flackerten immer wieder Lichter auf. Himmlatzn nannten die Südtiroler das, wenn es blitzte, ohne dass man einen Donner hören konnte. Irgendwie wirkte es noch bedrohlicher als ein Gewitter, fand Lovis. Wie ein Vorbote eines schrecklichen Ereignisses.

DIENSTAG

EINE FOLGENREICHE BESCHATTUNG

Als um halb sechs Uhr morgens Sebastians alter Wecker rasselnd läutete, hatte Lovis nicht mehr viel für seinen Plan, dem Pilzräuber aufzulauern, übrig. Und wären nicht die drei Jungs sofort hellwach gewesen und mit viel Radau von ihren Matratzen hochgesprungen, hätte er sich wahrscheinlich einfach noch einmal umgedreht und weitergeschlafen.

Die Jungs eilten zur Luke, die Hennentrittleiter hinunter, rissen die Tür auf und brachen in »Ah!«- und »Oh!«-Rufe aus. Neugierig, was es schon wieder zu sehen gab, wälzte auch Lovis sich aus seinem Lager, stapfte weit langsamer und schwerfälliger die Leiter hinunter und blickte staunend auf den Anblick, der sich ihnen bot.

Die Wolken hatten sich zum Schlafen über das Tal gelegt und aus dem weißen Meer ragten nur die in der Morgensonne leuchtenden Berggipfel hervor. Darüber spannte sich ein wolkenloser Himmel. Ein traumhafter

Anblick, für den sich das frühe Aufstehen lohnte. Die Jungs und Lovis beschlossen spontan, ihr Frühstück im Freien einzunehmen, obwohl die Morgenkälte ihre Wangen bereits rot färbte. Mit dampfenden Tassen saßen sie auf der Bank vor der Hütte und staunten über die Schönheit, die die Natur ihnen bot.

»Bereit?«, fragte Lovis, als auch der letzte Brotkrümel verputzt war.

Die Jungs nickten und sie brachen auf.

Sie hatten sich in zwei Gruppen geteilt. Iwan, Erik und Matthias würden sich in der Fichtenschonung auf die Lauer legen, von der Waldner gesprochen hatte, und Lovis würde auf gut Glück durch den Wald streifen. Vielleicht lief ihm der Pilzräuber ja einfach so in die Arme.

Ein Stück des Wegs legten sie gemeinsam zurück. Der Hochnebel war jetzt auf ihre Höhe gestiegen und waberte zwischen den Bäumen. Die romantische Morgenstimmung wich gespenstischer Stille, die sich vor allem den Jungs auf das Gemüt legte.

»Und was machen wir, wenn wir den Pilzräuber sehen?«, fragte Matthias beklommen.

»Ein Foto«, sagte Lovis.

»Wir haben ja die Handys nicht dabei«, sagte Matthias klagend. Das hatten die Eltern der Jungs mit Angelika so ausgemacht. Sie wollten, dass Iwan, Erik und Matthias eine handyfreie Zeit auf der Alm verbrachten. Egal, wenn sie sich langweilten, egal, wenn sie nicht erreichbar waren.

»Handyentzug«, hatte Angelika Lovis erklärt und ihm auch gleich die pädagogischen Hintergründe auseinandergelegt. Für Lovis war das kein Problem. Er hatte sein ganzes Leben ohne dieses Ding verbracht und war erst, seit er die Jungs kannte, auf ein Smartphone umgestiegen. Für ihn lag die Aufgabe eines Telefons immer noch darin, zu telefonieren und er gewöhnte sich nur schwer an die vielen Möglichkeiten, die ihm ein Smartphone bot. Gerade jetzt wäre so ein Ding aber praktisch gewesen und er nahm sich vor, mit Angelika und den Eltern der Jungs diesbezüglich zu verhandeln.

»Hm«, machte er. »Wenn ihr den Kerl findet, versucht ihr, euch genau einzuprägen, wie er aussieht und …«

»… wir schleichen ihm nach und finden heraus, wo seine Hütte steht?«, schlug Matthias vor.

Doch Lovis schüttelte den Kopf. »Nein, womöglich bemerkt er euch und wird vorsichtiger. Oder ihr kriegt vielleicht sogar Schwierigkeiten. So, da ist diese Fichtenschonung, wenn ich das richtig verstanden habe.«

Sie waren angekommen.

»Und da drin sollen wir warten?«, fragte Iwan skeptisch.

Matthias sah genauso unglücklich aus und meinte: »Stachelige Angelegenheit.«

»Tja«, meinte Lovis. »Das Leben eines Privatdetektivs ist eben kein Zuckerschlecken.«

»Oder doch?« Mit einem verschmitzten Grinsen zog Matthias drei Schokoriegel aus seiner Jackentasche.

»Yesss«, kam es von Iwan und Erik, und ihr Unmut schien plötzlich wie weggeblasen.

Ein Knacken ließ sie alle vier herumfahren. In Erwartung eines übel gelaunten Italieners drehten sie alle die Köpfe in die Richtung, aus der das Geräusch gekommen war, aber es war nur Samuel.

»Hoi Samu!«, grüßte Matthias ihn. »Kommst heute wieder zu uns für Schnöll-Lektionen?«

Der Angesprochene runzelte die Stirn und setzte seinen Weg ohne eine Antwort fort. Die Jungs sahen ihm nach.

»Was für eine Laus ist denn dem Samuel über die Leber gelaufen?«, fragte Iwan.

Erik zuckte mit den Schultern. »Sicher auch zu früh aufgestanden.«

»Wo geht der überhaupt so früh hin?«, wollte Matthias wissen.

Das wusste Iwan. »Der wechselt sich mit seinem Bruder ab auf der Alm. Einen Tag hütet er die Schafe, einen Tag der Gabriel. Hat er beim Herz-Jesu-Feuer erzählt.«

»Vergesst den Samuel«, sagte Lovis. »Ihr bleibt hier. Wenn der Pilzräuber vorbeikommt, prägt ihr euch jede Einzelheit ein. Wenn er nicht kommt, wartet ihr hier, bis ich euch hole. Auf keinen Fall folgt ihr ihm. Klar?«

»Glasklar«, sagte Iwan und Lovis nickte beruhigt. Dann machte er sich auf.

Ein Grund, warum er die Trennung vorgeschlagen hatte, war, dass er glaubte, sich an die geheime Pilzrunde von Onkel Sebastian zu erinnern. Gleich nach der Fichtenschonung, die damals natürlich noch nicht dagewesen war, musste er sich auf einem Wildwechsel in den Wald schlagen. Das wusste er noch. Danach würde er sich auf seine Erinnerung und auf sein Glück verlassen müssen. Er lächelte bei dem Gedanken an den Stoffbeutel in seiner Jackentasche. Sollte sich ihm ein Pfifferling in den Weg stellen, würde er nicht Nein sagen – auch wenn heute ein ungerader Tag war.

Er streifte durch den Wald. Die Feuchtigkeit verstärkte den Geruch nach Moos und Harz und mit einem Mal schien es Lovis, als seien seine Sinne geschärft und auf das Aufspüren von essbaren Pilzen gerichtet. Mit offenen Augen schlug er sich durch das Unterholz – längst nicht mehr auf dem Pfad, sondern querfeldein, denn »Die Schwämm wortn net brav am Wegrond af di«, hatte Sebastian es ihm damals eingeschärft. Die Pilze warteten nicht brav am Wegrand darauf, dass man sie einsammelte.

Obwohl seit seinem letzten Beutezug über zwanzig Jahre vergangen waren und der Wald sich seitdem verändert haben musste, hatte Lovis keine Probleme, sich zu orientieren, und nach kurzer Zeit erreichte er tatsächlich das erste geheime Plätzchen seines Onkels Sebastian. Zwischen den Wurzeln einer Kiefer versteckte sich eine ganze Kolonie von Pfifferlingen im moosigen Untergrund. Vergessen war sein Fall, dafür war sein eigener Sammeltrieb erwacht und Lovis kniete auf dem nadelbedeckten Waldboden und pulte die Pilze aus der Erde. Als sein Stoffbeutel etwa zwei Hände voll der leuchtend gelben Schwämme beinhaltete, setzte Lovis seinen Weg fort.

Gute zwei Stunden später war er endlich auf dem Rückweg. Er hatte reiche Ernte eingefahren. Sein Sammelbeutel war gut gefüllt und er freute sich auf ein Pfifferling-Omelett. Als er in Sichtweite der Fichtenschonung war, hörte er auch schon die hellen Stimmen der Jungs.

»Das ist ja mal eine saubere Beschattung«, sagte er zur Begrüßung.

Iwan, Erik und Matthias streckten ihre Köpfe aus den Fichten, was ihn irgendwie an Murmeltiere erinnerte.

»Endlich!«, maulte Erik.

»Wissen Sie, wie lang wir hier gewartet haben?«, kam es von Iwan.

»Haben wir nicht ausgemacht, dass ihr mich duzt?«, fragte Lovis zurück. Ihm war das ständige Gesieze schon länger auf die Nerven gegangen und so hatte er seinen drei Assistenten beim Herz-Jesu-Feuer das Du angeboten.

Iwan grinste. »Wir haben so ewig auf dich gewartet!«

Und Matthias setzte noch einen drauf: »Ich bin gar nicht mehr da. Die Ameisen haben mich aufgefressen.«

Lovis schmunzelte. »Gut für uns. Dann bleibt uns mehr von den Pfiffern.« Er hielt seine Ausbeute hoch.

»Ha! Gefasst! Du bist der Pilzräuber!«, jubelte Iwan und sprang, dicht gefolgt von den anderen beiden Jungs, aus der Fichtenschonung und auf Lovis zu.

»Und das an einem ungeraden Tag!« Matthias langte in den Stoffbeutel und wühlte darin. »Bist du sicher, dass man die alle essen kann?«

»Todsicher«, antwortete Lovis. Egal wie lang es her war, dass er seine letzten Pilze gesammelt hatte: Eine Verwechslung würde ihm nie passieren. »Und was macht der Pilzräuber?«, fragte er.

»Der war schlauer als wir und hat heute ausgeschlafen.« Iwan gähnte demonstrativ.

»Dann lassen wir ihn mal schlafen.« Lovis grinste. »Und ich denke, da fällt gleich noch jemand ins Bett. Zurück zur Hütte.«

Der wahre Grund für diese Entscheidung war aber nicht Iwans offensichtliche Müdigkeit, sondern sein eigener Hunger. Das Frühstück war doch arg früh gewesen und die Pilze wogen schwer in diesem Beutel. Zudem standen sie mitten auf dem Forstweg herum. Was, wenn dem Waldner plötzlich einfiel, hier aufzukreuzen und er den Privatdetektiv, den er auf den Pilzräuber angesetzt hatte, an einem Tag mit ungeradem Datum mit Pilzen erwischte? Er wollte den Jungs eben seinen Menüvorschlag schmackhaft machen, da schrie Matthias überrascht auf.

»Ist das da unten die Polizei?«, fragte er und deutete durch eine Schneise im Wald in Richtung des Stoaner Hofs.

»Die Polizei? Aufm Berg?« Die Jungs sahen dorthin, wo sein ausgestreckter Zeigefinger hindeutete, nickten sich zu und rannten ohne ein weiteres Wort den Weg, den etwas früher am Morgen Samuel hochgestapft gekommen war, hinunter. Lovis blieb nichts anderes übrig, als ihnen zu folgen.

Sie mussten nicht weit gehen. Ein paar hundert Meter weiter öffnete sich der Wald und gab den Blick frei auf eine frisch gemähte Wiese, darunter lag der Stoaner Hof. Davor ein Lovis nur allzu vertrautes Bild: Einsatzwagen der Polizei, der Rettung, ein Gewimmel von Menschen in verschiedenen Uniformen, von denen zwei den sich windenden Much Richtung Polizeiauto zerrten. Aus einem kleinen Schuppen neben dem Hof kam wütendes Gebell.

Lovis legte seine Pilze beiseite, beschleunigte seine Schritte und kam gerade noch rechtzeitig, bevor die

Beamten der italienischen Staatspolizei selbst in den Wagen stiegen.

»Andi«, rief er einem von ihnen, einem Glatzkopf in seinem Alter, zu. Er kannte ihn aus der Zeit, als er selbst noch bei der Staatspolizei war. »Was ist passiert?«

»Nix, was einen Privatdetektiv angehen würde«, war die barsche Antwort. Andi ließ den Motor an.

»Bricht's dir einen Zacken aus der Krone, wenn du mir das sagst?«, fragte Lovis ebenso ungehalten und wandte sich an seinen ehemaligen Mitschüler. »Much? Was werfen sie dir vor?«

Much war auf der Rückbank des Polizeiwagens zusammengesunken. Ein Häufchen Elend. Als er seinen Namen hörte, sah er kurz auf und erkannte Lovis. »Die Thres, Lovis. Sie ist …« Er begann zu schluchzen.

»Die Bäuerin ist tot«, sagte da eine bekannte Stimme neben ihm. Lovis sah hoch. Ispettore Giovanni Scatolin, sein Freund und ehemaliger Kollege bei der italienischen Staatspolizei, stand da. Geschniegelt wie immer, die schwarzen Haare auf die vorgeschriebene Länge gekürzt. »Wie kann es sein, dass du gerade in dem Moment hier oben auftauchst, wenn ein Mord passiert, Amico?«, fuhr Scatolin fort.

»Ich bin genau genommen schon seit Freitag da. Der Mord ist also in dem Moment passiert, als ich heroben war und nicht umgekehrt«, versuchte Lovis, sich zu rechtfertigen.

Scatolin seufzte.

Lovis beachtete sein Seufzen nicht. »Und er war's?«

»Ermordet worden ist sie mit einem scharfen Gegenstand – vielleicht mit einer Axt. Der Ehemann war laut eigener Aussage bei der Holzarbeit im Wald ... zähl mal eins und eins zusammen ...«, meinte Scatolin.

Lovis konnte das einfach nicht glauben. Much, der friedlich an seiner Pfeife paffte, die Schwägerin vom Hüttenzauber zum Hof eskortierte, nur weil seine Ehefrau das angeschafft hatte, der in den drei Mittelschuljahren, die sie miteinander die Schulbank gedrückt hatten, kein einziges Mal in eine Rauferei verwickelt gewesen war – dieser Much sollte seine Frau umgebracht haben?

Ein Satz, den der Much zwei Tage zuvor fallengelassen hatte, fiel Lovis ein:»Ich hab die Liebe meines Lebens geheiratet und wir sitzen jeden Abend zusammen auf dem Bankl vor unserem Haus.«

»Der Much war's nicht«, sagte Lovis und sah seinen Freund ernst an.

Scatolin schnaufte entnervt auf.

»Glaub mir, Scatolo«, bekräftigte Lovis.»Ich ...«, bin mir sicher, wollte er den Satz vollenden, doch Scatolin ergänzte den Satz an seiner Stelle:»... hab da so ein Gefühl. Amico, fängt das schon wieder an?«

»Scatolo ...«

»Nein, Lovis. Lass deine Finger aus der Sache, *mi raccomando!*« Er klopfte zweimal auf das Dach des Polizeiwagens.»*Portatelo in caserma.*« Das ließen sich die Beamten nicht zweimal sagen, starteten den Motor und fuhren talwärts Richtung Polizeikommissariat. Mit Much im Gepäck.

»Scatolo«, machte Lovis noch einen Versuch.

Doch der schüttelte bestimmt den Kopf.»Hör zu, Lovis. Ich weiß, deine hellseherischen Fähigkeiten sagen dir wieder ganz etwas anderes. Aber meine Erfahrung sagt, dass der Mörder von Theresia Steiner in ihrem nächsten Umfeld zu finden ist. Und da kommen nur genau zwei Personen infrage: ihre Schwester Walpurga Steiner und ihr Ehemann Michael Wieser, beide wohnhaft auf dem Steiner Hof. Walpurga Steiner war mit den Kühen unterwegs und als sie zurückgekommen ist, hat sie Theresia Steiner in ihrem Blut liegend vorgefunden. Der Mann hat angegeben, mit Waldarbeit beschäftigt gewesen zu sein. Da oben!« Scatolin deutete auf den Waldrand. Die Strecke von dort oben hatte Lovis selbst ein paar Minuten zuvor in kürzester Zeit zurückgelegt. »Der Schlag ist vermutlich mit einer Axt ausgeführt worden, mit viel Kraft. Sag mir, was für einen anderen Mörder spricht als für ihren Ehemann.« Er sah Lovis eindringlich an.

Der wusste nicht, was er darauf antworten sollte, und brach den Blickkontakt ab. »Ich glaub's trotzdem nicht.«

»Jeder, der auf dem Wanderweg Richtung Tal unterwegs war, hätte die Axt mitnehmen können«, mischte sich da Iwan ins Gespräch. »Oder sie oben beim Much abholen.«

»Genau! Um ihn zu belasten und die Schuld von sich selbst wegzulenken«, nahm Lovis den Faden auf.

»Der Pilzräuber«, schlug Matthias vor.

»Oder …« Erik unterbrach sich selbst und fuhr dann schnell anders fort: »… jeder, der im Wald unterwegs war.«

Er spielte auf Samuel an. Natürlich! Lovis wollte den Gedanken eben laut aussprechen, da schüttelte Erik leicht den Kopf. Klar, an Samuel hatten die Jungs nach der Goaslschnöll-Lektion einen Narren gefressen und sicher wollten sie ihm keine Probleme bereiten. Gut. Er würde sich selbst darum kümmern, dachte Lovis und klappte den Mund wieder zu. Scatolin hatte nichts bemerkt.

»Jedenfalls muss es nicht Much gewesen sein. Hast du nicht gesehen, wie zerstört er gewesen ist?« Lovis sah seinen Freund herausfordernd an.

Der schnitt eine verächtliche Grimasse. »Du weißt genau, dass einige Täter recht brauchbare Schauspieler sind, Amico. Denen glaube ich schon lang nicht mehr.« Dann straffte er sich. »Ich habe jede Menge zu tun. Ihr seid hier nicht erwünscht. Wenn ihr gaffen wollt, dann bitte von hinter dem Absperrband.« Damit drängte er Lovis und die drei Jungs ein Stück zurück Richtung Wiese, wo er zwischen vorbildlich aufgestocktem Stapelholz und einem Speltenzaun das Absperrband der Polizei befestigte.

Im Weggehen meinte er noch zu der Beamtin, die gerade eben seinen Weg kreuzte: »*Sabrina, ti dispiacerebbe dare un'occhiata agli spettatori, per favore?*« Damit bat er sie, die Schaulustigen im Auge zu behalten und zeigte auf Lovis und die Jungs. Lovis schnaubte, zog sich aber mit seinen Begleitern hinter das Absperrband zurück. Sabrina zwinkerte ihm belustigt zu. Sie war diejenige, die seinen Posten im Polizeikommissariat übernommen hatte. Nur war sie, im Gegensatz zu ihm, nicht lange in dieser Position geblieben, sonst wäre sie nicht bei diesem Einsatz mit dabei gewesen, sondern hätte den Sessel in dem dreckigen Kabuff im Polizeikommissariat gewärmt.

»Signor Lovis?«, sagte sie lächelnd. »Haben Sie unseren Ispettore schon wieder vergrätzt?«

»Wenn schon, dann hat er mich vergrätzt«, sagte Lovis und dachte sich im Stillen, dass er Scatolin ja eigentlich noch nicht verziehen hatte, wie er sich im Fall Oberegger ihm gegenüber verhalten hatte. »Also, Sabrina, was können Sie mir sagen über das, was hier passiert ist?«

Doch wenn er gedacht hatte, er hätte bei der jungen hübschen Beamtin größere Chancen an Informationen zu kommen, hatte er sich verschätzt. Sie lächelte ihm unverbindlich zu. »Hinter der Absperrung bleiben, Signor Lovis, bitte. Sonst muss ich Ihnen die Handschellen anlegen.«

Als die vier sahen, dass sie hier nichts mehr ausrichten konnten, stiegen sie wieder bergwärts und holten im Vorbeigehen den Beutel mit den Pilzen. Mit einem kleinen Umweg zu der Stelle hin, zu der Scatolin gedeutet hatte und wo Much angegeben hatte, mit Waldarbeit beschäftigt gewesen zu sein. Doch auch hier wimmelte es von Beamten, die wenig Freude mit Schaulustigen hatten und noch weniger mit »einem Privatdetektiv und seinem Kindergarten«, wie sich einer ausdrückte. Und so zogen sie unverrichteter Dinge wieder ab.

»Was ich vorher sagen wollte«, begann Erik, als sie das steilste Stück hinter sich und den Forstweg erreicht hatten. »Glaubt ihr, es war der Samuel?«

Die anderen drei blieben stehen und sahen ihn mit bedrückten Mienen an.

»Wär möglich, oder?«, begann Matthias.

Aber Iwan schüttelte den Kopf. »Der ist viel zu nett. Der kann nie und nimmer ein Mörder sein. Da schon eher der Pilzdieb, der Walsche!«

»Iwan!«, fuhr Lovis dazwischen, doch der Junge machte ungerührt weiter. »Der soll doch mit allen hier auf der Alm Streit gehabt haben. Vielleicht auch mit der Thres?«

Lovis fiel ein, was Much erzählt hatte. »Hatte er. Er hat immer das Viehgatter offen gelassen, wenn er durchgefahren ist. Und zu schnell gefahren ist er auch noch. Und wie ihn die Thres zur Rede gestellt hat, hat er von ihr verlangt, Italienisch zu reden. Da ist die Thres gestiegen – so hat's zumindest der Much erzählt.«

»Na, also. Der Pilzräuber war's«, stellte Matthias fest. »Fall gelöst. Können wir jetzt ans Essen denken?«

»Nicht unbedingt«, meinte Iwan langsam. »Also essen schon. Aber der Much könnte das auch erzählt haben, damit wir an seine Unschuld glauben. Vielleicht hat er das von langer Hand geplant und …«

»Geh, der Much doch nicht«, unterbrach ihn jetzt Lovis. »Der erzählt mir doch nicht so was, nur weil er plant, zwei Tage danach seine Frau umzubringen. Sie war die Liebe seines Lebens. Das hat er auch gesagt.«

»Eben«, sagte Iwan.

Lovis sah ihn ungläubig an. »Weißt du was? Du bist fast schlimmer als der Scatolin.«

Der Junge gluckste. »Das nehm ich jetzt als Kompliment. Ich geb euch ja recht. Den Pilzräuber sollten wir auf jeden Fall unter die Lupe nehmen. Und den Samuel auch. Aber vielleicht solltest du die Möglichkeit in Betracht ziehen, dass diesmal doch dein Freund der Täter ist. Nur sicherheitshalber. Damit du nachher nicht so enttäuscht bist.«

Lovis starrte ihn an. »Sicherheitshalber? Damit ich nicht enttäuscht bin?« Aber er musste zugeben, dass der Junge recht hatte. Auch wenn er das nur ungern zugab. »Gut. Dann machen wir es so. Wir nehmen alle drei unter die Lupe.«

»Das heißt, wir sind drin?«, vergewisserte sich Matthias. Als Lovis nickte, stieß er die Faust in die Luft. »Yesss! Aber …«, er wechselte einen verschwörerischen Blick mit seinen Freunden, »… unsere Handys könnten wir jetzt schon gut gebrauchen … bitte!«

Sie belagerten Lovis, bis der nickte. »Ich werd sehen, was sich machen lässt. Und jetzt lasst uns ein schönes Pilzgröstl machen. Ich fall fast um vor Hunger.«

Zusammen mit den Jungs saß Lovis am Nachmittag auf der Bank vor der Hütte und brütete über den bisherigen Erkenntnissen. Verdächtig waren also dieser Italiener, der sich ständig im Wald herumtrieb, offensichtlich kriminelles Potenzial hatte und sich mit jedem anlegte, und der Samuel, der ihnen etwa zur Tatzeit begegnet war – eindeutig aus der Richtung des Stoaner Hofs und in seltsamer Stimmung. Aber vielleicht gab es noch weitere Verdächtige. Um sich hierüber klarer zu werden, wollte Lovis erst einmal zu seinem Freund Schorsch, dem Hüttenwirt, der zumindest im Tal die Funktion eines Beichtvaters übernahm und über jeden – und jede – Bescheid wusste. Lovis vermutete, dass das auf dem Berg nicht anders war, und er beschloss, ihn gleich heute Abend, wenn die Wanderer fort waren, aufzusuchen.

Bis dahin wollten sie dem Italiener auf die Schliche kommen, doch daraus wurde nichts. Denn genau in dem Moment, als sie im Begriff waren, wieder aufzubrechen, kam in großen Schritten und haltlos schluchzend die Burgi aus dem Wald Richtung Berg gestapft. Bei Lovis' Anblick blieb sie stehen, dann ging sie auf ihn zu und warf sich ihm um den Hals.

Hilflos tätschelte er ihren Rücken. Sie hatte soeben ihre Schwester verloren, ihr Schwager stand unter dem Verdacht, ein Mörder zu sein. Er brauchte kein Psychologe sein, um zu verstehen, was in ihr vorging.

»Ich fürcht mich so da unten«, brachte sie irgendwann unter heftigen Schluchzern hervor. »So allein auf dem Hof. Mit dem Blut in der Küche. Und dem Mörder, der noch irgendwo da draußen herumschleicht. Ich hab solche Angst.«

Ein Blick zu den Jungs bestätigte ihm, dass sie aus dem Gesagten dieselben Schlüsse zogen: Auch die Burgi glaubte nicht daran, dass Much der Mörder war. Er tätschelte weiter ihren Rücken.

»Du kannst bei uns schlafen«, schlug Matthias vor.

Das kam etwas unerwartet für Lovis, doch er stimmte ihm zu. »Wenn's dich nicht stört, mit lauter Männern im Bettenlager zu übernachten. Eine Matratze haben wir noch.« Ein Teil von ihm hoffte, dass sie das Angebot ausschlug, der andere Teil wollte sie bei sich wissen. Ein Mörder ging um auf dem Ploseberg, und es war gut möglich, dass er es auch auf Burgi abgesehen hatte.

»Ihr seid lieb«, sagte sie, zog noch einmal die Nase hoch und schob ihn von sich. »Vielleicht wenigstens heute? Oder bis der Much wiederkommt?« Sie sah Lovis hoffnungsvoll an.

Der nickte. »Natürlich.«

»Ich muss nur um sechs zum Melken«, sagte sie.

Lovis konnte ihr das Unbehagen ansehen.

»Sollen wir mitkommen?«, fragte er. Das war eine gute Gelegenheit, auf dem Stoaner Hof herumzuschnüffeln. Burgi meinte: »Ihr könnt auch helfen«, worauf Lovis ergeben seufzte. Natürlich würde er auch im Stall helfen.

Der Stoaner Hof strahlte Einsamkeit aus. Das war der erste Gedanke, der Lovis durch den Kopf schoss, als sie das Gehöft vor sich liegen sahen. Wer auch immer auf die Idee gekommen war, auf dieser Höhe einen Hof aufzustellen, hatte sich nichts daraus gemacht, dass er hier vom Treiben auf der Welt nichts mitbekam. Der Stoaner Hof war schätzungsweise irgendwann im sechzehnten oder siebzehnten Jahrhundert errichtet worden. Im gemauerten Erdgeschoß waren nach Süden hin die Wohnräume angelegt, im Zubau nach Norden hin der Stall. Darüber war der Heustadel in dunklem Holz, an dem – zum Schutz gegen die bösen Geister – Tierschädel hingen. Unter dem Hof, in den Hang hinein gebaut, lag der in Beton eingefasste Misthaufen, daneben ein Hühnergehege – rundum mit einem Drahtgeflecht gegen die Geier geschützt.

In dem von einem Speltenzaun umsäumten Bauerngarten sorgten Ringelblumen, Salbei und Kresse für Schönheit, dahinter wuchsen Lauch, alle möglichen Kohlsorten und Salat – grad so viel, dass die Bauernfamilie sich selbst versorgen konnte. Für die Selbstversorgung sprach auch der Backofen, der neben dem Stapelholz an das Haupthaus angebaut war. Das Absperrband flatterte in der Abendbrise und verstärkte die niedergedrückte Stimmung noch.

Der Schäferhund, der auf dem sonnenbeschienenen Plätzchen vor dem Eingang gelegen hatte, kam ihnen bellend entgegen. Als er die Burgi erblickte, ließ er sich von ihr über das Fell streicheln, dann trottete er an seinen Platz zurück, rollte sich zusammen und schlug zweimal kraftlos mit dem Schwanz gegen den Boden. »Der Hasso hat genau verstanden, was passiert ist«, sagte sie und schluchzte auf. »Der Garten war der Thres ihre Herzensangelegenheit. Und auf dem Bankl hier ist sie abends immer mit dem Much gesessen.« Sie strich über das verwitterte Holz der Bank, hinter der ein Marillenbaum über ein Spalier hochgezogen war.

Much hatte dasselbe gesagt, fiel Lovis ein. Er erinnerte sich noch genau an seine Worte. »Wir sitzen jeden Abend zusammen auf dem Bankl vor unserem Haus und schauen auf euch hinunter. Und weißt du, was wir da denken? Die armen Brixner! Müssen jeden Tag in so einem Mief leben, kriechen da unten im Tal herum wie die Ameisen und schuften und zermürben sich und wissen nicht warum! Wir wissen's.« Er hatte glücklich gewirkt, als er das gesagt hatte. Zufrieden. Wieder fühlte sich Lovis in seiner Meinung bestärkt, dass der Much nichts mit dem Mord zu tun hatte.

»Glaubst du, dass der Much es getan hat?«, fragte er Burgi.

Sie schüttelte vehement den Kopf. »Der Much? Nie und nimmer! Der ist so ein herzensguter Mensch, Lovis.

Der würde keiner Fliege was zuleide tun. Er war's sicher nicht, glaub mir!«

»Wer dann? Wer hatte so einen Hass auf deine Schwester, dass er ihr mit einer Axt den Schädel gespalten hat?« Lovis sah sie eindringlich an. »Du musst das doch wissen, Burgi! Du warst doch ständig hier auf dem Hof, hast mit ihnen gelebt. Versuch, dich zu erinnern! Ist irgendwer der Thres in letzter Zeit komisch gekommen? Hat sie wer bedroht?«

Burgi dachte nach. »Da waren schon ein paar Sachen«, begann sie langsam und warf Lovis einen entschuldigenden Blick zu. »Die Thres war leider nicht so friedfertig wie der Much …«

»Sag mir alles, was du weißt!«, bat er.

Burgi schloss die Augen. »Da war dieser Italiener. Er ist wie eine wilde Sau die Forststraße hochgefahren und hat unser Viehgatter offen gelassen. Alle Kalbinnen sind durch und wir haben einen Tag gebraucht, um sie wieder einzufangen. Wie die Thres spitzgekriegt hat, dass er das war, hat sie ihn abgepasst und zur Rede gestellt und, glaub mir, dem haben die Ohren gewackelt von ihrem Geschrei. Ich war mit dem Much oben bei der Waldarbeit und wir haben die beiden unten brüllen gehört.«

Das deckte sich mit dem, was der Much erzählt hatte, stellte Lovis zufrieden fest. Sein Freund hatte also nicht gelogen oder seine Entlastung von langer Hand vorbereitet. »Wann war das?«

Die Burgi überlegte. »Vielleicht vor einer Woche? Ganz genau kann ich mich nimmer erinnern.«

»Hatte sie auch noch mit anderen Streit? Oder anders gefragt: Was war mit dem Samuel?«

»Ja, da gab's auch was. Die Thres hatte genug von den ganzen Wanderern und Radfahrern, die den Weg durch unsere Wiese abkürzen.« Lovis dachte mit etwas schlechtem Gewissen, dass auch er und die Jungs die Abkürzung durch die Wiese genommen hatten, statt auf der Forststraße zum Stoaner Hof zu gelangen. »Jedenfalls ist ihr einmal der Kragen geplatzt, als wieder einmal einer mit dem Rad heruntergeprescht ist – der Walsche übrigens – und da hat sie einen Draht gespannt.«

»Die Verrückte!«, entfuhr es Lovis, der sich nicht zurückhalten konnte. Das taten die Leute wirklich? Wussten sie, was sie damit anrichten konnten? Dass sie riskierten, einen Menschen zu töten oder ihn langfristig zu schädigen? Auch wenn es absolut nicht in Ordnung war, wie manche Radfahrer sich aufführten, konnten die Besitzer der Wiesen doch nicht einfach ihr Todesurteil fällen, indem sie solche Drähte über die Wege spannten!

Die Burgi hob die Schultern. »Er hat's halt wirklich weit getrieben mit seinen Unverschämtheiten. Nur getroffen hat's leider den Samuel, der – zugegeben – auch nicht grad langsam unterwegs war und mit dem Rad ruhig die Straße hätt nehmen können. Tja, jedenfalls ist er weich gefallen und hat sich außer ein paar Abschürfungen nix getan. Aber einen ordentlichen Schrecken hat er davongetragen. Und danach war er ihr ganz schön bös.«

»Verständlich«, schnaubte Lovis. Was hatte sich die Thres nur dabei gedacht!

Burgi fuhr fort. »Dazu kommt, dass sie ihm hin und wieder den Hasso auf den Hals gehetzt hat ... Dem Sandro und seinen Touris übrigens auch.«

75

Lovis erinnerte sich, dass der Bergführer etwas Ähnliches erzählt hatte, und wurde hellhörig. »Ist was passiert?«

Die Burgi winkte schmunzelnd ab. »Der Sandro ist mit dem Chef vom Tourismusverein noch einmal gekommen und sie haben damit gedroht, dass sie ihr den Anwalt auf den Hals hetzen. Aber die Thres hat gewusst, dass sie im Recht ist und hat sie ausgelacht. Es ist ihr Grund und der Hund beschützt sein Revier. *Privatbesitz. Betreten auf eigene Gefahr* – so steht's unten am Viehgatter und die Leute haben gewusst, auf was sie sich einlassen.«

»Und?«

Burgi zuckte mit den Schultern. »Der Sandro nimmt seit damals eine andere Route.«

»Das kann's doch auch nicht sein.«

»Na ja. Die Thres hat schon gewusst, was sie tun muss, um ihres beinanderzuhalten.« Ein Schatten huschte über Burgis Gesicht und sie erhob sich. »Ich muss in den Stall.«

»Kann ich ins Haus?«, fragte Lovis und stand ebenfalls auf.

»Ist offen«, meinte sie und wollte sich schon abwenden, da hielt er sie noch einmal zurück.

»Die Mordwaffe, Burgi, haben sie die gefunden?«

Sie verneinte und ließ den Kopf hängen. »Dem Much seine Axt haben sie auch nicht gefunden oben im Wald.«

»Das heißt, der Mörder ist hinauf in den Wald, hat die Axt gestohlen und dann die Thres erschlagen?« Lovis sackte das Herz in die Magengrube. Das klang tatsächlich sehr konstruiert.

Sie nickte.

»Dann müssen wir die Tatwaffe finden, Burgi.«

Sie lachte höhnisch auf. »Hier? Auf dem Berg? Im Wald? Da gibt's Millionen von Verstecken.«

Besonders für einen Pilzsammler, schoss es Lovis in den Kopf. Der hielt sich nicht an Wege, schlug sich querfeldein durch die Büsche und kannte die geheimsten Fleckchen im Wald. Wenn er gegen so einen antreten musste, hatte er keine Chance, diese Axt zu finden.

»Ich denke nicht, dass er sie im Wald versteckt hat«, meldete sich da Iwan zu Wort. »Das Risiko ist zu hoch, dass er auf dem Weg zu dem Versteck jemandem begegnet. Der Mörder hat das Ding sicher irgendwo in Hofnähe gelassen.«

Der Junge war nicht auf den Kopf gefallen, stellte Lovis fest. Wie immer war er selbst schon wieder einen Schritt zu weit galoppiert, während Iwan die Sachen gründlicher durchdachte. »Er hat recht«, sagte er. »Wo würdest du auf dem Hof eine Mordwaffe verstecken?«

Burgi sah ihn misstrauisch an. »Unterstellst du jetzt mir, die Thres umgebracht zu haben, oder was? Oder warum fragst du das?«

»Nein, nein!«, wehrte er schnell ab. »Es ist nur ... du kennst den Hof und seine Verstecke. Du hilfst uns, schneller ans Ziel zu kommen.«

»Ah ...« Die Burgi entspannte sich sichtbar und überlegte. Ihr Blick wanderte über das Gehöft, den Schrebergarten und blieb am Misthaufen hängen. Ohne dass sie etwas sagte, errieten die Jungs ihre Gedanken und stöhnten auf. Sie zuckte mit den Schultern. »Seit jeher das beste Versteck am Hof. Mein Großvater hat erzählt, wie sie im Faschismus die deutschen Schulbücher im Misthaufen verschwinden haben lassen. Haben sie in einen Hirschlederbeutel eingenäht und wie die Walschen abgezogen waren, haben sie den Beutel herausgezogen und weiter ihre Deutschaufgaben gemacht.«

In der Zeit des Faschismus war es verboten gewesen, die Kinder in der deutschen Sprache zu unterrichten. Doch auf Bauernhöfen trafen sich die Kinder und lernten von risikofreudigen Menschen, die eigens dafür in Deutschland zu Lehrerinnen und Lehrern ausgebildet worden waren, in ihrer Muttersprache zu schreiben und zu lesen. Der Misthaufen war jedenfalls ein ausgebufftes Versteck für die Schulbücher und war vielleicht tatsächlich auch für den Mörder verlockend gewesen.

Lovis wechselte einen Blick mit den Jungs. Ein neuerliches Stöhnen war die Antwort.

»Wo sind die Mistgabeln?«, fragte Lovis.

Burgi wies mit dem Kinn Richtung Stall. »Eine kann ich euch leihen. Die andere brauch ich selber zum Ausmisten.«

Die vier gingen hinter ihr her zum Stall und nahmen die Werkzeuge in Empfang. Lovis passten Muchs Stallstiefel. Die Jungs zeigten achselzuckend auf ihre Turnschuhe, aus denen sie den Mistgeruch ein Leben lang nicht herausbekommen würden. Also fügte er sich in sein Los und stieg todesmutig auf den Misthaufen.

»Lorenz Lovis ist unterwegs in geheimer Mission«, kommentierte Matthias schadenfroh das Geschehen. »Den Staoner Hof umgibt ein Geheimnis, das zum Himmel stinkt. Wird der Privatdetektiv es lüften oder bleiben die Toten für immer stumm?«

»Ta da da daaaa«, kam es von Erik in Anlehnung an die Spannung erzeugende Untermalungsmusik von

Filmtrailern und Iwan setzte noch eins oben drauf:»Ab
15. August im Kino.«

Lovis stützte sich auf seine Mistgabel und sah genervt
zu den Jungs hoch.»Ich geb die Mistgabel gern ab.«
Feixend wehrten die Jungs ab und Iwan meinte:»Wir
schauen uns auch mal um. Der Misthaufen ist ja nicht
das einzige brauchbare Versteck auf dem Hof.«
Und damit waren sie fort.

Lovis stocherte missmutig im Mist herum und warf
die stinkenden Strohgarben von einer Ecke des Haufens
in die andere. Der nasse Mist schmatzte unter den Soh-
len von Muchs Stallstiefeln und mit jeder Mistgabel
weckte er Schwärme von ekligen, grün schimmernden
Fliegen und Pferdebremsen auf, die summend um ihn
herumschwirrten und ihn durch den dünnen Stoff seines T-Shirts hindurch stachen. Mit jeder Gabel wurden
seine Arme schwerer, biss ihm der Ammoniakgestank
stärker in der Nase. Er hatte seinen neuen Beruf noch
nie so verabscheut wie gerade eben und dachte zynisch
daran, wie er sich sein Leben als Privatdetektiv anfangs
ausgemalt hatte. Eine Mischung aus James Bond und
Sherlock Holmes, und wenn nicht das, dann doch zumindest ein ganz brauchbarer Matula, der mit schnellen Wagen, gezückter Waffe und einem Staatsanwalt
im Rücken die kniffeligsten Fälle löste – durch Grips
und Stärke. War Matula jemals bis zu den Knöcheln in
Kuhscheiße gestanden auf der Suche nach der Tatwaffe?
Am liebsten hätte er die Mistgabel von sich geworfen.
Doch er wusste, er würde heute Nacht nicht schlafen
können, wenn er sich auch nur die geringste Nachlässigkeit vorwerfen könnte, und so arbeitete er verbissen
weiter.

Doch die Suche blieb erfolglos.

»Nix, oder?«, fragte Burgi, als sie die Stallarbeit abgeschlossen und alle Tiere versorgt hatte.

Lovis schüttelte den Kopf.

»Hab ich mir gedacht.« Sie ließ den Kopf hängen. Er kletterte aus der stinkenden Masse und legte ihr die Hand auf die Schulter. »Wir finden den richtigen Mörder, wirst sehen, Burgi.«

»Meinst?«

Er nickte. »Bis jetzt hab ich noch jeden Mord aufgeklärt.« Dass er dabei immer mehr Glück als Verstand gehabt hatte, sagte er nicht dazu. Dafür wiederholte er noch einmal in selbstbewusstem Ton: »Wir kriegen ihn«, und versuchte damit, sich selbst davon zu überzeugen.

Der Vorteil von Burgis Anwesenheit in seiner Hütte war, dass er sich nicht um das Abendessen kümmern musste. Statt dem dritten Melchermuas – die Begeisterung der Jungs für dieses Traditionsgericht hatte bereits am Sonntag merklich nachgelassen – hatte Burgi mit frischer Kuhmilch und Eiern von den Stoaner Hennen einen Kaiserschmarrn gezaubert, der die vier Männer zur Völlerei verführt hatte. Vollgestopft und mit seligem Lächeln lagen die Jungs in der Wiese und hielten sich die Bäuche. Lovis saß genauso zufrieden auf der Bank vor der Hütte und lehnte an der Wand aus unbehauenen Baumstämmen.

Burgi selbst wirkte entspannt und glücklich. Anders als er selbst beim Tod seines Onkels, schien sie ganz gut zu verkraften, dass ihre Schwester nicht mehr am Leben war. Sie scherzte mit den Jungs herum, zwinkerte ihm verführerisch zu und streifte das Thema Mord während des Essens kein einziges Mal. Der Tapetenwechsel schien ihr gut zu tun.

Lovis dachte zurück an den Tod seines Onkels und daran, wie er beim Anblick seiner Lieblingstasse in Tränen ausgebrochen war und wie die unwichtigsten Details Erinnerungen an ihn hatten hochkommen lassen. So gesehen war es vielleicht gut, dass die Burgi die Nacht in einer anderen Umgebung zubrachte und es sich so gestatten konnte, das Furchtbare, das auf dem Stoaner Hof passiert war, zu verdrängen. Irgendwann klatschte sie in die Hände.»Mander, so geht das nicht. Die Sonne ist noch nicht einmal untergegangen. Wir machen jetzt einen Watter. Lovis, wo sind die Karten?«

Lovis schlug die Augen auf.»Karten?« Wattkarten hatte er beim Großreinemachen nicht in die Finger gekriegt.

Doch Matthias hatte vorgesorgt. Flink sprang er in die Hütte, sauste die Hennentrittleiter hoch und kam mit einem druckfrischen Päckchen Spielkarten zurück.

Die Jungs versammelten sich um den Tisch und Burgi mischte die Karten ordentlich durch.

»Wir sind aber zu fünft«, bemerkte Iwan.»Einer kann nicht mitspielen.«

»Noch nie vom Fünferwatter gehört?«, fragte Burgi.

Die Jungs schüttelten die Köpfe. Sie wollte eben anheben, zu erklären, da hob Lovis abwehrend die Hände.

»Ich tret freiwillig zurück. Ich muss ein paar Schritte gehen. Den Kaiserschmarrn verdauen. Spielt ihr schön zu viert.« Damit erhob er sich.

Wenig später kam er außer Atem bei Schorschs Hütte an. Statt seinen vollen Bauch über den Berg zu schleppen, würde er sich bei seinem Freund ein Verdauungsschnäpschen gönnen und – was noch wichtiger war – ein paar Fragen stellen. Schorsch hatte ihn bei seinen vergangenen Fällen mit nützlichen Informationen versorgen können. Außerdem würden auch noch andere Bergmenschen hier sein und er würde auch von ihnen allerhand erfahren.

»Du bist wegen dem Much da, oder?«, empfing ihn Schorsch.

»Ja, und weil die Burgi uns mit Kaiserschmarrn vollgestopft hat, dass mir ist, als würde ich gleich platzen.«

»Ohhhh!«, kam ein vielstimmiges, bewunderndes Grölen von den Männern, die sich wieder in Schorschs Hütte versammelt und seinem Gespräch mit dem Privatdetektiv gelauscht hatten.

»Kocht die Burgi jetzt für dich?«, fragte Felix neidisch. »Was muss man tun, dass sie das tut?«

Lovis lachte. »Ihr einen Platz auf einer harten Matratze voller Stockflecken anbieten.«

Wieder grölten die Männer.

»Sie schläft bei dir in der Hütte?«, vergewisserte sich Felix.

Lovis' Miene wurde ernst. »Sie fürchtet sich unten auf dem Hof. Ganz allein. Und der Mörder ist auf freiem Fuß.«

Auch unter den Männern wurde es still.

»Haben sie nicht den Much mitgenommen?«, fragte Herbert, ein Senner, der den besten Graukäse weit und breit machte und der auch beim Herz-Jesu-Feuer dabei gewesen war.

Bevor Lovis etwas darauf entgegnen konnte, meinte Schorsch: »Ach was, Herbert. Du glaubst doch wohl selber nicht, dass der Much der Thres etwas getan hat?«

»Wieso nicht? Wer weiß, vielleicht ist was im Argen gelegen zwischen den beiden.«

»So verliebt, wie der Much immer getan hat, wenn er von der Thres erzählt hat?«, warf Felix ein. »Nein, Herbert. Ich kann auch nicht glauben, dass es der Much war.«

Vinzenz, der wieder mit ihm am Tisch saß, stimmte ihm zu. »Schon eher der Walsche. Ihr wisst schon, dass die Thres mit ihm zusammengekracht ist, oder?«

»Wenn's das ist …«, mischte sich jetzt auch Samuel ins Gespräch, »da ist fast jeder auf der Alm verdächtig …«

»… an erster Stelle du«, stichelte Felix.

Samuel nickte. »Genau. Weil ich wegen dem Draht mit ihr Streit hatte. Oder wegen dem Hund. Und der Sandro auch, weil sie ihm den Hund auf den Hals gehetzt hat. Natürlich der … Italiener …«, er quittierte Lovis' dankbaren Blick mit einem Nicken, »und vielleicht auch du, Herbert? Hat sie nicht immer das Schloss an der Schranke ausgetauscht, sodass du nicht durchfahren konntest?«

Herbert winkte ab. »Das war lästig, aber deswegen bring ich doch niemanden um!«

»Ich auch nicht«, hängte sich Samuel schnell an.

»Und ich sowieso nicht«, meinte Sandro. »Alle Wege führen nach Rom und die meisten davon über die Alm. Ich hab einfach die Route gewechselt und damit hat sich's gehabt.«

»Jedenfalls hatte der Much noch weniger Grund, seine Frau zu töten. Und jetzt sitzt er in U-Haft und unser Privatdetektiv hat sich, wie ich seh, drauf verlegt, ihn rauszuboxen«, sagte der Schorsch und sah Lovis fragend an. Der beeilte sich, zustimmend zu nicken, und der Hüttenwirt fuhr fort: »Und deswegen sollten wir ihn mit allen Informationen versorgen, die irgendwie zur Klärung des Falls beitragen könnten. Also: Der Much hatte kein Motiv, seine Ehefrau umzubringen.«

Samuel wiegte den Kopf. »Ganz stimmt das nicht«, sagte er. Alle Blicke richteten sich auf ihn und er fuhr fort: »Vor ein paar Tagen hab ich sie streiten gehört im Wald – an der Stelle, wo der Much grad Holzarbeit gemacht hat. Und wie ich danach den Pfad hinuntergewandert bin, hab ich das hier gefunden.« Er zog einen goldenen Ring aus der Tasche. »Das muss der Ehering von der Thres sein. Sein Name steht drin.« Er reichte Lovis den goldenen Reif, und dieser warf einen Blick auf die Gravur. »Michael«, stand da und daneben das Datum des Hochzeitstags. »Wenn sie ihm den Ring nachgeworfen hat und er ihn nicht aufgeklaubt hat, bedeutet das vielleicht, dass es doch nicht ganz so gut um die Ehe bestellt war, wie der Much uns hat glauben lassen.«

»Würd mich nicht wundern«, stimmte ihm Vinzenz zu. »Der Much ist ja öfter mit der Burgi gesehen worden als mit seiner Frau.«

»Und die Thres öfter mit deinem Vater als mit ihrem Mann«, stichelte Felix von der Seite. Lovis zog die Augenbrauen hoch. Der Förster Waldner hatte ein Techtelmechtel mit der Stoaner Thres gehabt?

»Was willst du damit sagen?« Vinzenz blickte seinen Freund wütend an.

»Nix.« Über Felix' Gesicht zog sich ein Ausdruck von Schadenfreude. »Nur das, was eh jeder hier weiß. Dein Vater und die Thres haben was miteinander gehabt.«

»Willst vor der Tür weiterreden?« Vinzenz stand auf, wobei sein Stuhl krachend zu Boden fiel.

»Wann immer du willst.« Felix zwängte sich hinter seinem Tisch hervor.

»Geah, Mander. Haltet's Frieden hier auf der Alm.« Schorsch kam hinter dem Tresen hervor und drückte die beiden Kampfhähne wieder auf ihre Sitzplätze. »Trinkt's a Bierl. Und kommt's wieder runter. Du weißt genau, wie viel Zeit die Leut hier auf der Alm haben, ihre Zungen zu wetzen, Vinzenz. Und du redst nicht das dumme Zeug nach, das die Tratschweiber hier oben erfinden, wenn sie zu tief ins Treberglas geschaut haben, Felix. Gebt's euch die Hand und gschafft's wieder.«

Die beiden jungen Männer gaben sich zwar nicht die Hand, aber sie hörten auf, sich wütende Blicke zuzuwerfen, und prosteten sich zu. Bald darauf erfüllte wieder ihr Gelächter den Schankraum.

Lovis nahm sich vor, seinen Freund später noch auf das Gerücht anzusprechen. Doch dann drifteten seine Gedanken ab zu dem Abend, den er mit Much vor seiner Hütte verbracht hatte. »Der Much hat seine Frau geliebt. Und die Burgi hat er nur deshalb begleitet, weil die Thres es von ihm verlangt hat.«

»Sagt wer?«, fragte Samuel.

»Der Much.«

Samuel nickte bedeutsam. »Eben.«

Auch wenn alles Hand und Fuß hatte, was Samuel gegen Much vorbrachte, fragte sich Lovis langsam, was der junge Mann für einen Vorteil daraus zog, den Much in so ein schlechtes Licht zu rücken.«»Was hast denn du heute Morgen beim Stoaner zu suchen gehabt?«, fragte er daher harscher als unbedingt nötig.

Samuel zuckte zusammen. »Was willst du damit sagen?«

Statt einer Antwort sah ihn Lovis abwartend an.

»Wie ich da unten war, war schon alles voller Polizei.«

»Ach ja?«

»Ich weiß nicht, was du hörst ... Aber ich kann dir beweisen, dass ich unten war, wie die Polizei schon ermittelt hat.« Samuel zog sein Telefon aus der Tasche, wischte ein paar Mal auf dem Display herum und hielt es Lovis dann herausfordernd hin. »Da! Sieh selbst.« Auf dem Display wurde ein Foto angezeigt, auf dem Samuel eine Grimasse schnitt. Im Hintergrund sah man Scatolin, der mit einem anderen Beamten diskutierte. »Außerdem hab ich ein Alibi. Dem Jörgl seine Kuh hat gekalbt und er hat mich um Hilfe gebeten. Das hat die ganze Nacht gedauert und war erst zu Ende, als die Polizei schon ermittelt hat. Oder willst du jetzt auch behaupten, dass das Blut auf meinem Hemd von der Thres ist?«

Erst jetzt erkannte Lovis die bräunlichen Flecken auf dem karierten Hemd. Wenn das nicht verdächtig war! »Auf jeden Fall würde das mehr Sinn machen als die Geschichte mit der kalbenden Kuh. Noch dazu, wo ich dich gesehen hab, wie du vom Stoaner Hof auf die Alm gewandert bist. Willst du mich für blöd verkaufen, oder was? Oder für besoffen? In aller Herrgottsfrühe?«, knurrte Lovis.

Samuel öffnete den Mund, als wolle er etwas sagen, klappte ihn aber wieder zu. Dann fauchte er: »Du kannst ja den Jörgl fragen!«

»Werd ich auch.«

Die beiden Männer maßen sich mit grantigen Blicken, bis Samuel als Erster die Augen abwendete. »Schorsch, heut passt's mir nicht bei dir. Ich geh.«

»Ich sollte dir nachgehen«, kündigte Lovis an. »Wer weiß, was du vorhast?«

Doch Schorsch hielt ihn zurück. »Geh, Carabiniere, bist du heut grantig«, brummte er begütigend. »Hör auf, dem Samuel Angst zu machen. Ich kenn den Bub, seit er so hoch mit Hut war«, der Hüttenwirt zeigte mit Zeigefinger und Daumen eine höchst unwahrscheinliche Größe an, »und ich kann dir sagen, dass der sicher nicht dein Mörder ist. Im Gegenteil: Der war immer zu brav für einen Bengel.«

Der junge Mann nickte ihm dankbar zu, stand aber trotzdem von seinem Tisch auf und verließ die Hütte.

Die anderen sahen Lovis vorwurfsvoll an.

»Dass du auf dem Samuel herumhackst, statt deinen anderen Fall zu klären«, kritisierte ihn Vinzenz. »Aber bei dem geht's dir ja nur drum, dass wir ihn ›Italiener‹ nennen und nicht ›den Walschen‹. Steckst vielleicht mit ihm unter einer Decke?«

Schorsch machte eine beschwichtigende Geste. »Mander, ihr trinkt jetzt einmal alle einen Schluck von eurem Bier und geht in euch. Vielleicht erinnert ihr euch dann wieder, dass ihr auf der Alm seid. Und auf der Alm geh ma's gemütlich an. Der Lovis wird alles tun, um den Pilzräuber zu erwischen.«

»Hast ja recht, Schorsch«, lenkte Vinzenz ein. »Ich bin ja sicher, der Kerl, der für die Pilzmorde verantwortlich ist, macht nicht nur im Wald alles hin. Ich hab da einmal so etwas gelesen: Menschen, die Pilze töten, töten auch andere Menschen.«

»So ein Schmarrn«, wehrte sich Lovis. »Es gibt Untersuchungen über Serienmörder. Viele von denen haben in ihrer Kindheit Tiere gequält oder ermordet. Aber das waren Tiere, nicht Pilze.«

Felix lachte. »Jedenfalls kenn ich wen, der sich freuen würde, wenn du dich drum kümmern würdest.«

Lovis seufzte. Er hatte dem Förster sein Wort gegeben, sich um den Waldschänder zu kümmern, und natürlich würde er sein Versprechen halten. Blieb nur zu hoffen, dass die Polizei die Tat von allen Seiten beleuchtete und Much nicht leichtfertig einen Mord anhängte. »Dann erklärt mir das einmal mit einer Karte, Felix. Wo genau hat der Italiener seine Hütte?«

Schorsch brachte eine Wanderkarte herbei und Lovis ließ sich von seinem Auftraggeber erklären, wo der Verdächtige hauste und wo überall er Schäden angerichtet hatte. Sie malten kleine Kreuze an die Stellen und der Privatdetektiv musste dem Felix bald in einer Sache zustimmen: Die Hütte des Italieners lag genau in der Mitte der Tatorte und … auch das sah Lovis mit Klarheit: gar nicht so weit vom Stoaner Hof entfernt.

MITTWOCH

AUF DER PIRSCH

Diesmal jagten Lovis nicht seine drei Assistenten aus den Federn, sondern die Burgi, die mit mehr Schwung, als um diese Uhrzeit erlaubt war, Schubladen und Schranktüren aufriss.

»Was zum ...«, fragte er verschlafen und stöhnte gleich darauf, als Matthias über ihn kletterte und ihm dabei einen ordentlichen Tritt in die Magengrube verpasste. Dann atmete er genießerisch den Duft von frisch aufgebrühtem Kaffee ein und schälte sich aus seinem Schlafsack. Gähnend tastete er sich durch die Luke und die Hennentrittleiter hinunter in den Wohnraum, erschauerte in der frischen Luft und sah durch die Tür hinaus auf die Almwiese. Tausende von Spinnennetzen glitzerten im Licht der Morgensonne, der Boden dampfte.

»Schaut mal, da unten!«, flüsterte Matthias aufgeregt neben ihm. Lovis folgte seinem Zeigefinger mit dem Blick. Am Waldrand ästen zwei Rehe.

»Schön«, staunte Iwan und drückte damit aus, was auch er empfand.

Burgi schien den Anblick gewöhnt.»Ausgeschlafen?« Lovis verzog das Gesicht.»Kann man so nicht sagen.« Sie lachte.»Schlafmützen! Ich war schon Melken. Die Eier sind von den Stoaner Hennen, die Milch von den Stoaner Kühen. Wenn ihr fertig gefrühstückt habt, geh ich noch einmal runter, hol die Kühe und treib sie zusammen mit deinen auf die Weide. Nur gut, dass bei deinen Kalbinnen und den trächtigen Kühen das Melken wegfällt. Wenn ich deine Kühe auch noch melken müsste ... uff. Zum Mittagessen gibt's dann ...«

Lovis hob abwehrend die Hand.»Nutzt gar nix, wenn du jetzt so viel redest. Das kommt bei mir nicht an. Hirn schläft noch.«

Wieder lachte sie hell auf.»Na dann, trink einmal den Kaffee. Vielleicht geht's dir danach besser.« Sie lehnte sich zurück und ließ ihr Gesicht von der Sonne bescheinen.

Bei Burgi wechselten die Launen schneller als das Wetter auf dem Berg, stellte Lovis fest. Von Trauer zu Angst, und jetzt war ihr Gemüt voller Sonnenschein. Vielleicht wirkte das schöne Bergwetter sich auf ihre Stimmung aus und das war ihr zu gönnen. Sie hatte genug durchgemacht in den letzten Tagen. Er hielt seine Emailletasse an die Lippen und entdeckte eine dicke Haut, die den Milchkaffee überzog. Er würgte angeekelt, setzte die Tasse wieder ab und fischte die Haut heraus.

Burgi lächelte mit geschlossenen Augen.»Daran erkennt man den Stadtler«, sagte sie.

Die Jungs glucksten schadenfroh, fischten aber ebenfalls heimlich die Haut aus ihrem Kakao.

Lovis zwinkerte ihnen zu. »Dann bin ich halt ein …«, Stadtler, wollte er sagen, wurde aber von einem aufgeregten Ruf von Matthias unterbrochen. »Paul und Angelika!«

Lovis sah zum Waldrand hinunter und erkannte Pauls ganzen Stolz, den Traktor Jonny, der die letzte Investition seines Onkels Sebastian gewesen war. Auf dem Fahrersitz thronte Paul, dahinter Angelika und Toni, sein neuer Mitarbeiter, den Lovis' »Lieblingsnachbar« von Stadler eigentlich auf dem Messner Hof eingeschleust hatte, damit er Lovis' Unwissen ausnutzen und ihn zum Verkauf der diesjährigen Weinernte überreden sollte. Doch Toni war ein grundehrlicher Mensch, der bei den Machenschaften seines Bosses nicht mitspielen wollte, und so hatte er das Vorhaben seines Arbeitgebers aufgedeckt und war am Ende bei Lovis geblieben.

Im Hänger standen die beiden Pferde, die bisher auf dem Messner Hof ausgeharrt hatten: Semira und Gonzo. Also hatte sich Liam doch dazu entschieden, seinen Wallach in die Sommerfrische zu schicken. Lovis hoffte nur, dass Liam nicht allzu oft vorbeischauen würde. Auch wenn er ihm sehr bei der Aufklärung seines letzten Falls geholfen hatte, war er ihm immer noch suspekt. Vor allem seine offensichtliche Anhänglichkeit Angelika gegenüber, die noch dazu seine Ex war, störte Lovis.

Angelika winkte ihnen schon von Weitem zu und in seiner Magengrube begann es zu kribbeln. Die drei Tage, die er sie nicht gesehen hatte, kamen ihm vor wie eine Ewigkeit.

Burgi sah den Ankömmlingen mit verengten Augen entgegen. »Dann habt ihr ja jetzt Gesellschaft«, sagte sie. »Ich geh dann mal die Kühe holen.« Damit verschwand sie im Haus, kam mit ihrem Sarner, einer handgearbeiteten Strickjacke, zurück und zog sie über. Dann verstrubbelte sie Lovis liebevoll die Haare und sprang quer über die Wiese talwärts.

»Was war denn das jetzt?«, fragte Angelika zur Begrüßung und deutete Richtung Wald, wo in diesem Augenblick Burgi zwischen den Baumstämmen verschwand.

»Die Burgi«, sagte Lovis.

»Aha.« Sie nickte scheinbar gleichgültig, stellte eine Tüte mit frischem Brot auf den Tisch und meinte: »Fürs Frühstück sind wir zu spät, sehe ich.« Ohne Lovis eines Blickes zu würdigen, verschwand sie im Schuppen, kam wenig später mit Diablos Sattel heraus und rief mit einem kurzen Pfiff ihren Wallach herbei, der ja bereits seit Samstag auf der Alm war.

»Ei, ei, ei, da hast du jetzt wohl Feuer auf dem Dach«, meinte Paul und kratzte sich hinterm Ohr.

Lovis verstand nur Bahnhof. »Feuer? Was? Wieso?«

»Chef, ich sag's nur ungern, aber manchmal versteh ich nicht, was in deinem Kopf vor sich geht. Versetz dich halt einmal in die Angelika hinein. Sie steht um sechs Uhr morgens auf, holt Brot vom Bäcker, macht mir Dampf unterm Hintern, damit ich sie auf die Alm chauffier, und wie wir hier ankommen, geht eine andere Frau in deiner Hütte ein und aus, als wär sie hier zu Hause. Na?«

Lovis starrte ihn mit offenem Mund an. Natürlich! Angelika musste das falsch verstehen, was sie hier gesehen hatte. Am liebsten hätte er sich selbst eine Ohrfeige verpasst. »Das ist alles nicht so, wie es aussieht. Die Burgi …«, begann er und stockte.

»Die Burgi hat hier geschlafen«, sprang ihm Matthias bei. »Weil sie doch solche Angst hatte daheim auf dem Hof.«

»Weil der Mörder noch auf freiem Fuß ist«, erklärte Erik gewichtig. »Wir glauben nämlich nicht, dass es der Much ist.«

Lovis wünschte sich, dass sie endlich die Klappe halten würden. Doch sein Wunsch wurde vom Universum nicht erhört.

»Ich würd sagen, es ist sogar schlimmer, als es aussieht«, meinte Paul kopfschüttelnd und sah Lovis eindringlich an. Das bringst du jetzt ganz schnell wieder in Ordnung, sagte seine Miene.

Toni, der bisher schweigend danebengestanden hatte, nickte bedächtig. »Ich stimme dem Paul zu.«

Da endlich kam Lovis in die Gänge. »Angelika, lass uns reden.« Er stürzte ihr nach und fand sie auf der Weide. Sie hatte den Kopf an Diablos Stirn gelehnt, der unbeeindruckt an ihr herumschnoberte. »Angelika!«, rief er noch einmal.

Genervt sah sie ihn an. »Was?«

»Da ist nichts.«

»Als ob mich das interessieren würde.« Sie wandte sich wieder ihrem Pferd zu.

»Sie hat hier geschlafen, weil …« Ihr entfuhr etwas, das zwischen einem Lachen und einem Schluchzen war, doch er fuhr fort: »… weil sie Angst hatte. Ihre Schwester ist getötet worden … Man weiß nicht, wer der Mörder ist. Sie wär sonst ganz allein auf dem Hof gewesen.«

»Und du hast dich natürlich als barmherziger Samariter aufspielen müssen«, ätzte sie.

93

»Sie hat mir leidgetan. Da hab ich sie halt auf der freien Matratze schlafen lassen. Ist das so schlimm?« Angelika schnaufte durch, dann schüttelte sie den Kopf.

»Frühstückst du jetzt mit uns?«, fragte er.

Sie nickte, sah ihn aber noch immer nicht an. Lovis machte die paar Schritte, die ihn noch von ihr trennten, und legte vorsichtig die Hand auf ihre Schulter. Als sie sich zu ihm umdrehte, nahm er all seinen Mut zusammen und umarmte sie. »Du hast mir gefehlt«, flüsterte er.

»Lügner!«

»Ich sag die Wahrheit.«

»Jetzt hast du schon wieder gelogen.« Doch sie ließ sich seinen zärtlichen Kuss auf die Wange gefallen, bis sie sich kichernd aus der Umarmung löste und meinte: »Wenn ich dich noch ein paar Tage hier auf der Alm lasse, siehst du aus wie ein Waldschrat. Willst du dir den Bart wachsen lassen oder was soll dieses Stachelzeug da in deinem Gesicht?«

Lovis strich sich über die Stoppeln, die tatsächlich etwas länger waren als sonst. »Soll ich?«

»Bitte nicht«, sagte sie. »Wenn du das Rasierzeug vergessen hast, bringe ich es dir gern das nächste Mal herauf. So. Einen Kaffee könnt ich jetzt aber wirklich gebrauchen. Ich bin ohne Frühstück aufgebrochen – der Paul und der Toni übrigens auch – aus übergroßer Liebe zu dir, nur um dann zu sehen, dass du dir den erstbesten Bauerntrampel ins Bett geholt hast.«

»Ins Bettenlager«, verbesserte er sie. »In dem auch die drei Jungs schlafen.«

»Wie dem auch sei. Krieg ich jetzt einen Kaffee von dir?« Sie tröstete Diablo mit einem Karottenstückchen über die Verzögerung ihres Ausritts hinweg und versetzte ihm einen liebevollen Klaps, als er in ihrer Hosentasche nach weiteren Leckereien suchte.

»Klar. Und danach begleite ich dich auf den Ausritt«, meinte er scherzhaft.

Sie lachte auf. »Gott behüte. Die Reitstunde kannst du haben, wenn ich wieder zurück bin.«

»Lieber nicht.« Nach einer Reitstunde von Angelikas Ex Liam, bei der er sich bis auf die Knochen vor seinen drei Assistenten blamiert hatte, wollte er vom Reiten eigentlich nichts mehr wissen. »Da bin ich dann eh schon ermittelnd unterwegs.«

Sie sah hoch. »Im Mordfall?«

Doch er verneinte. »Im Fall Pilzräuber von der Plose.«

»Hm. Klingt wie ein Titel aus Hannes Bücherkiste«, sagte sie. Inzwischen waren sie wieder vor der Hütte angekommen. Die drei Jungs saßen einträchtig mit Paul und Toni am Tisch, wohin sie inzwischen alles verfrachtet hatten, was man für ein Almfrühstück brauchte, und warteten auf sie. »Der Pilzräuber von den Propinwiesen. Wenn du dich langweilst, kannst du ja mal versuchen, was zu schreiben.«

»Wenn ich mich langweile. Genau.« Lovis schnitt eine Grimasse in Pauls Richtung. Seinem Knecht würden die Ideen für seine stetige Beschäftigung nie ausgehen. Was er wohl dazu sagen würde, dass er und die Jungs bisher noch keinen einzigen Punkt auf seiner To-do-Liste abgearbeitet hatten?

»Ich soll dich von deiner Lieblingshenne Alma grüßen«, meinte Paul, als Lovis sich auf den Platz neben ihm schob. »Wenn du Hilfe bei der Lösung deines Falls brauchst, sollst du ins Tal kommen. Die Höhenluft bekommt ihr nicht.«

Lovis seufzte. »Hilfe bräuchte ich wirklich.«

»Sie ... du hast ja uns«, meinte Matthias.

Er schmunzelte. »Ja, hab ich. Aber weit gekommen sind wir noch nicht, oder?« Während des Frühstücks erzählte er den Anwesenden, was er bei Schorsch alles erfahren hatte. Vor Burgi hatte er das Thema nicht anschneiden wollen. Es schmerzte sie sicher, über den Tod ihrer Schwester nachzudenken, und so hatten sie gestern Abend nicht mehr weiter darüber gesprochen.

»So ein Creep«, rief Iwan aus, als Lovis von Samuels Alibi erzählte. »Wir haben ihn doch alle vier gesehen! Und er uns! Wie kann er da sagen, dass er erst zum Stoaner gekommen ist, als die Polizei schon da war?«

»Wir haben ihn gesehen, bevor du die Pilzrunde gemacht hast. Die Polizei ist doch erst viel später dort angekommen«, fügte Matthias hinzu.

Lovis nickte. »Er hat mir ein Foto gezeigt, wo die Polizei schon drauf ist. Aber das ist kein Beweis. Schließlich könnte er den Mord verübt, sich versteckt und dann als Gaffer wiederaufgetaucht sein. Aber, keine Sorge, wir brauchen nur mit dem Jörgl zu reden. Der Samuel meint, dass der das Alibi bestätigen kann.«

»Kann er nicht«, sagte Matthias im Brustton der Überzeugung. »Außer wir haben einen Geist gesehen. Aber dazu müsste der Samuel ja tot sein.«

Angelika hatte ihrer hitzigen Diskussion lächelnd zugehört. »Ich wünsch euch viel Spaß bei der Aufklärung. Obwohl mir ja wirklich lieber wär, ihr würdet euch nur um diesen Pilzräuber kümmern.«

»Und um die Zäune. Und den Wald«, fügte Paul hinzu. »Da ist noch nicht viel weitergegangen.«

Lovis knirschte mit den Zähnen. Er hatte gewusst, dass von dieser Seite noch Beanstandungen kommen würden. »Wird heute erledigt. Gleich nachdem wir diesen Italiener ausgeforscht haben.«

»Gleich nach ... zuerst ... später ... Ich weiß genau, was das bei dir heißt, Chef.«

»Ich verspreche dir, dass wir das heute Nachmittag angehen.«

Paul winkte resigniert ab. »Geht ihr mal auf eure Pilzrunde. Ich warte hier auf Angelika und wir schauen uns in der Zwischenzeit einmal die Zäune an. Komm, Toni, der Chef will spielen.« Er stand auf. Im Fortgehen knurrte er etwas, das so klang wie »Kann ja nicht jeder in Sommerfrische gehen«.

Toni erhob sich entschuldigend. »Ich werd mal bei Paul mit anpacken«, sagte er. »Aber Chef ... ich wünsch dir viel Glück bei dem Fall. Irgendwie find ich das spannend. Kann ich dir irgendwie helfen?«

Noch jemand, der mir helfen will, dachte Lovis. »Ich melde mich, wenn ich was brauche«, sagte er. »Am meisten ist mir geholfen, wenn du mir den Paul mit seinen Arbeitsaufträgen vom Hals schaffst.«

Toni grinste. »Wird erledigt«, sagte er.

Lovis atmete durch, dann wandte er sich an die Jungs. »Wollen wir?«

Sie nickten, doch Iwan deutete stumm auf Angelika. Lovis runzelte die Stirn. »Wir räumen das Frühstücksgeschirr danach weg«, sagte er.

Iwan klatschte sich mit der flachen Hand auf die Stirn. Vermutlich sollte das heißen, dass Lovis mit seiner

Interpretation von Iwans stummer Botschaft völlig daneben lag. Dann vollführte der Junge eine Pantomime, bei der er etwas aus seiner Gesäßtasche nahm, darauf herumtippte und das Ding ans Ohr hielt. Endlich verstand Lovis, was sein Anliegen war. »Angelika?«, fragte er unschuldig. »Meine Assistenten bräuchten für die Beschattung ihre Handys.«

Sie schüttelte den Kopf. »Das ist anders ausgemacht.«

»Bitte!«, bettelte Matthias und legte den Kopf schief. Das charmante Jungengrinsen in dem sommersprossigen Gesicht hätte Lovis zum Schmelzen gebracht.

Doch Angelika blieb hart. »Eure Mütter wollen, dass ihr eine Zeit ohne Handy verbringt, und ich werde mich nicht dagegenstellen.«

Matthias zog einen Flunsch. »Und wenn wir deswegen den Pilzräuber nicht fassen?«

Sie zuckte mit den Schultern. »Dann muss der Förster seine Arbeit eben selbst machen. Aus. Basta. Ich bin jetzt weg.« Sie nickte allen zu, verschwand hinter der Hütte und noch bevor die Übriggebliebenen das Frühstücksgeschirr in die Hütte geräumt hatten, war sie auf Diablos Rücken über die Wiese bergwärts unterwegs.

Lovis und die drei Jungs waren allein. »Pilzräuber oder Jörgl?«, fragte er unschlüssig.

Die Jungs wechselten einen Blick. »Arbeitsteilung?«, schlug Iwan vor. »Wir spionieren den Pilzräuber aus und du redest mit dem Jörgl?«

Lovis nickte. Das klang gut. »Treffpunkt hier zum Mittagessen?«

»Was gibt's dann?« Matthias sah jetzt gleich nach dem Frühstück schon wieder hungrig aus.

»Gluschtzopfn mit Poofsoße«, übernahm er eine Wendung, die er oft von seinem Onkel Sebastian gehört hatte und die übersetzt so etwas hieß wie Appetitszapfen mit Sabbersauce. Völliger Nonsens natürlich, aber eine bessere Antwort als »Ich weiß es noch nicht«, fand er und zerzauste Matthias liebevoll die Haare. Er hoffte, dass Angelika etwas kochte. Für Kulinarik fehlte ihm eindeutig die Fantasie.

Dann brachen sie auf.

Zum Jörgl, der weiter oben auf der Alm in einer kleinen Hütte hauste, hatte Lovis etwa eine halbe Stunde Fußmarsch vor sich. Er schlug den Wanderweg ein, der an seiner Hütte vorbeiführte, und stieg langsam auf. Wo die Wiesen naturbelassen waren, schauten ein paar späte Enziane aus dem Gras, die Alpenrosen standen in voller Blüte und leuchteten ihm in üppigen Büscheln entgegen. Almrausch wurde die Pflanze auch genannt und als Lovis einmal stehen blieb und tief einatmete, wurde ihm bewusst wieso. Ein würziger Geruch lag in der Luft, der süchtig machte und plötzlich wurde ihm bewusst, wie sehr er diesen Geruch vermisst hatte. Wieder einmal dankte er Paul und Angelika im Stillen dafür, dass sie ihm diese Wochen auf der Alm ermöglicht hatten. Dann ging er weiter. Bewusster diesmal, genießend und – bis er endlich die Hütte von Jörgl erreicht hatte – wie ein Dampfross schnaufend. Dort saß auf einer Bank ein Alter mit einem grauen Bart, der ihm bis auf die Brust reichte. Er schnitzte an einem Holzblock herum und sah erst auf, als Lovis ihn ansprach.

»Jörgl?«

»Der bin i.«

»Ich bin der Lovis. Vom …«

»Waschtl der Neffe.« Der Alte nickte.

»Genau. Darf ich kurz stören?«

Jörgl grinste, was Lovis eigentlich nur daran erkennen konnte, dass sich die Fältchen um seine Augen vertieften.

»Schau ich so beschäftigt aus, dass du das fragen musst?«

Nein, beschäftigt sah der alte Senner nicht aus. Lovis betrachtete die Schnitzarbeit, die er in den Händen hielt.

»Wird das ein Buttermodel?«

»Kennt man das im Tal noch?« Wieder grinste der Alte.

»Ich kenn's von früher. Der Sebastian hat auch Butter gemacht, wenn er auf dem Berg war.«

Der Jörgl machte eine Geste, die so viel bedeutet wie »Na siehst du«, und schnitzte weiter. »Erzähl. Geht's um den Samuel?« Der Alte hatte ihn also schon erwartet.

Lovis nickte. »Er hat gesagt, dass er in der Nacht vom Montag auf den Dienstag einer Kuh beim Kalben geholfen hat und dass er erst beim Stoaner Hof vorbeigekommen ist, als die Polizei schon da war.«

»Stimmt«, sagte der Alte. »Der Samuel hat zufällig gesehen, wie die Kuh Schwierigkeiten beim Kalben gehabt hat und hat mich gerufen. Und danach ist er gleich geblieben, um zu helfen.«

»Das Problem ist, dass wir ihn schon gesehen haben, bevor die Polizei da war. In aller Herrgottsfrühe. Er ist bergauf gegangen und war nicht wirklich gut gelaunt.«

»Der Samuel war bei mir«, beharrte der alte Senner.

»Die ganze Zeit?«, versicherte sich Lovis zurück.

100

»Jo«, sagte der Senner im Brustton der Überzeugung. Dann jedoch huschte Unsicherheit über sein Gesicht. »Na ja. Einmal bin ich vielleicht kurz in die Hütte gegangen, um ein bissl Brot zu holen. Und einen Kaffee. So ein junger Mensch muss ja was zwischen die Rippen kriegen, wenn er arbeitet, oder?« Also war er nicht die ganze Zeit mit Samuel zusammen gewesen. Lovis überlegte. Er selbst war von seiner Hütte aus eine halbe Stunde hier herauf unterwegs gewesen – der Kaffee brauchte definitiv weniger lang, um hochzukochen.

»Also warst du zehn Minuten weg?«

»Könnt sein, dass ich bei der Gelegenheit auch mal kurz eingeschlafen bin«, war die zerknirschte Antwort.

»Wie lang?«

»Ein Weilchen.«

»Vielleicht auch länger als eine Stunde?«

Der Senner hob die Schultern. »Vielleicht, vielleicht a net …«

»Also kannst du nicht bestätigen, dass der Samuel die ganze Zeit bei dir auf der Alm war.«

Der Alte schüttelte den Kopf. »Aber der Samuel tut so was nicht. Der ist schon in Ordnung, der Bub. Dafür leg ich meine Hand ins Feuer.«

Lovis nickte unbestimmt. Der alte Senner wollte ebenso wenig an Samuels Schuld glauben wie er an die Täterschaft von Much. Er dachte an den Nachmittag zurück, an dem Samuel den Jungs das Goaslschnölln beigebracht hatte. So lustig war er gewesen und unbeschwert. Auch er konnte sich schwer vorstellen, dass dieser junge Mann ein Mörder war. Aber wieso leugnete er ab, gestern in der Früh beim Stoaner Hof gewesen zu sein? Wenn er doch genau wusste, dass sie ihn gesehen hatten. Das war alles sehr merkwürdig.

Lovis erhob sich. »Danke, Jörgl«, sagte er.

»Häng du mir ja nicht dem Samuel was an, Lovis. Kümmer dich gscheider um den Pilzräuber. Das bringt uns allen was. Der Bub hat nichts Schlimmes getan. Glaub mir!«

Lovis seufzte. Wenn alles so einfach wäre …

»Und? Hast ihn schon, deinen Pilzräuber?«, fragte ihn Sandro, der Bergführer zur Begrüßung.

»Noch nicht einmal dazu gekommen«, seufzte Lovis. »Die Jungs ermitteln grad.«

»Na ja. Ist auch eher ein Fall für Kinder«, gab Sandro zu. Die englischen Touristen hinter ihm erkannten, dass sich hier ein längeres Gespräch anbahnte, und ließen sich stöhnend ins Gras fallen. Sandro zwinkerte Lovis zu und nutzte die Zeit ebenfalls, um sich seiner Jacke zu entledigen. Flüchtig stellte Lovis fest, dass es sich dabei wieder um ein sehr teures Modell handelte. Entweder hatte Sandro noch einen lukrativen Nebenjob oder ein Bergführer verdiente so viel, dass er sich diese Klamotten leisten konnte. Jedenfalls war er top ausgerüstet, im Gegensatz zu seinen Schützlingen. Lovis' Blick glitt zum Schuhwerk der Wanderer. Von Sandalen bis Ballerinas war alles vertreten.

»Die schauen gar nicht gut aus, Sandro«, stellte Lovis fest. Die jungen Leute – alle zwischen zwanzig und fünfundzwanzig – waren hochrot im Gesicht, die Haare klebten an ihrer Haut. »Hast sie gehetzt?«

Sandro lachte. »Vom Parkplatz unten sind wir gestartet. Die haben nicht mehr als zwanzig Minuten Fußmarsch hinter sich. Sind das Gehen halt nicht gewöhnt.«

»So wie die drauf sind, ist das der letzte Berg, auf den sie gestiegen sind.«

Der Bergführer lachte. »Wart nur ab! Wenn die oben sind, kriegen sie sich wegen dem Panorama gar nicht mehr ein und wollen auch noch auf einen Gipfel.«

Lovis bezweifelte, dass er recht hatte. »Bist heute wieder über den Weg beim Stoaner Hof gekommen?«

Sandro zwinkerte ihm zu. »Keine böse Bäuerin, die mir den Hund auf den Hals hetzt.«

»Dann kommt dir das ganz gelegen, dass die Thres nicht mehr ist?«, fragte Lovis unschuldig, doch Sandro verstand augenblicklich, was er damit sagen wollte und seine Miene verfinsterte sich.

»Du willst mir jetzt nicht den Mord anhängen, oder?«

»Ich will aber auch nicht, dass der Much unschuldig eingesperrt wird«, sagte Lovis.

Ohne eine Antwort wandte der Bergführer sich ab und herrschte seine Gruppe an: »*Come on. Keep going.*« Er warf dem Privatdetektiv noch einen bitterbösen Blick zu und stapfte bergauf weiter.

Bravo, da hast du dir jetzt wieder einmal einen Freund gemacht, dachte Lovis zerknirscht und machte sich weiter an den Abstieg.

Kaum, dass sie ihn erblickten, rannten ihm die Jungs von der Hütte aus entgegen.

»Wir haben ihn gesehen! Wir haben ihn gesehen!«, rief Matthias aufgeregt.

»Ja?« Lovis setzte eine bewundernde Grimasse auf.

»Wo?«

»Bei seiner Hütte.«

»Und?«

»Wir haben ein Phantombild gemacht«, erklärte Matthias. »Besser wäre natürlich ein Foto gewesen, aber ...« Er zuckte gleichgültig mit den Schultern. Lovis konnte ihm anmerken, dass er sehr zufrieden mit der Ersatzlösung war, die sie sich ausgedacht hatten, und er folgte ihnen zur Hütte, aus der es himmlisch duftete.

»Kocht Angelika?«, flüsterte er den Jungs zu.

Erik nickte. »Sie macht deine Lieblingsnudeln, hat sie gesagt. *Penne all'arrabbiata.*«

Lovis dachte an die letzten *Penne all'arrabbiata* zurück, die Angelika für ihn gekocht hatte. Sofort stellte sich die Erinnerung an die brennende Schärfe in seinem Mund ein. Hatte sie ihm doch noch nicht verziehen?

»Ist sie wütend?«, flüsterte er weiter.

Die Jungs schüttelten die Köpfe. »Willst du unser Phantombild jetzt sehen oder nicht?«

»Natürlich.« Lovis ging zum Tisch hinüber, auf dem mit einem Reißnagel ein Blatt Papier festgepinnt war. »Das ist er?« Er betrachtete den Kopf genau. Ein Gesicht, zwei Augen mit recht markanten Brauen, eine Nase ... die Zeichnung hätte auch ihn darstellen können, außer ...

»Er hat eine Glatze?«, fragte er.

»Und was für eine«, kicherte Matthias. »Auf der kann er Spiegeleier braten.«

»So flach?«

»Nein, so blank.« Er wechselte einen Blick mit den anderen beiden, bevor er fortfuhr. »Die hat im Sonnenlicht geglänzt wie ein Spiegel.«

Alle drei kicherten.

»Und hat er etwas Verdächtiges gemacht?«

Die Jungs wiegten die Köpfe.

»Er hat Steinpilze in ganz dünne Scheiben aufgeschnitten und zum Trocknen auf ein Brett gelegt«, sagte Erik. »Also, dass er Pilze gesammelt hat, stimmt somit.«

»Aber er muss sie nicht in den letzten Wochen gesammelt haben, sondern vielleicht auch erst heute. Und heute ist ein gerader Tag«, wandte Iwan ein. »Wir sind ja nicht so früh bei ihm gewesen, dass er es nicht geschafft hätte, vorher eine Runde zu machen. Und es waren nicht viele.«

»Was heißt: nicht viele?«, fragte Lovis.

»Vielleicht drei?«, schlug Iwan vor und die anderen nickten.

»Wir sind um die Hütte herumgeschlichen, aber mehr war da nicht. Außer, dass er an einem Fahnenmast die *Tricolore* gehisst hat und dass es gut ist, dass der Vinzenz nie bei ihm vorbeischaut«, erzählte Matthias.

Lovis musste ihm recht geben. Auf die italienische Flagge waren die Jungschützen nicht gut zu sprechen. Trotzdem empfand sogar er es als unpassend, eine private Almhütte mit der *Tricolore* auszustatten. Nationalismus hatte nichts verloren auf dem Berg, fand er. »Dann müssen wir ihn weiter beschatten, denke ich.« Die Karte mit den kleinen Kreuzen an den Stellen, wo der Pilzräuber zugeschlagen hatte, fiel ihm ein. »Und wir sollten uns in der Gegend um seine Hütte im Wald herumtreiben. Vielleicht können wir ihn auf frischer Tat ertappen.«

»In flagranti«, warf Iwan besserwisserisch ein.

»Oder das«, sagte Lovis. »Nur müssen wir auch zusehen, den wahren Mörder von der Thres zu finden. Also ...«

»... müssen wir uns aufteilen«, verstand Iwan. Lovis nickte.

»Wir übernehmen das Herumtreiben«, erklärte Matthias. »Aber wir brauchen echt unsere Handys!« Das sagte er so laut, dass Angelika es in der Hütte hören musste.

»Keine Chance«, kam es zurück. »Ihr könnt die Teller raustragen.«

Und damit hatte sie die Aufmerksamkeit der drei Jungs wieder auf wichtigere Dinge gelenkt.

Es war Abend. Angelika war mit Paul und Toni talwärts gefahren. Den ganzen Nachmittag hatte Lovis seine Ermittlungen aufschieben müssen, denn Paul hatte ihn dazu verdonnert, ihm und Toni beim Flicken der Zäune auf dem Almgrundstück zu helfen. Und das war auch notwendig gewesen. Auf der Alm verwitterte das Holz schnell und an manchen Stellen hatte ein leichter Druck genügt, um die Zäune umzuwerfen. Nun sahen sie allerdings aus wie Flickwerk. Die frischen Pfosten leuchteten neben den alten grauen Brettern. Am Ende des Sommers würde man allerdings kaum mehr einen Unterschied sehen.

Gonzo und Diablo hatten ein beinahe romantisches Wiedersehen gefeiert und standen neben Shanty am

Zaun. Es wirkte beinahe, als wollten sie sich das Alpenglühen ansehen. Nur Semira, die sich noch nicht ganz in die Herde integriert hatte, stand abseits und rupfte ein paar borstige Halme.

Lovis stand außerhalb, stützte sich auf dem obersten Brett der Umzäunung ab und sah den Tieren zu. Der Tag war – abgesehen von der erledigten Arbeit – erfolglos gewesen. Die Jungs hatten im Umkreis der Almhütte ihres Hauptverdächtigen im Pilzräuber-Fall keine dubiosen Vorkommnisse beobachten können. Dafür hatten sie einen »perfekten Platz für ein Lager« gefunden – so Matthias' Worte – und Lovis vermutete, dass ihr Interesse für den Pilzräuber ab dem Moment ziemlich abgekühlt war. Er dachte an das letzte Lager zurück, das sich die Jungs im Winkler Wald gebaut hatten, und schmunzelte beim Gedanken daran. Hoffentlich bot dieses Lager hier nicht auch Ausblick auf irgendwelche sonnenbadenden Damen.

Bald nach Angelikas Abfahrt war Burgi aufgetaucht, hatte sich wie selbstverständlich an den Herd gestellt und ein »Plentenes Muas« gekocht, ein Mus aus Buchweizenmehl, das bei den Jungs weniger gut ankam als der Kaiserschmarrn tags zuvor, bei ihm selbst aber Kindheitserinnerungen weckte. Vor allem, als er mit dem Löffel an die »Scharre« in der Pfanne stieß, die leicht angebrannte Schicht.

Als das Licht schwächer wurde, zogen sie sich alle in das Bettenlager seiner Hütte zurück. Aber Lovis konnte nicht einschlafen. Der gleichmäßige Atem der Jungs hatte ihn bisher nicht gestört, aber nun schnaufte noch ein Mensch mehr in dem kleinen Raum direkt unter den Dachsparren. Am Tag zuvor hatte er sich darüber keine Gedanken gemacht. Burgi war eine verängstigte Frau, er ihr nächster Nachbar. »Auf der Alm hilft man sich«, hatte Sandro es ausgedrückt und als die Jungs vorgeschlagen hatten, dass Burgi die Nacht bei ihnen in der Hütte verbringen sollte, war ihm das nur logisch erschienen. Doch Angelikas Reaktion hatte etwas in seinem Denken verändert. Da lag eine Frau direkt neben ihm, er brauchte nur die Hand auszustrecken, um sie zu berühren, und sie hatte ihm mehr als einmal zu verstehen gegeben, dass sie interessiert war.

Unsinn, schalt er sich in Gedanken. Erstens ist Angelika die Frau meiner Träume und zweitens ist die Burgi einfach so. Die ist an jedem interessiert. Vielleicht weiß sie nicht einmal, was für Botschaften sie aussendet.

Er dachte an das Herz-Jesu-Feuer und den Hüttenzauber zurück, wo die junge Frau mit jedem geschäkert hatte. Ein junger Mann musste ihr Verhalten als Flirtversuch auffassen, aber wahrscheinlich war das einfach nur ihre Art, nett zu sein. Außerdem gehörte Angelika sein Herz. Angelika, die heute den ganzen Tag ziemlich sauer auf ihn gewesen war, auch wenn sie das nicht zugegeben hatte.

Er brauchte einen klaren Kopf. Luft. Abstand von Burgi. Lovis schälte sich leise aus dem Schlafsack und tastete sich mit den Füßen Richtung Luke. So lautlos wie möglich kletterte er die Leiter hinunter, schnappte sich seine Jacke und verließ die Hütte.

Wäre er jetzt im Tal gewesen, hätte er sich im Heustadel verkrochen und der Henne Alma sein Leid geklagt. Als Paul heute darüber gewitzelt hatte, dass er wahrscheinlich Alma zur Aufklärung seiner beiden Fälle brauchte, hatte er nur halbherzig gelacht. Denn er vermisste die täglichen Zwiegespräche mit seinem Ermittlerhuhn tatsächlich. Gerade jetzt hätte er ein lebendiges Wesen gebraucht, das ihm bei seinen Überlegungen zuhörte. Auf bloßen Füßen streifte er durch das nachtkalte Gras um die Hütte herum, bis er an der Pferdeweide stand. Shanty stand dösend beim Zaun. »Na, du Muli«, sagte er zu Shanty, der Appaloosastute, die er Goggo zu verdanken hatte. Eine Fehlinvestition, auch wenn er dafür keinen Cent bezahlt hatte. Shanty war das sturste Vieh, das er kannte, und alles andere als seine Freundin. Versuchte er, sie in den Stall zu führen, stemmte sie sich mit allen vier Beinen in den Boden und war nicht vom Fleck zu bewegen. Versuchte er, sie zu satteln, trat sie ihm mit ihrem ganzen Gewicht auf den Fuß oder schnappte nach ihm. Als Kinderpony war sie so ungeeignet wie er als Bauer. Und so stand sie auf seinem Hof und fraß ihm sein Futter weg, ohne auch nur in irgendeiner Weise für ihren Lebensunterhalt zu sorgen.

»Lust auf ein Ermittlergespräch?«, fragte er und kletterte über den Zaun. »Was meinst du zum Mordfall auf dem Stoaner Hof?«

Shanty hatte offensichtlich keine Meinung, denn sie döste unverändert weiter.

»Das größte Rätsel ist wohl der Samuel. Wir haben ihn gesehen, wie er vom Tal gekommen ist, aber der Jörgl behauptet, dass er bei ihm oben war und der Kuh beim Kalben geholfen hat. Gut, der Jörgl ist eingepennt, als er ihm den Kaffee machen wollte, aber da müsste er schon über eine Stunde geschlafen haben, dass der Samuel es zum Stoaner Hof geschafft hätt und wieder hinauf. Verstehst du?«

Ob Shanty seinen Ausführungen folgen konnte oder nicht, war nicht zu erkennen. Sie stand weiterhin bewegungslos im Gras, die Augen halb geschlossen und döste. Lovis seufzte. Er vermisste Alma. »Jedenfalls: Da ist was faul. Dann haben wir noch den Sandro, der mir heute abgehauen ist, als ich ihn nach seinem Alibi gefragt hab. Das könnte auch was bedeuten. Obwohl ich sein Motiv doch etwas weit hergeholt finde. Nur weil die Thres den Touris den Hund auf den Hals gehetzt hat, bringt er sie doch nicht um, oder was meinst du?« Shanty erwiderte nichts.

Lovis ließ sich nicht beirren. »Und diesen Walschen …«, er verbesserte sich selbst, »Italiener … jetzt haben sie mich schon angesteckt, diese Almleute! … Also den müssen wir uns auch noch genauer anschauen. Mit dem hat sich die Thres definitiv angelegt und die anderen scheinen dem auch eine ganze Menge zuzutrauen. Da ist nur die Frage, ob das nicht nur aus dem Grund passiert, weil er Italiener ist und sie alle miteinander pseudopatriotisch verkorkst.«

Als Shanty immer noch nicht reagierte, gab Lovis auf. Er kletterte wieder über den Zaun zurück und setzte sich ins Gras. Dann fischte er seinen Notizblock aus der Tasche und schrieb die Namen der Verdächtigen auf. Seufzend schrieb er auch noch einen vierten Namen dazu: Much.

Er ließ sich zurückfallen, dachte an Alma und daran, dass sie ihm bessere Dienste geleistet hätte als Shanty, und betrachtete den Sternenhimmel, der so viel klarer war als im Tal. Ganz deutlich konnte er das helle Band der Milchstraße erkennen, das Sternbild des Orion, die Plejaden, und wieder kam eine Erinnerung an Onkel

Sebastian zurück, der mit ihm in der Nacht des zehnten Augusts, in der die Sternschnuppen fielen, immer lang aufgeblieben war und ihm den Sternenhimmel erklärt hatte. Bei jeder Sternschnuppe hatte sich Lovis gewünscht, dass seine Eltern zurückkämen. Ein unsinniger Wunsch. Das hatte er schon damals gewusst. Tote kehrten nicht ins Leben zurück, auch wenn man sich das noch so sehr herbeisehnte. Er sah deutlich die beiden Polizisten vor sich, die damals vor der Haustür gestanden hatten.»Du musst jetzt stark sein«, hatte der eine gesagt. Und dann hatten sie ihm die Nachricht vom Tod seiner Eltern überbracht. Sie waren bei einer Skitour von einer Lawine erfasst worden. Als endlich die Bergrettung kam, war es zu spät. Am Tag seines sechzehnten Geburtstags fand das Begräbnis statt, an das sich Lovis noch als einen Wirbel an Farben und Tönen erinnern konnte. Hände, die sich ihm auf die Schulter gelegt, Arme, die ihn an fremde Brüste gedrückt hatten, die mitleidige Miene unbekannter Menschen. Onkel Sebastian, der die ganze Zeit nicht von seiner Seite gewichen war. Der jetzt ebenfalls tot war.

Lovis versuchte, seiner Gefühle Herr zu werden. Onkel Sebastians Tod lag bereits ein paar Monate zurück und doch war die Erinnerung an ihn noch so lebendig, vermisste er ihn so sehr. Wenn er nur ebenso unbekümmert mit seinem Tod umgehen könnte wie Burgi mit dem Tod ihrer Schwester. War ihre Unbeschwertheit gespielt, damit sie sich nicht mit ihrer Trauer auseinandersetzen musste? Wie konnte er ihr helfen?

Er bewunderte weiter den Nachthimmel und hing seinen Gedanken nach, bis die Kälte des Bodens durch seine Kleider sickerte. Weit war er nicht gekommen mit seinen Ermittlungstheorien. »Was nicht allein meine Schuld ist«, sagte er laut und warf Shanty einen giftigen Blick zu. »Du hast wirklich gar nichts dazu beigetragen. Alma ist da ganz anders.«

Er sah auf die Uhr. Es ging auf Mitternacht zu. Er war müde, aber nicht müde genug, um in der Hütte Schlaf zu finden, und plötzlich hatte er eine Idee. Wenn Alma nicht hier war, musste er eben zu Alma gehen. Er startete seinen alten Golf und ließ ihn langsam talwärts rollen.

DONNERSTAG

DIE OFFENBARUNG

Weit nach Mitternacht war er auf dem Messner Hof angekommen, dort geradewegs in den Heustadel gegangen, wo Alma in ihrer Kuhle über einem neuen Gelege saß, neben ihr ins Heu gesunken und ... eingeschlafen. Erst die vertraute Geräuschkulisse des Melkens weckte ihn wieder. Das Stampfen der verbliebenen Kühe – auf die Alm durften nur die Kalbinnen –, Pauls wortkarge Kommandos, das rhythmische Klopfen der Melkmaschine. Er räkelte sich, warf einen Blick auf die Kuhle neben sich und stellte fest, dass Alma ausgebüxt war. Ihr ausgeprägter Freiheitsdrang war ihre hervorragendste Eigenschaft.

»Frühstück«, sagte er zu sich selbst, rutschte vom Heu und wollte sich eben Richtung Wohnhaus begeben, als er an der Stadeltür buchstäblich in Paul hineinrannte.

»Hollawind, Chef«, stieß der überrascht aus. »Bist du's oder bist du dein eigener Geist?«

Lovis schnaubte verächtlich. »Darf ich nicht auf meinem eigenen Hof auftauchen?«

113

»Ist die Sommerfrische vorbei? Dann kannst mir gleich helfen, die …«

Lovis wehrte schnell ab. »Ich muss nur was erledigen. Keine Zeit für was auch immer.«

Paul grinste. »Schad, ich wollt grad frühstücken gehen. Damit wird dann wohl auch nix sein, oder?«

»Frühstücken geht immer. Ohne Kaffee darf ich mich nicht hinters Steuer setzen. Wär grob fahrlässig.« Er sah sich suchend um. »Du weißt nicht zufällig, wo die Alma ist?«

»Wenn sie nicht mit dir im Heu ist, weiß ich's auch nicht. Beim Melken hat sie mir nicht geholfen. Wieso?«

Lovis zuckte mit den Schultern. »So halt. Ich hab mir gedacht, dass es ganz fein wär, hin und wieder ein frisches Ei zu haben auf der Alm.«

Paul gluckste. »Ja, und am Sonntag auch mal zwei. Ich such sie später mit dir. Aber jetzt brauch ich einen Kaffee. Gar nicht schlecht, übrigens, dass du hier auftauchst. Die Angelika hat eine Bitte, glaub ich.«

»Sie sind wirklich nett, Lollo. Nicht so wie die Italiener davor.« Angelika sah ihn flehentlich an. »Und sie erwarten sich so was, weil wir auf der Website stehen haben, dass der Bauer auch gleichzeitig Privatdetektiv ist.«

»Dann tu das heraus!«

»Das tu ich ganz sicher nicht. Das zieht.«

Angelika und Lovis maßen sich mit Blicken.

»Ich mach mich jedenfalls nicht zum Kasper für die Deutschen.«

»Österreicher. Es sind Österreicher diesmal. Aus Wien. Wirklich angenehme Leute. Drei junge Paare. Lustig. Machen gern Schmäh. Du wirst sehen, das wird ein netter Abend.«

»Nein.«

»Lorenz Lovis«, sagte sie jetzt etwas lauter. »Du trägst jetzt bitte etwas dazu bei, dass sich DEINE Gäste wohlfühlen und wiederkommen. Ich habe schon alles vorbereitet, du musst nur mitspielen.«

Lovis stieß entnervt die Luft aus. »Was ist das überhaupt. Ein Krimidinner?«

Angelika erklärte, dass bei einem Krimidinner jeder eine Rolle zugewiesen bekam, die er für die Zeit des Dinners durchziehen musste, und es nur darum ging, mitzuspielen. »Weißt du, wie lang ich gesucht habe, bis ich eins gefunden habe, das auf die Alm passt? Und dafür braucht es nun mal neun Mitspieler. Die sechs Gäste, du und ich. Selbst wenn du mitspielst, fehlt uns noch ein Mann, Lovis! Also?«

»Ganz einfach: Paul spielt statt mir und Toni spielt den neunten Mann.«

Angelika kniff die Augen zusammen und verschränkte die Hände vor der Brust. Sagen brauchte sie nichts, denn Paul warf sofort ein. »Ich bin Knecht hier auf dem Hof. Theaterspielen gehört nicht zu meinem Aufgabenbereich.«

»Ab jetzt schon«, sagte Lovis.

»Dann kündige ich.« Paul sah aus, als wäre ihm ernst mit dieser Drohung.

»Toni?«

Der wich Lovis' Blick aus. »Ich hab's nicht so mit dem Theaterspielen. Sei mir nicht bös, Chef.«

»Ihr seid Verräter.« Lovis wusste genau, wann er verloren hatte, und wechselte einen vorwurfsvollen Blick mit Paul. Wenn er ihn wenigstens vorgewarnt hätte! Dann hätte er sich Alma geschnappt und wäre ungesehen wieder Richtung Alm verschwunden. Jetzt blieb ihm nichts anderes übrig, als Angelikas Vorschlag zuzustimmen. Er gab einen unbestimmten Laut von sich, den sie zufrieden als Zustimmung interpretierte.

»Am Samstag kommen wir hinauf. Schau, dass die Hütte halbwegs ordentlich ist. Fürs Essen sorge ich. Und finde bitte diesen neunten Mann.«

Lovis verzog das Gesicht. »Unter einer Bedingung.«

Sie zog fragend die Augenbrauen in die Höhe.

»Du überzeugst die Mütter der drei Jungs, dass sie ihre Handys mit auf die Alm nehmen dürfen.«

Angelika schüttelte den Kopf.

»Wir brauchen die Dinger. Schau mal.« Er zog aus seiner Gesäßtasche das zusammengefaltete Porträt des Pilzräubers heraus. »Sie haben den Hauptverdächtigen im Pilzfall gesehen. Das ist ihr Phantombild.«

»Süß«, sagte Angelika. »Vor allem die Vampirzähne und das Bärtchen hier.« Sie deutete auf die betreffenden Stellen. Als die Jungs erkannt hatten, dass ihr Werk nicht wirklich dazu beitragen würde, den Täter zu schnappen, hatten sie sich künstlerisch daran ausgetobt und das Gesicht mit weiteren Details ausgestattet, die teilweise weit genauer waren als das eigentliche Porträt. So zogen sich über die Glatze jetzt feine Schweißlinien, eine wilde Narbe zierte die eine Wange und aus den Augen flossen schwarze Tropfen.

»Du weißt, was ich meine. Wir sind an zwei Fällen dran und wir brauchen ...«

»Lollo, bitte sag nicht, dass du wirklich den Mord aufklären willst«, unterbrach sie ihn.

»Wieso nicht? Der Much war es nicht. Er hat die Thres nicht umgebracht, da bin ich mir sicher.« Bei der Erwähnung der Stoanerin verdunkelte sich Angelikas Gesicht. »Du hast jetzt zweimal Glück gehabt, Lollo. Ein drittes Mal gibt es nicht. Weißt du nicht mehr, wie knapp es beim letzten Mal war? Was dem Schmiedhofer passiert ist, hätte auch dir passieren können.«

Der Schmiedhofer war ein wichtiger Zeuge im Mordfall Oberegger gewesen. Bevor er Lovis aber seine Informationen weitergeben konnte, war auch er ermordet worden. Lovis ließ den Kopf sinken.

»Noch dazu ziehst du die Kinder mit hinein«, sagte Angelika eindringlich. »Die Jungs sind auch ohne dein Zutun waghalsig genug. Was, wenn am Ende einer von ihnen in Schwierigkeiten gerät?«

»Du hast ja recht«, gab er kleinlaut zu.

»Versprichst du mir also, dass du dich aus dem Mordfall heraushältst?«

Er nickte. Unter dem Tisch aber kreuzte er seine Finger. Dann sah er auf. »Aber auch für diesen Pilzfall brauchen wir die Handys. Gerade dafür. Wir müssen uns aufteilen, um das ganze Gebiet abdecken zu können. Und wir brauchen Fotos als Beweismaterial. Nicht solche Zeichnungen ...« Er tippte die Zeichnung an.

Angelika nickte. »Ich werde sehen, was sich machen lässt.«

»Jetzt?«

Sie lächelte. »Bald. Geh du auf die Alm und pass auf die Jungs auf. Ich komme heute am späten Nachmittag nach und bringe euch die Dinger.«

»Du bist ein Schatz«, sagte er und wollte sich soeben ein weiteres Brötchen aus der Tüte holen, als sein Telefon vibrierte. Es war Scatolin.

»Scatolo?«, meldete er sich, als er draußen auf dem Söller war, wo es den einzigen vernünftigen Handyempfang auf dem Messner Hof gab.

»Amico«, kam es zurück und am Ton erkannte Lovis, dass sein Freund sich nicht aus persönlichen Gründen meldete.

»Was?«, fragte er.

»Ich melde mich wegen dem Mordfall bei euch auf der Alm.«

»Und? Bin ich wieder der Mörder?« Er sagte es leichthin, aber das leichte Zittern in der Stimme konnte er nicht unterdrücken. Seit er der italienischen Staatspolizei den Rücken gekehrt hatte, war er ihr beliebtester Hauptverdächtiger. Natürlich steckte sein Ex-Chef Commissario Fernando Botta dahinter, der ihn aus unerfindlichen Gründen hasste, und der es genoss, ihn zappeln zu sehen. Aber sein Freund spielte dieses Spiel jedes Mal mit und das verübelte Lovis ihm wirklich.

Scatolin schnaufte hörbar aus. »Amico ...«

Lovis blieb stumm.

»Bitte mach's mir nicht immer so schwer, Amico. Wir sprechen mit allen im Umkreis von einer halben Stunde Gehzeit. Und du bist ja wirklich ihr nächster Nachbar.«

»Ich dachte, ihr habt schon einen Mörder?«, stichelte Lovis.

118

Scatolin seufzte. »Da war so ein windiger Privatdetektiv am Tatort, der darauf bestanden hat, dass der Bauer es nicht gewesen ist.«

»Also entschließt ihr euch drei Tage nach dem Mord dazu, auch andere Verdächtige zu befragen. Na bravo.« Lovis konnte nicht anders, als die Nachlässigkeit der Staatspolizei höchst fragwürdig zu finden. »Ist der Much dann jetzt wieder frei?«

»Nicht ganz.« Scatolin atmete tief durch. »Wir haben ihn in die Psychiatrie überstellt. Suizidgefahr …«

Diese neue Schreckensnachricht nahm Lovis beinahe den Atem. Much, dieser grundzufriedene Mensch, war durch den Tod seiner Frau selbstmordgefährdet. Er litt. Und die Polizei hatte nichts Besseres zu tun, als ihn des Mordes zu verdächtigen.

Bevor Lovis seine Gedanken in Worte fassen konnte, sprach Scatolin weiter. »Bist du irgendwann wieder im Tal, dass du vorbeikommen kannst?« Er wartete kurz und als Lovis nicht antwortete, schlug er vor: »Oder soll ich vielleicht auf den Berg …?«

»Du hast Glück«, sagte Lovis kühl. »Ich bin grad in Brixen. Ich komme vorbei.« Damit legte er auf.

»Paul?«, sagte er zu seinem Knecht, der soeben aus dem Wohnhaus trat. »Gibt es eine Chance, dass du Angelika heute die Alma mitgibst, wenn sie auf den Berg fährt? Ich muss eine Aussage machen und wenn ich sie solang im Auto lasse, ist sie danach eher ein Brathühnchen als ein Ermittlerhuhn.«

Paul lachte. »Also doch. Mach ich, Chef. Brauchst vielleicht auch die Luise? Die kann auch gut zuhören. Hat zumindest dein Onkel behauptet.«

Die Luise war eine Sau, mit der Onkel Sebastian Freund und Leid geteilt hatte. Lovis hatte über die Schrullen seines greisen Onkels gelächelt, als er davon gehört hatte. Kurz darauf hatte er Alma und ihre Stärke als Zuhörerin schätzen gelernt. Er wusste genau, dass Paul und Angelika insgeheim über ihn lachten. Aber das war ihm egal. Wenn er seine beiden Fälle aufklären wollte, brauchte er Alma.

»Lass die Luise, wo sie ist«, sagte er nur. »Und sag der Angelika, wenn ich heut Nachmittag nicht auf der Alm zu finden bin, hat mich der ehrenwerte Ispettore Scatolin in den Kerker gesteckt.«

Paul riss die Augen auf. »Wegen der Stoanerin?«

Lovis nickte.

»Mist.«

»Doppelmist, würde ich sagen.« Er tauschte einen wissenden Blick mit Paul. Es war noch nicht lange her, dass der in Untersuchungshaft gelandet war. Unschuldig. Aber wenn es für die Staatspolizei bequem war, nutzte alle Unschuld nichts.

Paul zog unbehaglich die Schultern hoch. »Hals- und Beinbruch, Chef«, sagte er. Dann huschte ein Grinsen über sein Gesicht. »Wenn du nimmer kommst, übernehm ich den Hof und heirate die Angelika.«

»Das lässt du schön bleiben«, knurrte Lovis.

»Dann schau zu, dass du nicht im Gefängnis landest.«

»Signor Lovis«, grüßte ihn die Beamtin, die er als Sabrina erkannte und die wohl heute als Portier eingesprungen war.

»Strafversetzung?«, fragte er. Die junge Polizistin war ihm zwar auf seine Stelle gefolgt, war aber dann schnell in den Außendienst eingebunden worden. »Personalmangel«, gab sie lächelnd Bescheid. »Sind alle auf Urlaub. Inklusive des Commissarios.«

Dann sollten sie wohl besser einfach die Pforte offen lassen und damit einen Publikumsverkehr ermöglichen, wie es in jedem anderen Amt auch gehandhabt wird, dachte Lovis. Ein Portier, der jeden Besucher des Polizeikommissariats nach seinem Namen und Begehr fragte, bevor er ihn eintreten ließ, war purer Luxus. Dass der Commissario, nämlich Fernando Botta, der Leiter des Brixner Polizeikommissariats, nicht da war, war jedoch eine gute Nachricht. Wenn Lovis dem nicht begegnete, war es ihm nur recht. »Ispettore Scatolin?«, fragte er.

»In seinem Büro«, sagte sie. »Den Gang entlang und …«

»Ich kenne mich noch aus.« Er grinste. »Außer ihr habt den Kasten umgebaut.«

»Leider nein.« Sie schnitt eine Grimasse. »Soll ich Sie melden?«

Er winkte ab und schlug den Weg durch das Labyrinth der Gänge zu Scatolins Büro ein.

»Amico«, begrüßte ihn sein Freund, als er in dessen Büro eintrat. Auf dem Besucherstuhl, der – wie Lovis wusste – bei längerem Gebrauch Rückenprobleme verursachte, stapelten sich Akten, ebenso auf allen Ablagen und dem halbhohen Metallschrank mit Schiebetür. Auch auf Scatolins Schreibtisch gab es kaum ein freies Fleckchen.

»Scatolo?« Lovis packte den Aktenstapel auf dem Sessel und verfrachtete ihn auf den Boden, ohne einen Blick drauf zu werfen. Dann ließ er sich nieder. Der Ispettore sah ihn an. Lovis erwiderte den Blick stumm. Scatolin setzte zum Sprechen an, schloss den Mund aber wieder, wandte die Augen ab und musterte seinen Bildschirm, als gäbe es dort etwas unheimlich Spannendes zu sehen. Dann schien er einen Entschluss zu fassen, klatschte die Hände auf die Tischplatte und erhob sich. »Gehen wir kurz rüber in Brunis Bar?«

»Ich bin für eine Aussage hier. Nicht für einen Kaffee«, sagte Lovis kühl.

Scatolin seufzte. »Lovis, ich mache nur meine Arbeit.«

»Komisch, dass dabei immer ich auf der Verdächtigenliste lande. Und diesmal kannst du dich nicht auf den Alten herausreden. Der ist nämlich im Urlaub, habe ich gehört.«

»Du bist nicht verdächtig. Und Bottas Urlaub ist relativ.«

Lovis wusste, was Scatolin meinte. Der alte Griesgram nahm zwar Urlaub, weil er eben Urlaub nehmen musste, aber er verschwand nie ganz von der Bildfläche. Im Gegenteil. Von seinen Untergebenen erwartete er, dass sie ihm auch im Urlaub regelmäßig Bericht über den Stand der Ermittlungen erstatteten.

»Botta hat irgendwie davon Wind gekriegt, dass du auf der Alm bist und darauf bestanden, dass ich dich vorlade. Aber egal, was er sagt: Für mich bist du nicht verdächtig.«

Lovis schnaubte. »Das hatten wir doch schon ...«

Da beugte sich Scatolin vor. »Amico ... ich möchte mit dir reden. Nicht über diesen Fall, sondern über ...

uns.« Er sah ihn verlegen an. »Ist ein bisschen … schwierig zwischen uns in letzter Zeit, oder?«

»Und du weißt nicht, warum das so ist?«, fragte Lovis. Aber insgeheim musste er seinem Freund recht geben. Zu lang schon dauerte diese Spannung zwischen ihnen. Er vermisste die alten Zeiten, als er sich mit Scatolo in der Arbeitszeit stundenlange Gaming-Sessions geliefert hatte, als er mit ihm durch dick und dünn gegangen war und sich über den Commissario lustig gemacht hatte, wodurch dessen Schikanen einigermaßen erträglich geworden waren. Er vermisste die schweißtreibenden Radtouren über die Südtiroler Passstraßen, die sie gemeinsam durchlitten hatten, und die waghalsigen Fahrmanöver in Scatolins Alfa Romeo.

Scatolin schien denselben Gedanken nachzuhängen, denn es dauerte ein paar Augenblicke, bis er antwortete: »Natürlich weiß ich, warum das so ist. Aber ich weiß nicht, was ich daran ändern kann. Du kannst nicht ernsthaft von mir verlangen, dass ich meine Arbeit nicht erledige.«

»Du hast mich verdächtigt.«

Scatolin schüttelte den Kopf. »Lovis, das hatten wir doch schon. Ich habe nie auch nur im Geringsten daran gedacht, dass du der Mörder sein könntest. Nie. Und das habe ich dir auch gesagt. Genauso wie ich dich gewarnt habe, dass Botta dich auf die Liste der Verdächtigen gesetzt hat.«

»Dann hättest du mich einfach runternehmen können«, begehrte Lovis auf, merkte aber selbst, dass er klang wie ein trotziges Kind.

Entsprechend war auch die Miene seines Freundes. »Sag du mir, was ich machen soll, wenn er mich auf dich ansetzt?« Scatolin sah ihn eindringlich an. »Soll ich Nein sagen und eine Disziplinarstrafe riskieren? Soll ich es dir besser nicht sagen und einfach meine Arbeit machen? Oder ist es dir lieber, wenn ich den Fall abgebe und ihn jemandem übertrage, der nichts mit dir zu tun hat?«

Nein, das war Lovis nicht lieber. Keiner von diesen Vorschlägen. »Du hast ja recht«, sagte er bedauernd.

Scatolin nickte. »Können wir nicht irgendeinen Weg finden, bei dem es uns beiden gut geht?«

Lovis lachte freudlos auf. »Wie soll das gehen?« Auch wenn er sich die unbeschwerte Beziehung zu seinem Ex-Kollegen zurückwünschte, konnte er nicht einfach so aus seiner Haut schlüpfen. Er fühlte sich verletzt.

Statt eine Antwort zu geben, zuckte Scatolin mit den Schultern und sah ratlos aus dem vor Schmutz starrenden Fenster in den Innenhof des Polizeikommissariats. »Ich weiß es auch nicht.«

Keiner von beiden sprach weiter. Die Sekunden vergingen, wurden zu Minuten. Irgendwann richtete sich Scatolin auf. »Schauen wir das Ganze einmal objektiv an. Ich bin ein Polizist, der Kriminalfälle aufklären will. Du bist ein braver Staatsbürger, der zur Aufklärung der Fälle beitragen will. Wir beide haben dasselbe Ziel, nicht wahr?«

Lovis nickte.

»Also gibt es keinen Grund für Konkurrenz. Weder von meiner Seite noch von deiner Seite.«

»Aus diesem Grund habe ich dir ja auch gesagt, was ich herausgefunden habe«, erinnerte Lovis seinen Freund.

Scatolin nickte. »Ja. Leider kann ich das umgekehrt nicht, weil es mir verboten ist, mit Außenstehenden über einen laufenden Fall zu sprechen. Du warst lang genug bei der Polizei, um das zu wissen.«

»Von mir aus brauchst du nicht darüber sprechen. Du kannst mir auch Zettelchen schreiben.«

»Du weißt genau, was ich meine.«

Lovis nickte widerwillig.

»Genau das erwartest du aber von mir, dass ich meine Schweigepflicht verletze und dir Informationen gebe. Und damit meinen Arbeitsplatz gefährde.«

Lovis wusste selbst, wie ungerecht das klang. »Ich muss meinen Job auch machen. Und kein Mensch bezahlt mich, wenn die italienische Staatspolizei am Ende den Fall löst.«

Die beiden sahen sich in die Augen und seufzten.

»Kaffee?«, fragte Scatolin nach einer Weile.

Diesmal nickte Lovis. Außerhalb der Mauern des Polizeikommissariats würde Scatolin lockerer sein. Weniger Polizist, mehr Freund.

Kurz darauf saßen sie in der Bar Bruni. Lovis war schon lange nicht mehr hier gewesen und die ganze Schmuddeligkeit der Bar überfiel ihn bei seinem Eintreten wie aus dem Nichts. Der Boden war mit Fliesen aus den Siebzigern ausgelegt, auf dem seine Schritte ein Schmatzen verursachten – was entweder jahrzehntealtem Dreck oder einem Putzmittel zu verdanken war, das einen klebrigen Film darauf hinterließ. Ebenso verschmutzt waren die Sitzbänke, die mit einem Lederimitat überzogen waren, und die Tische. Wäre nicht Brunis Kaffee der beste der Welt gewesen, hätte sie wohl schon längst jemand beim Hygieneamt gemeldet und die Schließung dieses Etablissements erwirkt.

Bei seinem Eintreten ging ein Leuchten über das Gesicht der Inhaberin, die in eine Illustrierte vertieft, an einem der Tische saß. »Der Lovis, schau an, schau an.«

»*Due caffè*«, sagte Scatolin.

»Kommen sofort, Ispettore.« Ächzend erhob sie sich von ihrem Platz und watschelte hinter den Tresen, wo sie ihre Kaffeemaschine in Gang setzte.

»Können wir jetzt richtig reden?«, fragte Scatolin. Lovis nickte.

»Dann habe ich einen Vorschlag. Du informierst mich weiterhin, wenn du etwas herausfindest, und ich ...« Er holte tief Luft. Lovis konnte an seiner Miene ablesen, dass er mit sich rang. »Ich werde mich hin und wieder verplappern. Ganz unabsichtlich natürlich. Und wehe, wenn das irgendwer erfährt. *Ci siamo capiti?*«

Lovis hatte verstanden. »Ich werde mich vorsehen.«

»Im Gegenzug fühlst du dich nicht angegriffen, wenn ich dich zum Verhör einlade. Und du kreidest es nicht mir an, wenn Botta dich auf die Liste setzt.«

Lovis nickte. »Ich werd's versuchen.«

»Bei der ersten grantigen Grimasse schuldest du mir die Hufeisentour mit dem Rad.«

Lovis konnte nicht anders, als Scatolins Grinsen zu erwidern. »Sklaventreiber.« Die Hufeisentour führte über die Sarntaler Alpen und war bei Wanderern und Reitern gleichermaßen beliebt. Für Radfahrer war sie eine elende Schinderei.

»*Due caffè*«, flötete Bruni neben ihnen. »Mit ganz besonders viel Liebe für dich, Lovis.«

Er lächelte ihr zu. »Danke, Bruni. Deinen Kaffee hab ich wirklich vermisst.«

Sie klimperte mit den Augendeckeln. »Das will ich hoffen, Lovis. Aber du weißt: Die Bruni ist immer da. Du musst nur kommen. Nachtragen tu ich dir den Kaffee halt nicht ...«

Er wiegte den Kopf. »Wobei das keine schlechte Geschäftsidee wär. Wenn der Prophet nicht zum Berg kommt, muss der Berg eben zum Propheten.«

»Nein, nein. Der Prophet soll nur weiter zum Berg kommen. Der Berg ist nicht so gut zu Fuß.« Wie zum Beweis watschelte sie wieder zurück an ihren Platz.

Lovis sah ihr nach, dann richtete er seine Aufmerksamkeit auf seinen Freund.

»*Amici?*«, fragte Scatolin und streckte ihm die Hand hin.

Lovis schlug ein. »Freunde«, sagte er und ein Stein, der ihm gar nicht bewusst gewesen war, fiel von seinem Herzen.

In stillem Einverständnis schlürften sie ihren Kaffee.

»Wie lang muss der Much in der Psychiatrie bleiben?«, fragte Lovis.

»Das entscheiden die Ärzte.«

»Und wenn die Ärzte entscheiden, dass keine Gefahr mehr besteht, darf er auf den Hof?«

Scatolin zuckte mit den Schultern. »Wenn wir bis dahin nicht seine Schuld bewiesen haben, ja.«

Lovis schüttelte den Kopf. »Das werdet ihr nicht. Er hat seine Ehefrau geliebt.«

»Das denkt man immer. Und dann sind's doch immer die Ehemänner gewesen.«

»Aber es waren genügend Leute in der Nähe, die ein Tatmotiv gehabt hätten.«

Scatolin beugte sich vor. »Wer?«

»Da gibt es einen Bergführer, dem die Thres den Hund auf den Hals gehetzt hat, einen jungen Mann, den Samuel, der mit dem Rad über einen Draht gefallen ist, den sie gespannt hat, einen Italiener, der ständig mit ihr Zoff gehabt hat«, zählte Lovis auf. »Habt ihr die schon alle befragt?«

»Keinen Einzigen«, gab Scatolin zu.

»Dann würde ich mal bei denen anklopfen.«

»Das ist ein guter Vorschlag.«

»Ja, nicht wahr?« Lovis grinste. »Und was hast du für mich?«

Der Ispettore seufzte. »Leider gar nichts.« Als er Lovis' Blick sah, hob er abwehrend die Hände. »Nicht, weil ich nichts sagen will, sondern weil wir wirklich im Dunkeln tappen. Es könnte ein Raubüberfall sein. Die ganze Wohnung war durchwühlt und laut seiner Schwägerin fehlen ein paar Wertsachen. Alter Goldschmuck, eine antiquarische Taschenuhr, ein bisschen Geld. Die Bäuerin vom Unterstoaner Hof schwört Stein und Bein, dass in der Zeit vor dem Mord kein Auto heraufgefahren ist. Also wenn es ein Raubüberfall war, muss der Täter vom Berg heruntergekommen sein. Aber jeder, der da oben lebt, weiß, dass auf einem Bergbauernhof nicht viel zu holen ist.« Er seufzte. »Es tut mir leid: Alles deutet auf den Much hin. Die Tatwaffe, die Zeit, der Umstand, dass er der Ehemann ist und in der Ehe immer etwas sein kann, das zu einer Affekthandlung führt …«

»Seine Schwägerin hat aber etwas anderes behauptet«, warf Lovis ein. Als er Scatolins misstrauischen Blick sah, erklärte er schnell: »Sie schläft zurzeit bei mir in der Hütte, weil sie sich auf dem Hof fürchtet.

Und wir haben ein bisschen geredet. Der Much hat seine Frau geliebt und er war der sanftmütigste Mensch, den man sich vorstellen kann. Nie ein lautes Wort, nie auch nur ein Zeichen von Gewalt.«

»Trotzdem kann irgendwas ihn getriggert haben. Die Schwägerin war ja nicht auf dem Hof, als es passiert ist, sondern hat die Kühe auf die Alm getrieben. Du weißt, dass manchmal eine Kleinigkeit reicht, um jemanden zum Ausrasten zu bringen.«

»Und dass er jetzt in der Psychiatrie ist, weil er nicht über den Tod seiner Frau hinwegkommt?«

Scatolin schüttelte den Kopf. »Das allein heißt gar nichts. Das weißt du genau.«

Lovis nickte. »Ich kann's einfach nicht glauben. Ich war's jedenfalls nicht.«

»Ich weiß. Trotzdem muss ich dich um dein Alibi bitten.«

Lovis schluckte. Es begann also schon wieder. Doch er hatte sich vorgenommen, Verständnis für Scatolins Dilemma aufzubringen, und so atmete er einmal durch, dann meinte er: »Da muss ich dich enttäuschen. Ich war mit den Jungs auf der Pirsch. Wir wollten den Pilzräuber stellen. Leider ist daraus nichts geworden, dafür hab ich ein Mittagessen organisiert. Wir waren ungefähr zur Tatzeit da, wo der Wanderweg die Forststraße kreuzt. Die Jungs haben sich nicht weit davon in einer Fichtenschonung versteckt. Ich hab – mutterseelenallein – eine Pilzrunde gemacht. Mit Erfolg. Aber ohne Zeugen. Und das Beweismaterial haben wir inzwischen aufgegessen. Ich bin bergauf unterwegs gewesen, aber quer durch den Wald. Da hat mich sicher niemand gesehen. Und natürlich hätte ich es leicht geschafft, in der Zeit zum Stoaner Hof zu schleichen, die Thres zu erschlagen und dann samt Pilzen zu den Jungs zurückzukehren.«

»Lovis, damit macht man keine Witze.«

»Ich mache auch keine Witze. Ich helfe dir nur, deine Gedanken zu Ende zu denken. Das Problem mit mir als Verdächtigem ist, dass ich den Much das letzte Mal in der Mittelschule gesehen hab und die Thres nicht einmal gekannt habe. Warum also sollte ich sie erschlagen?«

»Ich weiß, dass du sie nicht erschlagen hast, Amico.«

Doch Lovis fuhr fort: »Ich könnte halt ein Psychopath sein, der sein Unwesen auf der Alm treibt. Dann müsstest du jetzt das Muster finden, nach dem ich meine Opfer auswähle.«

»Amico!«

»Spaß beiseite. Ich habe kein Alibi. Was nun? Nimmst du mich fest?«

»Es freut mich, dass du es so locker nimmst.« Scatolin verzog gequält das Gesicht.

»Du bist doch nur beleidigt, weil ich dir nicht in die Falle gegangen bin und du noch keinen Verrückten gefunden hast, der dich auf die Hufeisentour begleitet. Halt mich einfach auf dem Laufenden.« Lovis stand auf. »Und Scatolo, komm doch am Sonntag mit dem Rad auf die Alm. Da oben gibt es ein paar knackige Routen.« Dann fiel ihm das Krimidinner ein. »Ach, und am Samstagabend könnte ich dich auch gebrauchen. Da kommen ein paar Österreicher zu mir auf die Hütte und wollen ein Krimidinner spielen. Idee von Angelika. Ein Mann fehlt uns noch. Also?« Lovis hoffte, dass sein Freund einwilligte. Wenn er dann noch auf der Alm einen weiteren Spielwilligen fand, konnte er selbst sich vielleicht drücken.

Er hatte Glück. Scatolin nickte. »Von mir aus.«

»Na dann bis Samstag«, sagte Lovis. Er winkte seinem Freund und Bruni noch einmal zu und machte, dass er auf den Berg kam.

Als er auf der Alm ankam, traf er die Jungs in heller Aufregung an.

»Wie kannst du einfach so abhauen!«, empfing ihn Matthias vorwurfsvoll.

Iwan schlug in die gleiche Kerbe: »Wir haben uns solche Sorgen gemacht.«

»Und Angst gehabt!«, maulte Matthias wieder. »Der Pilzräuber ist um die Hütte geschlichen und hat herumgeschnüffelt und der Erik hat sich fast in die Hose gemacht.«

»Der Pilzräuber?« Lovis wurde hellhörig.

Die Jungs nickten im Gleichtakt.

»Um unsere Hütte?«

Wieder war synchrones Nicken die Antwort.

»Ist höchste Zeit, dass ich mir den mal unter die Lupe nehme«, stellte Lovis fest.

»Und dass Sie uns nicht allein hier auf der Alm lassen. Wo uns nicht einmal jemand hört, wenn wir um Hilfe schreien.« Iwan sah ihn anklagend an. »Wir haben nicht einmal unsere Handys, mit denen wir jemanden anrufen können.«

»Zumindest da habe ich vielleicht was erreicht«, sagte Lovis augenzwinkernd. »Angelika und Paul kommen etwas später herauf und wenn ihr Glück habt, haben sie eure Telefone dabei.«

»Telefone!« Matthias feixte. »Boomer!«

Lovis wollte lieber nicht wissen, was ein Boomer war und berichtete weiter. »Für mich hat sie die Alma mit dabei.«

»Hältst du die dann ans Ohr und nimmst Kontakt mit dem Weltall auf?«, witzelte Iwan.

»Alma ist ein talentiertes Huhn. Wahrscheinlich schafft sie sogar das. Was habt ihr gekocht?«

Die Jungs starrten ihn verblüfft an. »Wir?«

»Na ja, ihr wart den ganzen Tag in der Hütte und hattet Zeit, ein wunderbares Menü zu zaubern. Was gibt es?«

Sie wechselten betretene Blicke.

»Also wieder das Übliche?«, schlug er scherzhaft vor.

Ihre Mienen zeigten deutlich, dass sie an Melchermuas dachten und was sie davon hielten.

»Ich hab nicht so einen großen Hunger«, meldete Matthias.

»Ich auch nicht«, stimmten die anderen beiden ein.

Lovis stöhnte. »Dann bleibe ich jetzt auf vier Pizzen sitzen?«

Die Gesichter der Jungs leuchteten auf. »Pizza?«

Lovis nickte. »Auf dem Rücksitz.« Lächelnd sah er zu, wie die Jungs das Auto stürmten und mit vier Pizzakartons zurückkamen. Er hatte jedem seine Lieblingspizza mitgebracht und genoss ihre Freude über das unerwartete Festmahl. Er selbst machte sich über seine Tiroler Pizza her: Margherita mit Speck und Zwiebeln.

Während des Essens teilte er seine neuen Erkenntnisse mit den Jungs. Auch dass ein paar Wertsachen und Geld vom Hof verschwunden waren, erzählte er ihnen. »Also, wenn ihr jemanden seht, der plötzlich zu Geld gekommen ist, dann kriegt der den Hut als Hauptverdächtiger«, endete er seinen Bericht über den möglichen Raubüberfall auf dem Stoaner Hof.

»Der Samuel«, sagte Iwan beinahe sofort. »Könnt ihr euch erinnern, wie er beim Herz-Jesu-Feuer erzählt hat, dass er sich ein neues Motorrad gekauft hat, obwohl er sich das gar nicht leisten kann? Der hat das Geld gebraucht!«

Schon wieder er. Lovis machte sich in Gedanken einen Vermerk. Und auch bei einem weiteren Verdächtigen machte er sich eine gedankliche Notiz. Der Sandro hatte einfach zu teure Kleidung an. Es konnte nicht sein, dass er als Bergführer so viel verdiente, dass er sich diese teuren Marken leisten konnte. Auch wenn er bereits vor dem Mord so gekleidet gewesen war: Vielleicht hatte er einfach über seine Verhältnisse gelebt und jetzt setzte ihn die Bank unter Druck? Alles war möglich, und wenn Lovis eines gelernt hatte, dann, dass Mordmotive manchmal derart läppisch waren, dass man sich nur wundern konnte. »Der Sandro«, sagte er laut. »Den dürfen wir nicht vergessen.«

»Der Neffe vom Waschtl. Dem seine Hütte ist in einem miserablen Zustand und muss schnellstens renoviert werden.«

Die Köpfe der Jungs fuhren herum. Burgi war unbemerkt hinter der Hütte aufgetaucht.

»Burgi!«, rief Lovis aus.

Sie lächelte. Aber nur kurz, dann fiel ein Schatten auf ihr Gesicht. »Ich muss euch um einen Gefallen bitten,

Mander. Ich muss ins Tal runter. Der Mann von meiner Schwester hat einen Unfall gehabt und sie braucht mich. Könnt ihr die Kühe in den Stall bringen?«

Lovis erinnerte sich daran, dass Much von einer weiteren Schwester gesprochen hatte. Nandl hieß sie, wahrscheinlich Marianne. Er hatte erzählt, dass sie mit ihrem Mann im Villnößtal wohnte. Und deren Mann hatte einen Unfall gehabt? Das Schicksal meinte es gerade nicht gut mit den Stoanergitschn.

Trotzdem sah er Burgi zweifelnd an. Vor Kühen hatte er nach wie vor einen Riesenrespekt. Wenn sie nicht fest im Stall angekettet waren, war dieser Respekt noch größer. Die Kühe des Stoaner Hofs waren noch dazu behornt ...

»Machen wir«, sagte Erik da schon.

»Bist du sicher?«, wollte Lovis fragen, da sah er Burgis erleichterten Blick und schluckte seine Bemerkung hinunter.

»Danke!«, sagte sie.

»Auf der Alm hilft man sich«, wiederholte Erik den Satz, den er mittlerweile schon von mehreren Seiten gehört hatte.

»Danke«, sagte Burgi noch einmal. Dann wandte sie sich ab und sprang quer über die Wiese Richtung Tal.

Die Jungs vertrieben sich nach dem Mittagessen die Zeit mit Goaslschnölln, Lovis las in seinem Krimi. Aber es dauerte nicht lange, da hörte man vom Wald ein Tuckern und Paul erschien auf seinem Traktor zwischen den Bäumen, zusammen mit Toni und Angelika. »Unsere Handys«, rief Matthias und sprang auf. Kaum war Angelika ausgestiegen, sah sie sich von den drei Jungs umringt. »Süchtler!« Lachend überreichte sie ihnen die Geräte. »Aber nur für Arbeitszwecke«, forderte sie, doch das überhörten die drei schon wieder. Ein vielstimmiges Klingeln und Piepsen kündigte das Eintreffen verschiedener Mitteilungen an.

»Und das ist, damit die Dinger auch morgen noch laufen«, sagte Paul und klaubte einen Generator und die Ladekabel vom Anhänger.

»Du denkst an alles,« lobte ihn Lovis.

»Wart nur, bis du das Haus von der Alma siehst.« Beinahe stolz hievte der Knecht einen großen Kasten aus Holz von der Ladefläche. »Hat der Toni gebaut. Der hat uns nicht verraten, dass er auch noch Tischler ist.«

»Na ja, nicht wirklich. Ich hab nur ein Jahr die Tischlerlehre gemacht. Aber so einen Hühnerstall krieg ich grad noch zusammen«, wiegelte der bescheiden ab.

»Wir haben Alma noch zwei Kolleginnen mitgebracht. Damit sie nicht allein ist, wenn du auf Mörderjagd bist«, erklärte Toni. »Vergiss nur ja nicht, die Hennen einzusperren, wenn's dunkel wird. Der Marder kennt keine Gnade. Und der Fuchs auch nicht. Nicht, dass die Alma die längste Zeit ein Ermittlerhuhn gewesen ist.«

Lovis nickte. Das würde er sich hinter die Ohren schreiben.

»Ich hab auch noch was für dich«, sagte Angelika. Sie steckte ihre Hände in ihre Gesäßtaschen und das lenkte Lovis' Aufmerksamkeit auf den Spruch auf ihrer Brust:

EIN MANN
OHNE FRAU
IST WIE EIN PFERD
OHNE ZÜGEL

Wollte sie ihm damit etwas sagen? Prüfend sah er ihr ins Gesicht.

»Komm mit«, sagte sie mit einem Blick auf die Jungs. Lovis wurde es flau im Magen. Was kam da auf ihn zu? Er folgte ihr hinter die Hütte und kletterte wie sie über den Zaun. Bei Diablo blieb sie stehen. Lovis wartete unruhig ab.

»Komm näher«, sagte Angelika. Widerstrebend machte er noch einen Schritt auf sie zu. Nahe genug, dass sie lachend seinen Kopf packen und ihm einen Kuss auf die Lippen drücken konnte.

Lovis entspannte sich. »Das wolltest du also«, brummte er, umfing sie mit seinen Armen und zog sie an sich.

»Ja, und es war herrlich, zu sehen, wie du dich gewunden hast. Hast du solche Angst vor mir, Lollo?«

»Nicht vor dir«, sagte er. »Davor, dass du genug von mir kriegen könntest.«

»Solang du nicht genug von mir kriegst, ist alles gut.« Wieder legte Angelika ihre Lippen auf seine. Dann schob sich gleichzeitig eine Pferdeschnauze dazwischen und von der Hütte her kamen Würgegeräusche.

»Könnt ihr das bitte woanders machen?«, fragte Matthias feixend.

Und Iwan forderte: »Und können wir bitte diesen Italiener ausspionieren? Jetzt, wo wir unsere Handys haben?«

Angelika trennte sich lachend von Lovis. »Deine drei Anstandsdamen leisten ganze Arbeit. Ich hoffe, das tun sie auch, wenn diese Burgi hier ist.«

»Natürlich«, sagte Iwan.

Angelika lachte. »Na dann. Ich verlasse mich auf euch, Jungs. Geht ihr mal schön ermitteln.« Ein spöttischer Unterton lag in dem Wort. »Ich mach eine Runde mit Diablo.« Dann zwinkerte sie Lovis zu. »Und wenn ich zurückkomme, gibt es eine Reitstunde.«

Lovis wehrte ihren Vorschlag mit beiden Händen ab. »Ich glaube, wir kommen erst bei Einbruch der Dunkelheit.«

»Und die Stoaner Kühe?«, fragte Matthias.

»Die Stoaner Kühe?« Das Lachen verschwand augenblicklich von Angelikas Gesicht. »Was habt ihr mit den Stoaner Kühen zu schaffen?«

»Die Burgi musste ins Tal, weil ihr Schwager einen Unfall hatte und ihre Schwester sie braucht«, erklärte Lovis. »Sie hat uns gebeten, ihre Kühe in den Stall zu treiben.«

»Das schau ich mir an«, sagte Paul und lachte leise. Angelika nickte. »Ja, ich auch.« Sie wechselten einen Blick und Lovis fühlte die Eifersucht in sich aufsteigen, obwohl er genau wusste, dass nichts lief zwischen den beiden.

»Wieso hab ich eigentlich immer das Gefühl, dass ihr euch über mich lustig macht?«, fragte er knurrig. »Keine Ahnung«, sagte Paul und grinste. »Wenn ihr noch ermitteln wollt, bevor die Sonne untergeht, solltet ihr jetzt starten. Wir machen mit dem Förster eine Runde durch unseren Wald. Schauen, welche Bäume geschlägert werden müssen. Du siehst zu, dass du den Pilzräuber fasst, bevor wir die Waldarbeit angehen. Da brauch ich dich. Und da ist es mir egal, ob dein Fall gelöst ist oder nicht. Klar, Chef?«

Lovis nickte. Waldarbeit. Toll. Wieder eine Gelegenheit, sich vor seinem Knecht zum Affen zu machen ...

»Ihr geht da lang und ich geh da lang. Und noch einmal: Ihr macht ein Foto von dem Typ, wenn ihr ihn seht und lasst euch nicht erwischen. Verstanden?«

Die Jungs nickten ungeduldig. Lovis konnte ihnen ansehen, wie sehr es sie drängte, ohne ihn loszuziehen.

»Und wir treffen uns beim Lager«, erinnerte ihn Matthias.

»Wie ausgemacht«, bestätigte Lovis. Um dieses Lager machten die drei wirklich ein Gehabe. Er nahm sich vor, ihren neuen Rückzugsort angemessen zu würdigen. Dann deutete er in die Richtung, in die sie losziehen sollten. »In einer Stunde.«

Die Jungs trabten los.

Er sah ihnen lächelnd nach, dann schlug er den Pfad ein, dem er schon das letzte Mal gefolgt war. Keine

Pfifferlinge am ersten Geheimplatz, stellte er enttäuscht fest, rief sich aber gleich zur Ordnung. Du bist nicht zum Schwammlklauben hier, sondern zum Ermitteln. Trotzdem wanderte sein Blick weiterhin suchend über den Waldboden. Keine Pilze. An einer Stelle, an der er noch vor ein paar Tagen zwei Handvoll Pfifferlinge gefunden hatte, war der ganze Erdboden durchwühlt. Nicht einmal ein stecknadelgroßer Pilzkopf schaute mehr durch die schwarze Erde. Wer hier geerntet hatte, hatte das gründlich getan ... und verhindert, dass in der nächsten Zeit irgendwer sonst ein paar Pilze finden würde. Das hatte Waldner also gemeint ...

Lovis streifte weiter durch den Wald – wie es aussah, auf der Spur des Pilzräubers. Ungenießbare Schwämme lagen umgeworfen am Wegrand, in einem Ameisenhaufen herrschte helle Aufregung. Irgendwer hatte ihn mit einem Stock, der noch darin steckte, kräftig umgegraben und die Ameisen versuchten zu retten, was zu retten ging.

Er kam auf eine kleine Lichtung, auf der ein Bauer seine Bienenstöcke abgestellt hatte, und sein Fuß verfing sich in einem herumliegenden Draht, sodass er beinahe zu Boden ging. »Was zum ...«, fluchte er und befreite seinen Fuß. Der Draht gehörte zu einem Hüterzaun. Vielleicht hatte der Bauer geplant, nach der Mahd hier Vieh weiden zu lassen und inzwischen einmal die Umzäunung vorbereitet. Umsonst, wie er erkannte, denn an mehreren Stellen war der Zaun durchschnitten und die losen Enden hingen herab.

Der Bauer wird seine helle Freude damit haben, dachte er bei sich, rollte das Drahtstück zusammen, das er in seinen Händen hielt und legte es sorgsam neben einen Pfosten. Dann wanderte er wieder weiter. Wieder trat er aus dem Wald, jetzt auf die weite Almlandschaft hinaus und er stieg weiter bergauf.

Von dort konnte er endlich die Hütte des Italieners sehen. Die *Tricolore* flatterte am Fahnenmast, kein Mensch war um das einfache Blockhaus herum zu sehen. Ein schwarzes Auto war davor geparkt und reflektierte die Sonnenstrahlen. War der Kerl im Haus? War er auf Verwüstungstour?

Da nahm Lovis eine Bewegung in den Latschenstauden neben der Hütte wahr. Er kniff die Augen zusammen und spähte hinunter. Dann lächelte er amüsiert. Wie ein Wiesel rannte Matthias von den Latschen zu einer Kiefer und versteckte sich hinter dem Stamm. Mit einer Handbewegung bedeutete er seinen zwei Kumpels, ihm zu folgen.

Auch wenn er zu weit von der Hütte entfernt war, um seine drei Assistenten hören zu können, konnte er sich vorstellen, was sie sich zuflüsterten.»Die Luft ist rein. Over.«»Komme. Over.«

»Lovis, Lovis, du musst dich klarer ausdrücken, wenn du ihnen Anweisungen gibst«, sagte er zu sich selbst. Er hatte ihnen nur befohlen, sich nicht beim Fotografieren erwischen zu lassen. Natürlich hatten sie diese Weisung nicht so verstanden, dass sie sich generell nicht entdecken lassen sollten. Ihr Glück, dass der Italiener offenbar nicht zu Hause war.

Lovis wollte eben zu ihnen absteigen, da knackte es hinter ihm im Gebüsch. Er fuhr herum und blickte direkt in das glatzköpfige Gesicht von … »Botta«, entfuhr es ihm. Im selben Augenblick straffte er sich und salutierte aus alter Gewohnheit, hätte sich anschließend aber am liebsten dafür geohrfeigt. Ihn hätte er auf der Alm am wenigsten vermutet.

»Lovis«, knarzte sein Gegenüber und machte dann in seinem neapolitanisch gefärbten Italienisch weiter. »Muss ich Ihre Fresse sogar auf dem Berg sehen? Kann ich nicht einmal auf Urlaub gehen, ohne dass Sie mir über den Weg laufen?« Lovis seufzte. Natürlich! Urlaub. Scatolin hatte ja erzählt, dass Botta Urlaub genommen hatte. Aber wieso war Botta hier und nicht in seiner Heimatstadt Neapel?

Jetzt wurde ihm auf einmal alles klar: Botta war der »Walsche«, der Pilzräuber, von dem alle sprachen! Die Glatze, der italienische Patriotismus, sein ruppiges Verhalten … Fast hätte Lovis laut losgelacht. Aber bei Bottas Worten regte sich auch der Trotz in Lovis. »Der Berg ist groß genug. Drehen Sie sich um und gehen Sie woanders hin.« Er verwendete in voller Absicht die deutsche Sprache, weil er wusste, wie allergisch Botta darauf reagierte. Und tatsächlich – Commissario Botta schnappte nach Luft und setzte zu einer seiner üblichen Schimpftiraden an, da fuhr ihm Lovis ins Wort: »Außerdem bin ich im Einsatz. Ein übler Pilzräuber treibt hier sein Unwesen. Zerstört den Wald, zerschneidet Zäune … Sie wissen nicht zufällig, wer das ist?« Er sah betont auf den Korb in Bottas Hand. Die Hubbel unter dem Tuch ließen keine Frage offen: Schätzungsweise drei Kilo Pilze trug sein Ex-Chef mit sich herum. Und das an einem Tag mit ungeradem Datum.

Bottas Gesichtsfarbe wurde um einige Nuancen dunkler. »Was soll die Andeutung?«

Statt einer Antwort zog Lovis die Augenbrauen hoch.

»Wagen Sie es, mir einen Gesetzesübertritt zu unterstellen? Mir? Commissario Fernando Botta?«

Lovis zuckte mit den Schultern.

Ein wütendes Schnauben war die Antwort. Botta stellte den Korb ab, zog das Tuch weg und ... Zirbenzapfen, im Südtiroler Volksmund »Zirmtschurtschn« genannt, kamen zum Vorschein.

»Zirbenzapfen?«, stammelte Lovis fassungslos.

»*Per un liquore al cirmolo.*« Für einen Zirbenlikör. Commissario Botta musterte ihn verächtlich. »Also? Ist Ihre Neugierde befriedigt, Herr Privatdetektiv?« Die Worte seines Ex-Chefs trieften vor Spott.

Lovis fühlte sich, als sei er mit dem Kopf gegen eine Wand gelaufen. Er nickte.

»Können Sie mir sagen, welche Gebiete ich meiden muss, damit sich unsere Wege nicht kreuzen?« Botta deckte seine Zirbenzapfen wieder zu und blickte Lovis herausfordernd an. »Ich bin hier, um mich zu erholen. Und das geht wohl schlecht, wenn ich Ihre Visage immer wieder sehen muss.«

Lovis ging nicht auf die neuerliche Provokation ein.

»Sind Sie wegen dem Mordfall auf der Alm, Commissario?«

»Sie wären der Letzte, dem ich das verraten würde, Lovis.«

»Die Leute auf der Alm verdächtigen Sie, etwas mit dem Mord zu tun zu haben.« Jetzt bekam Lovis langsam wieder Oberwasser. Schließlich war er nicht mehr der kleine Beamte, der täglich die Demütigungen seines launischen Vorgesetzten über sich ergehen lassen musste, sondern er war selbstständiger Ermittler, ein Unternehmer, sozusagen. Und Botta war nicht im Dienst und hatte es endlich geschafft, sich durch seine Arroganz selbst verdächtig zu machen. In einem Mordfall. Diebische Freude blubberte in Lovis hoch. Nun würde der Kerl am eigenen Leib erfahren, wie es war, Gegenstand der Ermittlungen in einem Mordfall zu sein. »Sie haben sich mit der Bäuerin angelegt, bevor sie getötet wurde, habe ich gehört.«

Die Ader auf Bottas Stirn schwoll an.

»Sie soll Sie ganz schön zusammengestaucht haben, weil Sie immer das Gatter offen gelassen haben.«

»Pah! Nur ein einziges Mal hab ich dieses verdammte Gatter nicht zugemacht!«, stieß er auf Italienisch aus. »Woher soll ich wissen, dass die blöden Kühe dann auf der Alm spazieren gehen? Bin ich ein Kuhhirt?«

»Und wegen Ihrer Raserei hat die Bäuerin Sie auch zur Rede gestellt«, fuhr Lovis fort. »Allerdings in deutscher Sprache. Und wir kennen ja alle ihr Temperament, wenn es darum geht, das Autonomiestatut mit Füßen zu treten, nicht wahr?« Bereits im Polizeikommissariat hatte sich Botta, der aus Neapel stammte, geweigert, die deutsche Sprache als Amtssprache anzuerkennen. Wer sich der deutschen Sprache bediente, kriegte ein »*Siamo in Italia!*« – Wir sind in Italien! – zu hören und wer auf sein Recht bestand, sich in seiner Muttersprache zu verteidigen, riskierte ungerechte Konsequenzen.

Botta schnappte nach Luft und ballte die Fäuste. Lovis konnte förmlich sehen, wie sich die Gedanken des Commissarios hinter seiner Stirn überschlugen. Dann plötzlich legte sich wieder die gewohnte Herablassung über sein Gesicht. »Viel interessanter ist doch, was Sie hier oben auf dem Berg machen, Herr Privatdetektiv! Vielleicht ein kleiner Mord zwischen Kartoffel- und Apfelernte?«

Da war er wieder, der blasierte, hochfahrende, arrogante – Lovis' Auswahl an Beschreibungen für seinen gehassten Ex-Chef war unerschöpflich – Fernando Botta. Lovis trat einen Schritt zurück.

»Aber Sie haben nichts dagegen, wenn ich Ihren Korb mit den Zirbenzapfen fotografiere?«, sagte Lovis und zückte sein Mobiltelefon.

»Wenn Sie auch nur ein Foto machen, sind Sie ein toter Mann!«, knurrte Botta in übelstem neapolitanischen Dialekt.

»Aha, eine Morddrohung«, meinte Lovis leichthin. »Finde ich mich demnächst irgendwo mit einer Axt im Schädel wieder?« Er wusste, dass er den Commissario provozierte, aber er konnte nicht anders. Egal, was Botta sagte: Lovis' Unterstellungen verursachten ihm Unbehagen und das genoss der Privatdetektiv aus ganzem Herzen.

Gelassen fing er seinen wütenden Blick auf und sah dem Commissario zu, wie er das Tuch wieder über die Zirmtschurtschen breitete und schäumend der nächsten Baumgruppe entgegenstapfte.

Lovis sah auf die Uhr, dann hinunter zu der Hütte des Italieners. Zumindest dieses Rätsel war gelüftet. Auch wenn er sich beinahe sicher war, dass Botta weder mit dem Pilzraub noch mit dem Mord etwas zu schaffen hatte: Er würde es sich nicht nehmen lassen, ihm etwas Unterhaltung zu verschaffen. Dazu fischte er gleich sein Mobiltelefon aus seiner Gesäßtasche und während er dem schmalen Steig hinunter folgte, wählte er Scatolins Nummer.

»Lovis?«

»Ich möchte Meldung erstatten.«

»Du hast den Mörder gestellt?«

Lovis lachte. »Das hättest du wohl gern. Nein, ich habe einen Verdächtigen.«

»Du hast mir schon drei Verdächtige genannt. Kommt jetzt noch einer dazu?«

»Ja, da haust ein Italiener in einer Hütte. Die meisten der Almbewohner halten ihn für den Pilzräuber und trauen ihm auch einen Mord zu. Er hat sich mit so ziemlich allen angelegt. Ich denke, dass du ihn dir näher anschauen solltest.«

»Okay …«, kam es zögerlich von Scatolin. »Und wo finde ich den?«

»Ich bin bei seiner Hütte, aber er ist nicht da. Soll ich dir die Koordinaten schicken?«

»Mach das, Amico. Und warum halten ihn alle für verdächtig?«

»Sagen wir so: Er tut nicht viel, um sich die Zuneigung der Almbewohner zu verdienen. Mit der Thres soll er sich ordentlich gefetzt haben. Hat einmal das Viehgatter offen stehen gelassen und da verstand sie keinen Spaß. Wie er dann von ihr verlangt hat, Italienisch zu reden, war's ganz aus. Und dann war noch eine ähnliche Situation, als er zu schnell durch ihren Grund gefahren ist und dabei beinahe den Hund überfahren hat.«

»Das ist zu schwach als Mordmotiv«, wandte Scatolin ein.

»Komm rauf, lern ihn kennen und urteile selbst«, gab Lovis kryptisch zurück. Dann beendete er das Gespräch. Noch innerhalb dieses Tages würden vor Bottas Almhütte Polizeiwagen aufkreuzen.

»Von hier aus hat man einen perfekten Ausblick auf die Hütte von diesem Wa… Italiener«, erklärte Matthias eifrig. »Und wenn man hier einen Ausguck bauen würde, könnte man sogar bis zu deiner Hütte hinübersehen.« Lovis sah sich den Platz mit den Augen der Jungs an und verstand, was Matthias meinte. Sie befanden sich auf einer kleinen Erhöhung, unter einer verwachsenen Kiefer, deren Äste sich bestens für ein Baumhaus eigneten. Rund um die Kiefer war der kleine Hügel nur mit Heidekraut und Moosbeeren bewachsen, ein paar Meter weiter begann ein Dickicht aus Latschenkiefern, durch das kaum ein Durchkommen war. Der perfekte Platz für ein Lager.

»Wir könnten ihn beschatten und wenn wir dann zum Essen kommen sollen, winkst du uns und wir sind in fünfzehn Minuten bei deiner Hütte«, ergänzte Erik.

»Und wo habt ihr die Bretter für den Ausguck her?« Lovis schwante Furchtbares. Bretter wuchsen nicht auf Bäumen – na ja, jedenfalls nicht in dieser Form. Die Jungs hatten sich irgendwo bedient, wo diese Dinger vielleicht gebraucht wurden.

Matthias winkte ab. »Die faulen hinter der Hütte von dem Italiener vor sich hin. Sind schon uralt. Der vermisst sie sicher nicht. Schau mal!« Er zeigte auf die Bretter, die tatsächlich schon morsch wirkten.

»Uralt oder nicht. Wenn der euch auf die Schliche kommt, kriegt ihr einen Riesenärger!«, warnte Lovis sie. »Und ich dazu. Ich weiß nämlich jetzt, wer dieser Italiener ist und der hat mindestens eine Rechnung mit mir offen.« Und wenn die Polizei ihn heute oder morgen wegen seines Alibis befragt, wird er sich umso mehr bei mir rächen wollen, dachte er unbehaglich.

»Wer?«, wollte Iwan wissen.

»Mein Ex-Chef bei der italienischen Staatspolizei.«

»Schei...benkleister«, entfuhr es Erik.

Lovis musste ihm recht geben. »Ja, großer Scheibenkleister. Und deswegen hab ich auch keine große Freude, wenn ihr genau bei ihm Bretter stehlt. Ich hab überhaupt keine Freude, wenn ihr etwas stehlt. Aber bei ihm ganz besonders nicht.«

»Wir geben sie zurück«, sagte Matthias sofort.

Iwan schüttelte den Kopf. »Was, wenn er uns dann erwischt? Wir lassen sie hier.«

»Und wenn er zufällig vorbeikommt – zum Beispiel beim Pilzestehlen – und dann sieht er die Bretter?«

Matthias sah ihn unruhig an. »Dann versteckt er sich hinter einem Baum und lauert uns auf und dann ...«

»... führt er uns in Handschellen ab und knüpft uns am Galgen auf.« Iwan schnitt eine verächtliche Grimasse. »Dem sind diese Bretter bestimmt egal. Schau doch mal, wie sie aussehen.« Er zeigte nach oben.

Lovis musste ihm zustimmen. Die Bretter waren morsch und eigneten sich allerhöchstens noch als Brennholz und auch in dieser Funktion würden sie nicht lang Wärme abgeben. »Mir wäre es trotzdem lieber, ihr würdet eure Lager ohne Diebstähle bauen«, sagte er.

»Aber wir brauchen Bretter, um einen Ausguck zu bauen«, beharrte Matthias.

»Dann gibt es eben keinen Ausguck«, hielt Lovis dagegen. »Außerdem wird das sowieso nix mit diesem Material. Da verletzt ihr euch höchstens.«

»Das macht aber Spaß.«

»Dann müsst ihr euch eben was anderes suchen, das auch Spaß macht.« Lovis kam langsam ins Schwitzen.

Es schien doch anstrengender, Kinder zu erziehen, als er immer gedacht hatte.

Matthias schnaubte und auch seine zwei Freunde sahen nicht allzu glücklich aus.

»Und jetzt?«, fragte Iwan.

Lovis gab nach. »Dann baut ihr halt hier weiter, in Gottes Namen. Aber wenn ihr Botta über den Weg lauft, kennen wir uns nicht. Ist das klar?«

Warum nicht gleich?, stand den Jungs deutlich ins Gesicht geschrieben. Iwan räusperte sich. Dann meinte er: »Hast du vielleicht auch noch eine Säge?«

»Und einen Hammer und Nägel?«, fügte Matthias schnell hinzu.

Lovis verbiss sich ein Grinsen und nickte. »Unter der Bank ist Waschtls Werkzeugkiste. Da müsstet ihr alles finden.«

Und so zogen sie alle gemeinsam zur Hütte zurück, wo sie gleichzeitig mit Angelika ankamen.

Sie hatte rote Wangen und einige Haarsträhnen hatten sich aus ihrem Pferdeschwanz gelöst.

»Gut, dass ich euch noch treffe«, sagte sie, während sie von Diablo abstieg. Sie drückte Lovis die Zügel in die Hand und bedeutete ihm, den Wallach auf die Weide zu führen, während sie sich die Haare neu zusammenband. »Die Miri hat mich angerufen, weil sie ihre Schicht im Krankenhaus mit mir tauschen möchte. Also muss ich gleich los und werde auf das Schauspiel, dir beim Kühe-Heimtreiben zuzuschauen, verzichten müssen.«

Lovis nickte. Angelika war Krankenschwester im Brixner Spital.

»Wir sehen uns dann erst übermorgen zum Krimidinner wieder«, erinnerte sie ihn. »Ich werde mit den Gästen so gegen sechs Uhr hier sein. Wehe, du bist dann unauffindbar. Und hast du schon einen neunten Mann gefunden?«

Er nickte stolz. »Scatolin hat zugesagt.«

Angelika strahlte. »Perfekt! Ein Ispettore und ein Privatdetektiv sind mit von der Partie. Das wird ein Spaß.«

Lovis bezweifelte das, aber seine Meinung interessierte Angelika eh nicht. Sie versetzte ihrem Wallach einen liebevollen Klaps, Lovis einen Kuss und dann stapfte sie Richtung Traktor davon.

»Krimidinner, hä?«, stellte Iwan fest, der neben ihm stand, während er zusah, wie Paul und Angelika zwischen den Bäumen verschwanden.

Lovis seufzte. »Sieht so aus.«

»Und was sollen wir in der Zwischenzeit tun?«

»Ihr verkrümelt euch?«, schlug er vor.

»Dürfen wir ein Lagerfeuer machen?«

»Dürft ihr.«

»Yeah!« Iwan sah sich nach seinen beiden Freunden um. »Dürfen wir auch Stockbrot machen? Und Marshmallows braten?«

»Von mir aus könnt ihr euch auch die Zehen rösten. Schreibt mir auf, was ihr braucht. Angelika muss sowieso für das Dinner einkaufen.« Dinner … dachte er spöttisch. Gab es etwas, was weniger auf die Alm passte als ein Dinner? Sein Onkel hatte den Tag in fünf Mahlzeiten eingeteilt: Vormaß – so hatte er das Frühstück genannt –, Neinerlen war der Vormittagssnack, ze Mittog gab es das Mittagsessen, am Nachmittag die Marende und am Abend is Nochtmohl. Ein Dinner hatte da nicht Platz. Vielleicht sollte Angelika das Angebot in Krimi-Nochtmohl umbenennen. Er merkte, dass er sich mit einem Event unter diesem Titel besser anfreunden konnte als mit etwas, das Krimi-Dinner hieß und nach abgehobener Gesellschaft, Schampus und Haute Cuisine klang.

Sein Telefon vibrierte in seiner Gesäßtasche. Es war Scatolin.

»*Maledetto bastardo*«, schimpfte der in seiner Muttersprache los, kaum dass Lovis das Gespräch entgegengenommen hatte. Verdammter Bastard. »Du hast genau gewusst, wer dieser Kerl war, zu dem du mich geschickt hast, nicht wahr? Wie kannst du mich nur so ins offene Messer laufen lassen? Ich dachte, wir hätten uns versöhnt? Lovis, ich war die ganze Zeit geduldig mit dir, habe gute Miene zum bösen Spiel gemacht, aber hier hört der Spaß auf! Weißt du, was ich mir vom Alten alles sagen lassen musste? Wenn du ihn nicht kennen würdest! Ihn und seine nachtragende, gemeine Art. Aber du hast gewusst, wie das endet. Ich kann mich jetzt versetzen lassen. Du bist ein schlechter Freund und es reicht mir mit dir und deiner selbstgerechten Art!« Damit legte er auf, ohne Lovis zu Wort kommen zu lassen.

Lovis' Herzschlag rauschte in seinen Ohren und er schämte sich. Als er Scatolin auf den Commissario angesetzt hatte, hatte er nur daran gedacht, wie peinlich es für Botta sein würde, wenn er plötzlich unter Mordverdacht stand, nicht aber, dass das auch Folgen für die ermittelnden Beamten haben würde. Scatolin hatte recht: Botta würde ihm das nie vergessen. Niemals. Er würde in Zukunft jeden sich bietenden Anlass nutzen, um den Ispettore bloßzustellen, würde ihm die unbeliebtesten Arbeiten auftragen, ihm Urlaube nicht gewähren, Feiertags- und Nachtschichten aufbrummen. Er hatte das selbst miterlebt. Sein Freund hatte recht, wenn er beleidigt war. Er hatte so recht.

Lovis nahm sein Handy wieder in die Hand und wählte Scatolins Nummer, um sich bei ihm zu entschuldigen und ihm alles zu erklären. Aber dieser drückte ihn sofort weg. Noch einmal probierte er es, aber es war sinnlos.

Lovis seufzte. Konnte er das Ganze rückgängig machen? Leider nicht. Aber er konnte etwas anderes tun. Etwas, das seinen Stolz stark ankratzte und ihm gehörig gegen den Strich ging. Aber die Freundschaft zu Scatolin sollte ihm diesen Schritt wert sein. Er seufzte noch einmal. Dann rief er Richtung Hütte: »Jungs? Ich bin noch mal für ein Weilchen weg.«

»Gibt's zum Abendessen Speck?«, war die gleichgültige Antwort aus der Hütte.

»Von mir aus«, entgegnete er. »Stellt mir nichts an, bis ich wiederkomme.« Dann wanderte er los.

Etwa eine halbe Stunde später stand er recht atemlos vor der Hütte des Commissarios. Nichts deutete darauf hin, dass hier vor Kurzem die Polizei für Aufregung gesorgt hatte. Hinter den Fensterscheiben war alles dunkel. Lovis klopfte an der Tür. Nichts regte sich in der Hütte. Er klopfte noch einmal. Kein Lebenszeichen. Das Auto stand noch da. War die Aufregung dem Alten aufs Herz geschlagen? Lovis schirmte das Licht der Abendsonne mit beiden Händen ab und lugte ins Innere der Hütte.

»Che ci fa di nuovo qui?«, fragte da die wohlbekannte schnarrende Stimme hinter ihm, was er hier schon wieder mache.

Lovis fuhr herum. »Commissario!«

»Gesund und wohlbehalten, wie Sie sehen. Auch wenn Sie mir die Polizei auf den Hals gehetzt haben. Haben Sie wirklich geglaubt, Sie kommen damit durch, Lovis?«, verhöhnte er ihn gleich in italienischer Sprache. Dann setzte er noch eins drauf: »Sie und Ihr Freund werden dafür bezahlen. Das schwöre ich Ihnen!«

Dass diese Drohung kommen würde, hatte Lovis sich schon gedacht. »Deswegen bin ich hier«, sagte er und als er den herablassenden Blick des Commissarios sah, beeilte er sich, dasselbe in italienischer Sprache zu wiederholen. Dann beichtete er, dass er Scatolin auf ihn angesetzt hatte, aber mit keiner Silbe erwähnt hatte, dass es sich bei dem angeblichen Verdächtigen um ihn handelte, und dass Scatolin so von ihm in die Irre geführt worden war. Am Ende bat er reumütig um Entschuldigung.

Botta genoss seine Reue. Er musterte ihn wie einen ekligen Käfer und weidete sich daran, wie Lovis in der italienischen Sprache nach den richtigen Worten suchte. Als dieser seine Beichte beendet hatte, blieb er stumm und dehnte das Schweigen aus, bis Lovis es beinahe nicht mehr aushielt.

»Wenn Sie sich rächen möchten, dann bitte an mir. Scatolin trifft wirklich keine Schuld. Er war völlig ahnungslos.«

Der Commissario musterte ihn verächtlich. »Die Frage ist wohl eher, ob Ihr Freund Ihnen verzeihen kann. Ich an seiner Stelle würde das nicht tun.« Er blickte Lovis schadenfroh an und fügte hinzu: »*Il Suo accento è ancora orribile.*« Lovis' Akzent sei immer noch grottig. »Lo so«, sagte Lovis, »Ich weiß«, und beantwortete damit beide Feststellungen. Sein Italienisch war, wie es war. Er konnte sich in der Sprache fließend verständigen, aber man würde immer heraushören, dass es nicht seine Muttersprache war. Und er wusste, dass Scatolin jedes Recht hatte, ihm gram zu sein. »Ich hoffe, das ist das letzte Mal, dass ich Ihre Visage hier auf dem Berg sehe«, unterbrach Botta seine Gedanken. »Jetzt verschwinden Sie. Sonst hole ich die Polizei.«

Lovis gab auf. »*Sissignore*«, sagte er. Dann suchte er das Weite.

FREITAG

DER NÄCHSTE FALL

»Wir kümmern uns wieder um den Pilzräuber«, erklärte Iwan, als sie am nächsten Morgen beim Frühstücken waren. »Wir bauen an unserem Lager weiter und werfen immer wieder einmal einen Blick auf ihn, und wenn er startet, schleichen wir ihm nach und ...«, er klatschte den Handrücken der rechten gegen die Innenseite der linken Hand, »... Pam! Haben wir ihn.«

Lovis schüttelte den Kopf. »Wir halten uns fern von dem Commissario.«

Entrüstete Ausrufe kamen von allen drei Jungs, doch Lovis blieb dabei. »Der Pilzräuber muss woanders zu finden sein. Wir machen heute die Arbeiten im Wald, die Paul uns aufgetragen hat.«

Die Mienen der Jungs drückten deutlich aus, was sie von diesem Vorschlag hielten.

»Aber am Nachmittag bauen wir unser Lager weiter«, erklärte Iwan entschieden. »Kinder dürfen nicht den ganzen Tag schuften.«

»Von mir aus. Aber ihr lasst Botta in Ruhe.«

»Ja, ja«, sagte Iwan, doch Lovis entging der verschwörerische Blick nicht, den die drei wechselten.

»Im Ernst«, sagte er. »Meine Aktion gestern hat mich
schon genug in Schwierigkeiten gebracht und meinen
Freund noch mehr. Der Italiener ist tabu.« Streng sah
er von Iwan zu Matthias und weiter zu Erik. Alle drei
wichen seinem Blick aus. »Versprochen?«

Sie nickten.

»Dann los. Zieht euch feste Schuhe an.« Und er
erklärte ihnen, welche Arbeiten im Wald anstanden.
Heruntergebrochene Äste mussten eingesammelt und
zur Hütte gebracht werden, wo er sie mit Säge und Axt
in handliche Stücke zerteilen würde. Wenn der Wald
aufgeräumt war, sollten die Jungs das Feuerholz neben
der Hütte in der Holzlege stapeln.

Murrend zogen sie ab. Er selbst machte sich auf die
Suche nach passendem Werkzeug und fand in der Kiste
unter der Sitzecke eine alte Säge, deren Blatt voller
Rostflecken war. Er betrachtete das Ding skeptisch.

»Ob das damit was wird?«, fragte er sich.

Die Jungs hatten soeben die erste Ladung flechten-
überwachsener Äste auf der kleinen Fläche um den
Hackblock deponiert, da läutete Lovis' Telefon.

»Arbeiten! Nicht telefonieren!«, verlangte Matthias
grinsend.

»Du hörst dich schon an wie Paul. Außerdem ist das
Angelika.« Er überhörte die nun folgenden Stänkereien
des Jungen und nahm den Anruf entgegen. »Ja?«

»Lollo, ich hab etwas Seltsames gehört«, eröffnete
sie das Gespräch.

Er stockte. »Ja?«

»Bei mir auf der Station liegt ein Heinz Burger.« Sie machte eine Pause und er suchte in seinem Gedächtnis nach einem Bekannten, der so hieß. Nicht, dass Burger ein seltener Nachname war. In Brixen musste es mindestens fünfzig Leute mit diesem Nachnamen geben. Aber auf die Schnelle fiel ihm keiner ein. »Und?«, fragte er. »Er ist gestern eingeliefert worden, weil er einen Unfall hatte. Er ist in den Bach gefahren. Warum ist noch nicht geklärt. Wir haben ihn sediert, also hat er bis jetzt nur geschlafen und sich nicht dazu äußern können.«

Lovis wusste immer noch nicht, worauf sie hinauswollte.

»Seine Frau ... ist die Schwester der Toten. Marianne heißt sie. Nandl. Und sie behauptet ein ums andere Mal, dass sie schuld an seinem Unfall ist.«

»Aha.« Das war in der Tat eine spannende Nachricht. Doch Angelika interpretierte sein Schweigen falsch.

»Du findest das gar nicht seltsam?«, fragte sie irritiert. »Dass erst die Thres ermordet wird und dann ihr Schwager einen Unfall hat, der auch tödlich hätt ausgehen können?«

»Doch.« Natürlich fand er das seltsam. »Hast du diese Nandl bei der Hand?«

»Sie sitzt die ganze Zeit neben ihrem Mann am Bett. Zusammen mit deiner Burgi übrigens.«

Angelika schwieg und Lovis beeilte sich, zu sagen: »Sie ist nicht meine Burgi.«

»Wie auch immer«, meinte Angelika. »Ich hab den Pflegerinnen erzählt, dass es in der Familie schon einen Mordfall gegeben hat. Und jetzt sitzen wir alle auf Nadeln, weil ...« Sie ließ den Satz unvollendet.

Lovis konnte sich selbst ausmalen, was Angelika meinte. Der Mörder war meistens innerhalb des engsten Kreises zu finden. Dass sich innerhalb einer Familie so viele Unglücksfälle in so kurzer Zeit häuften, war tatsächlich seltsam. Aber ein Mord war ein Mord und ein Unfall ein Unfall.

»Und du meinst, die Nandl hat tatsächlich erst ihre Schwester umgebracht und das dann auch noch bei ihrem Mann versucht?«

»Wäre immerhin möglich, oder?«

»Hat sie was in die Richtung gesagt?«

»Nein, aber …« Angelika unterbrach sich wieder selbst, dann meinte sie beinahe trotzig: »Vielleicht stecken die zwei Frauen unter einer Decke? Wär doch möglich, oder?«

Lovis konnte sich ein Grinsen nicht verkneifen. Er hätte seinen alten Golf drauf verwettet, dass Angelika versuchen würde, Burgi in das ganze Schlamassel hineinzuziehen. Sie war eifersüchtig. Das war auf der einen Seite schmeichelhaft, auf der anderen Seite konnte es nicht angehen, dass sie deshalb eine Unschuldige des Mordes verdächtigte.

Du selbst warst in der Beziehung allerdings nicht besser, mahnte er sich jedoch selbst ab. Es war gar nicht so lange her, da hatte er Angelikas Ex als Mörder von Jasmin Oberegger gehandelt. Am Ende hatte er sich eingestehen müssen, dass auch hier der Wunsch, ihn weit weg von Angelika zu wissen, ihn zu seinem Verdacht gedrängt hatte. Mit Angelika und Burgi schien es sich ähnlich zu verhalten.

»Angelika«, sagte er. »Hab keine Angst. Die Burgi ist keine Gefahr für dich.«

»Für mich nicht, aber vielleicht für ihren Schwager.«
»Auch für den nicht. Aber was ich sagen will: Sie wird es nicht schaffen, mir den Kopf zu verdrehen. Weil ... weil ich mich einfach nur für dich interessiere.« Angelika schnaufte entnervt aus. »Lollo ...«
»Ich meine es ernst, Angelika. Ich ... hab dich ... gern.« Jetzt war es heraus. Der Satz, den er bis jetzt zurückgehalten hatte. Warum er ihn so eine Überwindung kostete, wusste Lovis auch nicht, aber da war er und es war die pure Wahrheit.

Nur ein leichtes Zögern verriet, dass Angelika überrascht war. Doch sie kommentierte sein Geständnis nicht, sondern fuhr fort: »Kannst du nicht runterkommen und was unternehmen? Mit den beiden reden, oder so? Rauskriegen, ob es die Nandl wirklich selber getan hat? Nicht, dass sie ihm in einem unbeobachteten Augenblick sein Kissen aufs Gesicht drückt und ihr Werk vollendet. Zusammen mit der Burgi.« Sie klang leicht panisch.

Lovis fühlte einen Stich in seinem Herzen. Da hatte er sich so weit aus dem Fenster gelehnt und Angelika hatte seine Liebeserklärung nicht einmal gehört.

»Lollo? Kannst du bitte kommen? Wir haben Angst, dass eine der beiden was anstellt. Noch dazu, wo die Nandl die ganze Zeit behauptet, dass sie an dem Unfall schuld ist.«

Lovis seufzte innerlich. Natürlich konnte er kommen. Er warf einen Blick auf die paar Äste zu seinen Füßen. Es schadete sicher nicht, wenn er die Jungs etwas Vorarbeit leisten ließ und erst am Nachmittag damit begann, die Äste zu zersägen und in Brennholz zu spalten. Wenn er ins Tal fuhr, konnte er auch gleich eine neue Säge kaufen. Er sah zum Wald hinunter. Die Jungs waren weit unten. Hin und wieder konnte er Matthias' helle Stimme hören. Sie schienen Spaß zu haben. Wahrscheinlich hatten sie ihren Auftrag längst vergessen, bauten an einem neuen Lager, von dem aus sie den Pilzräuber, oder in Ermangelung dessen, die Wanderer beobachten konnten. Sie würden ihn bestimmt nicht vermissen.

»Es ist meine Schuld«, schluchzte die hochschwangere Frau neben dem Krankenbett zum wiederholten Mal. Der Mann auf der Liege hatte Verbände um die Brust und den Kopf und das, was man von seinem Gesicht sah, war aufgeschwollen und mit blutigen Schrammen übersät. Er schlief. Angelika stand wachsam im Hintergrund. Bei Lovis' Eintritt atmete sie erleichtert auf. Dann schnitt sie eine Grimasse Richtung Burgi, die neben ihrer Schwester stand.

Gerade eben strich sie ihrer Schwester sanft übers Haar und meinte tröstend: »Es war ein Unfall, Nandl. Ein Unfall. Wie kann das deine Schuld sein?«

»Ja, warum sollte es Ihre Schuld sein?«, schaltete sich jetzt Angelika ein.

»Es war mein Auto.« Nandl blickte mit tränenroten Augen zu Angelika und schluchzte wieder auf.

»Haben Sie es in den Bach gefahren?«

»Nein, aber …« Burgis Schwester vergrub ihr Gesicht in ihren Händen. »Ich hätt das Auto zur Wartung bringen sollen. Sie war schon längst überfällig, aber ich hab nie Zeit gehabt und jetzt …« Sie wurde von einem neuerlichen Weinkrampf geschüttelt.

»Geh, Nandl. Du redst an Schmarrn zusammen. Jetzt hör auf, dir Vorwürfe zu machen, sonst schadet das noch dem Kind«, versuchte Burgi sie zu besänftigen.

»Dem Kind zuliebe sollten Sie wirklich mehr auf Ihre eigene Gesundheit achten«, gab Angelika ihr zu bedenken. »Ich versprech Ihnen, dass wir für Ihren Mann gut sorgen werden. Die Besuchszeit ist jetzt zu Ende. Gehen Sie ein bisschen an die frische Luft, das wird Ihnen guttun.«

»Aber …«

Angelika warf Lovis einen Blick zu, der so viel bedeutete wie: Siehst du, ich hab's dir ja gesagt.

Er fühlte sich genötigt, sie zu unterstützen. »Ich würd gern mit Ihnen sprechen, Frau Burger.«

Erst jetzt nahm sie ihn wahr. »Und Sie sind wer?«

Burgi übernahm seine Antwort. »Der Neffe vom Waschtl und ein Privatdetektiv. Kannst dich nicht erinnern? Der Cavagna-Mord zu Ostern und der Mord an der Reiterin zu Pfingsten.«

Lovis stellte sich vor, wie in drei Monaten jemand seine Erfolge aufzählte und zu den genannten den »Mord an der Bergbäuerin« zu Herz Jesu hinzufügte. Südtirol war fest in katholischer Hand und heute wie früher dienten die kirchlichen Feiertage dem Volk zur zeitlichen Orientierung.

Bei Nandl schien jedenfalls etwas zu klingeln. Sie sah ihn mit neu erwachtem Interesse an und wischte sich die Tränen aus dem Gesicht. »Und jetzt wollen Sie den Unfall aufklären?«

Lovis bejahte das, wenn es auch nicht ganz stimmte. Wenn er einen Fall in dieser Familie aufklärte, dann war das der Mord an der Stoaner Thres. Doch Angelika hatte ihn gebeten, herauszufinden, ob die Frau nicht doch die Schuld am Unfall ihres Ehemanns trug. Zumindest nach dem ersten Eindruck konnte er das ausschließen. Nandl schien wirklich verstört.

»Ich glaub, der Heinz braucht Ruhe, Nandl«, unterstützte ihn nun auch Burgi. »Lass uns ein bisschen in den Garten gehen, dem Lovis seine Fragen beantworten und etwas zum Essen besorgen. Danach darfst ihn ja wieder besuchen.«

Nandl nickte müde. »Machen wir das. Pfiati, Heinzi.« Sie streichelte ihrem schlafenden Mann noch einmal über die zerschrammte Wange, dann stemmte sie sich hoch und folgte ihrer Schwester mit Lovis aus dem Raum.

Im Garten des Krankenhauses, der zu dem alten Lungensanatorium aus Habsburg-Zeiten gehörte, sorgten jahrhundertealte Nadelbäume für angenehme Kühle.

Burgi hatte ihre Schwester zu einer Bank geführt und sah Lovis entgegen. »Kann ich dich kurz allein lassen mit ihr? Ich spring grad über die Straße zum Bäcker und besorg ihr was zum Essen. Sie ist seit gestern Abend auf den Beinen und klappt mir gleich zusammen vor Schwäche.«

»Gut, dass sie jemanden wie dich hat, der sich um sie kümmert«, sagte Lovis.

Burgi seufzte. »Wenn's was bringen würd … Wenn sie mich kümmern lassen würd …« Sie sah ihre Schwester streng an. »Du kannst gern nachher noch mal kurz zu ihm reingehen, aber dann fährst du mit mir heim, Nandl. Das tut dem Heinz auch nicht gut, wenn er nie seine Ruhe hat, weißt?«

Nandl nickte müde. »Hast ja recht. Und das Kind spürt die Unruhe ja auch …« Sie strich sich über ihren Bauch, der sich wie ein Medizinball unter ihrem Sommerkleid abzeichnete. »Geh nur und kauf uns was beim Bäcker, Burgi. Und danke!« Sie lächelte ihre Schwester dankbar an. Dann wandte sie sich an Lovis. »Fragen Sie.«

»Warum behaupten Sie, dass Sie schuld am Unfall Ihres Mannes sind?«, begann er.

Ihre Augen füllten sich wieder mit Tränen, doch sie biss sich auf die Lippen, atmete ein paar Mal durch und dann erklärte sie: »Er ist mit meinem Auto gefahren. Ich hätte es schon lang zur Wartung bringen sollen, aber ich war zu bequem. Von der Werkstatt muss man nämlich zu Fuß heimgehen und bei der Hitze staut sich das Wasser in meinen Beinen. Deswegen hab ich's immer rausgeschoben.«

»Warum hat er Ihr Auto genommen?«, wollte Lovis wissen.

»Seines ist in der Werkstatt.« Nandl senkte den Kopf. »Das war ein Zufall. Wenn ich nur die Revision gemacht hätt. Dann wären sie draufgekommen, dass die Bremsen hinüber sind und hätten sie ausgewechselt.«

»Wieso wissen Sie überhaupt, dass es ein Autoschaden war?«

»Weiß ich gar nicht. Das sagen bloß alle. Aber was soll es sonst gewesen sein?«

»Ein Schwächeanfall, ein Herzinfarkt, ein …«

»Der Heinz war pumperlgsund. Der hat noch nie im Leben einen Schwächeanfall gehabt. Und besoffen war er auch nicht, wenn das Ihre nächste Frage ist.« Nandls Gesichtsausdruck hatte sich verändert. Der Verzweiflung war Verärgerung gewichen. Die Energie, die sie nun ausstrahlte, erinnerte Lovis an Burgi. Wahrscheinlich hatte auch Thres dieses forsche Auftreten mit ihren Schwestern geteilt.

»Könnte es ein unglückliches Fahrmanöver gewesen sein? Vielleicht wollte er einem entgegenkommenden Auto ausweichen …«

»Nein.« Nandl schüttelte den Kopf. »Der Heinz war zwar manchmal ein bisschen schnell unterwegs, aber nie unvorsichtig. Glauben Sie mir: Es war was am Auto.«

»Wollen Sie, dass ich mir das Auto einmal anschaue?«

»Sind Sie Mechaniker auch noch?«

»Nein, das nicht«, gab er zu. Er erzählte ihr nicht, dass er an seinem alten VW Golf so lange herumgeschraubt hatte, bis er jedes Schräubchen mit Vor- und Zunamen kannte und genau wusste, an welchen Platz es gehörte. Bremskabel waren da die leichteste Übung.

Sie zuckte mit den Schultern. »Klären Sie gscheider den Mord an meiner Schwester auf. Der Much beteuert ja noch immer, dass er es nicht war.«

Lovis wurde hellhörig. »Und Sie glauben das nicht?«

»Ich weiß nicht. Grund dazu gehabt hätte er schon.«

»Welchen Grund?«

»Na ja, die Thres …« Sie sah sich um, als ob niemand hören dürfte, was sie nun erzählte. Dann fuhr sie leiser fort: »Die Thres hat ein Gspusi gehabt mit dem Förster.« Sie nickte bedeutungsvoll. »Ist mir jedenfalls zu Ohren gekommen.«

Nicht nur ihr, dachte Lovis unbehaglich. Irgendwie mussten die Menschen auf der Alm auch Wind davon bekommen haben. Er dachte an die Bemerkung von Felix und die Reaktion von Vinzenz darauf. »Aber bevor ich sie drauf ansprechen hab können, war sie tot«, murmelte Nandl betrübt. »Dann glauben Sie, der Much hat die Thres umgebracht, weil er von ihrer Liebschaft erfahren hat?« »Möglich wär's, oder? Ich will dem Much keinen Mord anhängen, wenn er's nicht war, aber dass er so gar kein Tatmotiv hätt, wie das die Burgi gern glauben würd, stimmt halt doch nicht.« Lovis nickte. »Und sonst? Wer hätt denn sonst noch einen Grund gehabt?« Nandl schüttelte den Kopf. »Ich bin nicht mehr oft am Hof, wissen Sie. Ich hab nie oben sein mögen, hab es gehasst, dass wir immer so allein waren dort – außer wenn im Sommer die Almleute gekommen sind. Als ich geheiratet hab, hab ich mich weniger über den Ring gefreut als über das Haus in Villnöß. In der Nähe des Dorfes. Wo andere Leute sind. Ich weiß nicht, mit wem die Thres Streit hatte oder wer ihr Böses wollte. Außer dieser Italiener, von dem hatte sie in ihren letzten Tagen ordentlich geschimpft.« Sie lächelte wehmütig bei dem Gedanken an ihre aufgebrachte Schwester.

Inzwischen kam auch Burgi wieder daher. Sie stellte ihre volle Einkaufstasche ab und holte ganz oben ein in Papier eingeschlagenes belegtes Brot heraus, das sich sehen lassen konnte. Lovis merkte plötzlich, dass er Hunger hatte. Ein Blick auf die Uhr sagte ihm, dass es auf Mittag zuging. »Gut. Dann werde ich mal nach dem Auto sehen, damit Sie wenigstens wissen, ob Ihre Selbstvorwürfe gerechtfertigt sind. Ganz unverbindlich …«, sagte er schnell, als er den besorgten Blick der Frau sah.

»Und wegen dem Rest ... Machen Sie sich keine allzu großen Sorgen. Ihr Mann ist in den allerbesten Händen.« Mit einem Blick forderte er Burgi auf, ihn zu unterstützen. Sie tat es. Wenn auch nicht gern. Lovis ahnte, dass das etwas mit Angelika zu tun hatte.

»Dann verabschiede ich mich jetzt«, meinte er. »Ich komm heut auch nicht«, sagte Burgi. »Meine Schwester braucht mich. Gell, Nandl?« Die Schwangere nickte. »Ich bin froh, wennst bei mir bleibst, Burgi. Das Haus ist so leer ohne den Heinz.« Burgi lächelte und nickte Lovis zum Abschied zu.

Er kaufte sich ein ebensolches belegtes Brot, wie Burgi es ihrer Schwester besorgt hatte – ein Laugenbaguette, dick belegt mit Salami, Käse und sauren Gurken – und aß es im Auto. Während er kaute, überlegte er, wie er nun vorgehen sollte. Die Feuerwehr hatte das Auto sicher schon geborgen und zu einer Werkstatt gebracht. Nur zu welcher? Stand ihm nun bevor, alle Mechaniker in Brixen und Umgebung anzurufen und zu fragen, ob ein Unfallauto aus dem Villnößer Bach bei ihnen abgestellt worden war? Er wusste nicht einmal, was für ein Wagen das war. Scatolin wusste sicher Bescheid oder hatte Zugriff auf die Informationen, denn sicher waren auch die Carabinieri oder die Polizei an der Unfallstelle aufgetaucht. Wahrscheinlich war dies der schnellste Weg, um an das Auto zu kommen.

Hoffentlich hat sich der Scatolo inzwischen beruhigt, dachte Lovis und legte sich eine Entschuldigung zurecht, während er die Nummer seines Freundes eintippte. Doch kaum hielt er den Hörer ans Ohr, ertönte die Meldung: »*Il cliente da Lei chiamato non è al momento raggiun-*

gibile.« Der von Ihnen gewünschte Teilnehmer ist im Moment nicht erreichbar. Er biss von seinem Brot ab, kaute, schluckte es hinunter und versuchte es noch einmal. Wieder dasselbe. Auch nach einem weiteren Bissen hatte er keinen Erfolg. Plötzlich dämmerte ihm etwas. Hatte ihn Scatolin blockiert? Schnell wählte er die Nummer von Iwan.

»Was soll das? Du haust einfach ab und lässt uns schuften?«, schallte es ihm empört entgegen.

»Ja, sorry, war dringend. Angelika hat mich im Krankenhaus gebraucht. Ich komme auch bald wieder auf die Alm und bringe euch was Gutes mit. Schokogipfelen?«

»Hm.« Iwan brummte ins Telefon, noch nicht gänzlich versöhnt. Lag da was in der Luft, dass jeder gleich wegen der kleinsten Kleinigkeit mit ihm beleidigt war?

»Es geht um unsere Ermittlungen«, sagte er. »Den Mordfall.«

»Oh!« Iwan war sofort Feuer und Flamme. »Dann vergessen wir den Pilzräuber und ermitteln jetzt im Mordfall?«

Mist, das hatte er natürlich so nicht sagen wollen. Andererseits waren ihm im Pilzräuber-Fall auch die Hände gebunden. Sein Hauptverdächtiger war immun. Also ergab er sich in sein Schicksal. »Ja.«

»Okay. Und was ermittelst du grad?«

»Der Schwager vom Much hat einen Unfall gehabt. Er ist in den Bach gefahren. Schwer verletzt.«

»Aha?« Iwan verstand erst nicht, worauf Lovis hinauswollte. Doch dann klickte es bei dem Jungen: »Und du glaubst, dass das eine mit dem anderen zu tun hat?«

Lovis zögerte, weil er selbst fand, sein Verdacht sei sehr an den Haaren herbeigezogen. »Könnte sein, oder?«

»Der Schwager könnte der Mörder sein und in einem Anflug von schlechtem Gewissen hat er sich das Leben nehmen wollen«, schlug Iwan vor.

»Genau.« Lovis nahm dankbar den Faden auf. »Oder er wusste etwas und der Mörder wollte ihn beseitigen.«

»Dann müsste der Unfall provoziert worden sein«, wandte Iwan ein.

»Vielleicht wurde er das«, sagte Lovis langsam. »Vielleicht.« Was, wenn der Unfall weder auf das Versagen des Fahrers noch auf einen Schaden des Wagens zurückzuführen war? »Jemand könnte das Auto manipuliert haben?«

»Vielleicht war es seine Frau. Sie war von der Thres eine Schwester, oder? Dann würde das mit dem nahen Umfeld stimmen«, mischte sich Matthias ins Gespräch. Iwan hatte wahrscheinlich den Lautsprecher eingestellt.

»Und sie hat erst ihre eigene Schwester und dann ihren Mann umgebracht?« Erik klang skeptisch. »Aber warum? Wie hängt das zusammen?«

Lovis wurde langsam unheimlich, auf welche Möglichkeiten die Jungs kamen. Und das Furchtbarste daran war, dass alle Möglichkeiten schlüssig waren. »Die Frau ist schwanger«, sagte er, um sie vor einer Sackgasse zu bewahren. »Und sie ist wirklich untröstlich, dass er den Unfall gehabt hat. Gibt sich die ganze Zeit selbst die Schuld daran.«

»Also doch eher die Variante, wo der Schwager vom Much etwas gesehen hat und der Mörder ihn aus dem Weg räumen wollte«, stellte Iwan fest.

»Denkt mal darüber nach. Ich werde jetzt erst einmal kontrollieren, ob an dem Wagen was gemacht worden ist, und dazu brauche ich meinen Freund bei der Polizei.

So. Und jetzt komme ich zum Grund meines Anrufs. Iwan, wie klingt das, wenn dich jemand blockiert?«

Iwan überlegte kurz. Dann sagte er:»Weiß ich nicht. Probieren wir's aus. Ich drücke dich jetzt weg und blockiere dich. Gib mir zehn Sekunden.«

Weg war er. Lovis wartete brav zehn Sekunden, dann wählte er seine Nummer erneut und tatsächlich: *»Il cliente da Lei chiamato non è al momento raggiungibile.*« Entnervt ließ er den Kopf zurücksinken.»Dachte ich's mir doch.«

Sein Telefon läutete. Es war wieder Iwan.»Und?«

»Er hat mich blockiert.«

»Wer?«

»Scatolo.«

»Mist.«

»Doppelmist.« Lovis fuhr sich mit der freien Hand übers Gesicht.»Und was tu ich jetzt?«

»Was musst du denn tun?«, fragte Iwan.

»Rausfinden, in welche Autowerkstatt der Wagen von Muchs Schwager gebracht worden ist.«

Der Junge lachte leise.»Dann musst du das tun, was jeder normale Mensch tun würde.«

»Helft ihr mir?«

In seiner Leitung erklang nur noch ein Tuten …

Wenig später brachte Lovis seinen VW Golf neben dem Brixner Polizeikommissariat zum Stehen. Wenn Scatolin seine Gespräche nicht mehr entgegennahm, musste er ihn eben persönlich aufsuchen. Doch gleich bei der Pforte wurde er von Sabrina aufgehalten.

»*L'ispettore non c'è*«, hielt sie ihn zurück. Der Ispettore war nicht da.

»Und wann kommt er wieder?«, fragte Lovis.

»Um die Wahrheit zu sagen: Er ist für Sie nicht da.« Zerknirscht sah sie ihn an. »Und bitte gehen Sie jetzt nicht trotzdem in sein Büro. Er hat mir angedroht, dass er mich nach Sizilien versetzen lässt.«

Lovis ließ sich auf den Besucherstuhl fallen. Erst jetzt wurde ihm bewusst, wie beleidigt Scatolin wirklich war. Und er hatte keine Möglichkeit, sich zu rechtfertigen oder zu entschuldigen. Er seufzte. »Haben Sie eine Idee, wie ich das wieder geradebiegen könnte?«

Sabrina schüttelte den Kopf.

»Ich hab einfach nicht so weit gedacht. Ich könnte mich ohrfeigen, in den Hintern treten ... Aber ungeschehen machen kann ich es leider nicht.« Er schnaufte aus. »Ich würd mich gern bei ihm entschuldigen.«

Er schwieg, sah auf Hilfe hoffend zu ihr, doch der rettende Strohhalm blieb aus. Dann stand er auf. Er war nicht erwünscht hier. Im Grunde genommen war er noch nie erwünscht gewesen, nur Giovanni Scatolin hatte über all die Jahre zu ihm gehalten. Jetzt war auch diese Freundschaft zerbrochen. Er war schon beinahe zur Tür hinaus, da klopfte Sabrina gegen die Scheibe.

»Ich könnte ihm eine Nachricht von Ihnen geben.«

»Ja?«

Sie nickte lächelnd und schob einen Zettel und einen Kugelschreiber unter der Scheibe durch.

Lovis nahm beides entgegen, hielt dann aber inne. »Was schreibe ich?«

Sabrina zuckte mit den Schultern. »Das müssen Sie schon selbst wissen.« Das Telefon läutete und sie kümmerte sich um den Anrufer, der offenbar weder deutscher noch italienischer Muttersprache war.

Lovis war sich selbst überlassen. Sich selbst und seinem Entschuldigungsbrief an Scatolin. Was sollte er schreiben? »Scatolin, bitte hör auf, die beleidigte Leberwurst zu spielen. Du weißt ...« Er stoppte und strich alles, was er geschrieben hatte, aus. Vorwürfe halfen ihm nicht weiter. Er machte einen neuen Versuch. »Ich verstehe, dass du beleidigt bist, aber versuch doch mal, mich zu ...« Wieder strich er seinen Versuch mit einem energischen Strich aus. Es half alles nichts. Er hatte seinen Freund in Schwierigkeiten gebracht, nur um seine Rache zu stillen. Er seufzte. Dann schrieb er: »Scatolin, ich bin ein Idiot. Es tut mir leid, dass ich dich in Schwierigkeiten gebracht habe.« Dann faltete er das Blatt zusammen und schob es Sabrina unter der Glasscheibe hin. »Danke«, meinte er mit einem gequälten Gesichtsausdruck.

»Di niente«, erwiderte sie. »Gern. Lassen Sie den Kopf nicht hängen. Der Ispettore kriegt sich schon wieder ein.«

»Da haben Sie mehr Hoffnung als ich«, sagte er. Dann verließ er das Polizeikommissariat.

Wieder im Auto, suchte er im Internet nach der Autowerkstatt, die der Unfallstelle im Villnößer Tal am nächsten gelegen war. Ein recht redseliger Mechaniker erklärte, dass bei ihm kein Unfallwagen abgestellt worden sei. Lovis solle beim *ACI*, beim *Automobil Club Italiano*, nachfragen. Entweder der hatte den Wagen abgeschleppt – dann war es irgendwo im Industriegebiet abgestellt – oder die Werkstatt *Isarco Cars* müsse das Auto haben.

Lovis bedankte sich, erleichtert, dass er nicht alle gefühlt fünfzig Werkstätten im Umkreis von Brixen anrufen musste, und versuchte sein Glück bei *Isarco Cars*.

»Ja?«, krächzte eine ältliche Frauenstimme, die sofort in seinen Ohren schmerzte.

»Mein Name ist Lorenz Lovis und ich bin Privatdetektiv.«

»Ja?«, kam es schon deutlich misstrauischer zurück.

Er beeilte sich, zu erklären, was er suchte.

»Ja, der ist bei uns. Ein Fiat Panda. Den haben sie gestern aus dem Villnößer Bach gefischt. Wieso?«

»Darf ich mir den mal anschauen?«

»Wieso?«

»Ich müsste etwas überprüfen.«

»Wieso?«

Lovis mahnte sich zur Geduld. »Die Ehefrau des Unfallopfers möchte, dass ich mir den Wagen anschaue.«

»Was sind Sie noch einmal?«

»Privatdetektiv«, sagte er langsam. Wie alt war seine Gesprächspartnerin? »Und ich müsste nur einmal kurz unter die Motorhaube schauen.«

Eine kurze Pause folgte am anderen Ende der Leitung. Dann: »Ja, kommen Sie halt.«

Das Gespräch war beendet.

Lovis ließ seinen Kopf nach hinten sinken und wischte sich den Schweiß von der Stirn. Er wollte schnellstens wieder zurück auf den Berg. Aber zuerst musste er das hier erledigen.

»Mama, ich mach das schon«, sagte ein Mechaniker, der etwa in Lovis' Alter war, zu der ältlichen Frau hinter dem Tresen. »Bleib du am Telefon.«

Lovis bezweifelte, dass sie dort wirklich gut aufgehoben war. »Ihre Mutter?«, fragte er höflich. Der Mechaniker seufzte. »Ja. Nicht rauszukriegen aus der Werkstatt.« Dann zeigte er auf einen weißen Fiat Panda, dessen Motorhaube ziemlich zerknautscht war. »Das wäre er.« Er umrundete mit Lovis im Schlepptau den Wagen, zeigte auf die Fahrerseite. »Die Tür ist weg. Sie haben den Fahrer rausschneiden müssen. Ich fürchte, viel ist hier nicht mehr zu holen.«

»Wurde der Wagen von der Polizei untersucht?«

Der Mechaniker schüttelte den Kopf. »Wieso? Ist was faul an dem Unfall?«

Statt einer Antwort stemmte Lovis die Motorhaube des Wagens hoch. »Da schaut nichts mehr so aus, wie es sollte ...«

Der Mechaniker lachte kurz auf. »Haben Sie die Stelle gesehen, wo es passiert ist? Das geht schon ein Stück hinunter. Der Wagen hat sozusagen mit dem Motor gebremst.«

»Ob da was manipuliert worden ist, wird man nicht mehr herauskriegen, oder?«

»Schwierig. Glaubt das wer?«

Lovis nickte. »Die Frau.« Auch wenn das nicht stimmte. Sollte er tatsächlich Hinweise auf eine Manipulation des Wagens finden, könnte es vielleicht sein, dass es in Wirklichkeit jemand auf Nandl abgesehen hatte, und nicht auf ihren Mann. Schließlich hatte er ja nur durch Zufall ihren Wagen genommen.

»Ist der Verdacht berechtigt?«

»Das weiß man erst, wenn man den Wagen überprüft hat.«

»Ich kann nach Feierabend ein bisschen daran rumschrauben. Aber ich kann nicht versprechen, wie schnell das geht. Ich bin allein. Der Sommer ...«

Lovis nickte verständnisvoll.

»Etwas können wir gleich kontrollieren.« Der Mechaniker schob den Wagen an und Lovis beeilte sich, mit Hand anzulegen. Gemeinsam brachten sie das Wrack zu einer Hebebühne und hoben es an. »Die Bremsschläuche.« Er löste die Schrauben vom Reifen und nahm ihn ab. Gebannt schaute Lovis mit ihm in die Öffnung und ...

»Bingo«, sagte er.

»Bingo.« Der Mechaniker schraubte die beiden Teile des Bremsschlauchs heraus und legte sie Lovis in die Hand. »Das war kein Marder«, stellte er fest.

»Nein«, bestätigte Lovis. »Welcher Mistkerl macht so was?«

»Das fragt man sich, gell?« Der Mechaniker umrundete den Wagen und wiederholte den Vorgang auf der anderen Seite. Auch hier förderte er einen zerschnittenen Bremsschlauch zutage. »Was jetzt?«

»Ich glaube, Sie sollten die Polizei verständigen«, sagte Lovis. »Fragen Sie nach Ispettore Scatolin. Der recherchiert gerade in einem Fall, der mit diesem hier vielleicht zusammenhängt. Aber erwähnen Sie bloß nicht, dass ich Ihnen das geraten habe.« Er legte die Bremsschläuche auf ein herumstehendes Ölfass, das voller Werkzeuge war, und wischte sich die Hände an einem Lappen sauber. »Ich bin besser weg, bevor die kommen. Danke noch mal für die Mühe.«

»Nix zu danken.« Der Mechaniker grinste. »Ich bin nicht oft in einem richtigen Krimi drin.«

Lovis zwinkerte ihm zu. Dann machte er, dass er wegkam. Wenn Scatolin ihn hier anträfe, wäre das für sie beide nicht gut. Am allerwenigsten aber für die Aufklärung des Falls. Dass dieser vermeintliche Unfall etwas mit dem Mord an der Stoaner Bäuerin zu tun hatte, war er sich inzwischen sicher. Nur wie das Ganze zusammenhing, hatte er noch nicht verstanden. Eines wusste er aber: Da war jemand hinter den Stoanergitschn her, hinter den Frauen des Stoaner Hofes. Warum?

»Ich hab solche Angst, Lovis«, jammerte Burgi ihm ins Ohr, als er sie kurz darauf anrief. Er war ein paar Meter von der Autowerkstatt weg – zu einer Bäckerei gefahren, wo er die Schokogipfelen für die Jungs kaufen wollte. Aber noch bevor er das tat, musste er Burgi darüber informieren, was er herausgefunden hatte.

»Du bleibst jetzt einfach bei deiner Schwester und ihr sperrt die Wohnung zu. Wenn irgendwas Seltsames passiert, ruft ihr mich sofort an. Nein, besser den Paul, der ist schneller bei euch. Nein, am allerbesten die Polizei. Hast was zum Schreiben?«

Burgi bestätigte, immer noch jammernd, und er diktierte ihr die persönliche Handynummer von Scatolin.

»Irgendwas ist da faul. Und wenn das stimmt, was ich mir zusammenreime, hat es der Täter nicht auf deinen Schwager abgesehen gehabt, sondern auf deine Schwester. Deswegen: Seid vorsichtig! Alle beide.«

Sie schluchzte ins Telefon. »Können wir nicht beide bei dir in der Hütte ... Ich muss ja auch das Vieh versorgen.«

Das stimmte. Die Stoaner Rinder waren heute den ganzen Tag im Stall geblieben. Die Unterstoanerin, die Bäuerin des benachbarten Hofes, hatte Burgi versprochen, sich um das Vieh zu kümmern, aber ob die alte Frau es wirklich noch allein schaffte mit dem Melken und Misten? Lovis wollte Burgi und ihre Schwester schon bei sich in der Hütte willkommen heißen – wenn man die Matratzen zusammenschob, wurden aus fünf Lagern ganz schnell sechs –, aber er erinnerte sich an die eifersüchtige Reaktion von Angelika. Außerdem war das auf Dauer auch keine Lösung. »Burgi …«, begann er zögerlich, doch sie hatte schon eine andere Idee. »Oder wir schlafen auf dem Stoaner Hof und wenn was ist, ruf ich dich an? Dann bist du in zehn Minuten bei uns.«

»So können wir's auch machen, obwohl es besser wäre, die Polizei …«

»Ich mag die Polizei nicht. Die reden alle walsch und ich muss dann auch so reden. Bitte, Lovis, machen wir es so. Weißt, das Haus von der Nandl steht auch außerhalb vom Dorf und noch dazu in einem Funkloch. Wenn uns da jemand auflauert, hört uns niemand. Nein, nein, wenn wir zu zweit auf dem Hof sind, fühl ich mich sicherer. Wir verriegeln alles und dann passiert schon nix. Und wenn was ist, hörst du mich ja fast schreien.«

Ganz wohl war ihm noch nicht bei dem Gedanken, aber Burgis Argumente waren schlüssig. Wahrscheinlich war es besser so. »Gut, machen wir es so. Ich komm heute Abend noch einmal runter mit den Jungs und wir machen eine Kontrollrunde um euren Hof.

»Du bist mein Schatz, Lovis«, sagte Burgi erleichtert. »Danke.«

Er gab keinen Kommentar zu ihrem Versprecher ab. Stattdessen meinte er: »Dann bis heute Abend.« Und er legte auf.

Mit dem Kofferraum voll guter Sachen kam er auf der Alm an. Mit jedem Höhenmeter wurde die Luft erträglicher, die Hitze nahm ab und er hatte das Gefühl, der Druck, der unten im Tal auf ihm gelastet hatte, verschwand zunehmend. Außer den versprochenen Schokogipfelen – für jeden zwei, wie Iwan verlangt hatte – hatte er jede Menge Süßigkeiten, Graukas, Speck, Kaminwurzen und Kren gekauft, und damit alles, was man für eine zünftige Brettljause brauchte. Außerdem hatte er bei Arthur, seinem Pultnachbarn beim Brixner Domchor, ein ganzes Fässchen von Scatolins Lieblingscraftbier besorgt. Auch wenn es nicht so aussah, als wolle Scatolin ihm schnell verzeihen, wollte Lovis für alle Fälle gerüstet sein. Morgen war das Krimidinner, wenn sein Freund wie versprochen daran teilnahm, würde er ihn mit dem Bier schnell noch versöhnlicher stimmen, und alles wäre wieder gut.

Doch als er auf der Alm ankam, waren die Jungs weg. Hinter dem Haus lag ein riesiger Haufen an Ästen. Iwan, Matthias und Erik hatten ganze Arbeit geleistet. Doch sie waren spurlos verschwunden. Sollten sie gegen ihre Abmachung zu ihrem Lager gegangen sein? Lovis kniff die Augen zusammen und versuchte, an der Stelle, wo es war, eine Bewegung auszumachen, doch er sah nichts. Wo waren die drei? Er sah auf die Uhr. Es war nach sechs und damit Zeit fürs Abendessen. Wahrscheinlich waren sie auf dem Weg hierher. Er dachte an Matthias' allgegenwärtigen Hunger und ging in die Hütte, um vorzusorgen. Doch auch als er Speck, Käse und Kaminwurzen für eine halbe Armee aufgeschnitten hatte, war noch nichts von den Jungs zu sehen. Besorgt sah er nach draußen. Hinter dem Ritten, einem Aussichtsberg in den Sarntaler Alpen, ging langsam die Sonne unter. Er wollte eben aufbrechen, um die drei zu suchen, da hörte er eine empörte Stimme herumschreien, immer wieder unterbrochen von noch empörterem Schimpfen, das eindeutig von den Jungs kam. Er trat vor die Hütte und fluchte.

»Was, zum Geier ...«, entfuhr es ihm.

Botta hatte an einem Arm Matthias, am anderen Erik gepackt und zog sie hinter sich her. Iwan folgte ihm – schimpfend und aufs Wüsteste fluchend. Matthias' Wangen waren tränenüberströmt. Aus den Verwünschungen, die er ohne Unterbrechung ausstieß, schloss Lovis aber, dass das weniger Schmerzens- als Wutträren waren. In dem Augenblick, als Botta seinen ehemaligen Untergebenen erblickte, stieß er die Jungs von sich und kam auf Lovis zu, den Glatzkopf vorgereckt wie ein Stier. Lovis wappnete sich.

»Sie stecken da dahinter! Das hätte ich mir ja denken können, dass diese Rabauken zu Ihnen gehören!«, brüllte der Commissario in seinem neapolitanischen Dialekt und spickte das Ganze gleich noch mit ein paar Schimpfwörtern, die die Augen der Jungs trotz der miserablen Lage, in der sie sich befanden, aufleuchten ließen. Botta bemerkte nicht, wie sehr er seine Gefangenen beein-

druckte, sondern machte im selben Ton weiter:»Schon
einmal was von Aufsichtspflicht gehört? Wer vertraut
Ihnen überhaupt Kinder an? Sagen Sie nicht, dass das
Ihre eigenen sind!«
Lovis zwang sich, ruhig zu bleiben.»Was haben sie
angestellt?«, fragte er in italienischer Sprache, um den
Alten nicht noch weiter zu reizen.

Was nun folgte, haute selbst ihn von den Socken.
Laut Botta hatten sie nicht nur die Bretter gestohlen,
sondern direkt an seiner Hütte ein Feuer gelegt, das
dieser nur mit Mühe und Not hatte löschen können,
ohne dass die Hütte größeren Schaden genommen
hatte.

Lovis wechselte einen Blick mit den drei Jungs, die
verzweifelt die Köpfe schüttelten.

»Das waren nicht wir!«, beteuerte Iwan.

Doch Botta ging darüber hinweg.»Ich habe gesagt,
dass ich Sie nicht mehr im Umkreis meiner Hütte sehen
will. Das gilt ab jetzt auch für diese Lausebengel. Habe
ich mich deutlich genug ausgedrückt?«

»Klar und deutlich«, sagte Lovis.

»Und das heißt?«

»Wir werden uns nicht mehr blicken lassen. Für
den Schaden, den die Jungs angerichtet haben, komme
ich natürlich auf«, fuhr er fort und leistete stumm Ab-
bitte an Paul, der mit diesen unerwarteten Ausgaben
ganz gewiss keine Freude haben würde.»Bitte schicken
Sie mir eine Rechnung. Aber jetzt verlassen Sie bitte
MEINEN Grund. Und ich würde es begrüßen, wenn
Sie sich in Zukunft im Umkreis meiner Hütte auch
nicht blicken lassen würden. Gesünder für uns beide,
nicht wahr?«

Wie immer, wenn er seinem ehemaligen Vorgesetzten Paroli bot, klopfte Lovis das Herz bis zum Hals, doch an dem Pochen von Bottas Zornesader auf der Stirn konnte er erkennen, dass es diesem nicht viel anders ging. Es war wirklich besser, sie gingen getrennte Wege. Mit einem Schnauben, das wieder an einen wild gewordenen Stier erinnerte, drehte Botta ab und verschwand stampfend im Wald.

»Wir waren das wirklich nicht!«, beteuerte Matthias, kaum, dass der Commissario außer Hörweite war.

»Wir zünden doch keine Häuser an!«, schimpfte Iwan, den offensichtlich weniger der Umstand beschäftigte, dass er fälschlicherweise beschuldigt worden war, als dass Botta ihn überhaupt für fähig hielt, eine Hütte in Brand zu stecken.

Lovis nickte nachdenklich. »Höchste Zeit, dass wir diesem Pilzräuber auf die Spur kommen.«

»Du glaubst, das war der Pilzräuber?«, fragte Iwan.

»Wenn nicht er, wer dann?«

»Aber wieso sollte er sich selbst die Hütte in Brand stecken?«, fragte Matthias verständnislos.

»Mann, hast du es immer noch nicht kapiert? Weil Botta nicht der Pilzräuber ist!«, erklärte Iwan ungeduldig. »Es ist jemand, der diesem Italiener eins auswischen will.«

»Und da haben wir eine reichliche Auswahl an Verdächtigen«, stellte Lovis fest.

»Felix, Vinzenz, Samuel …«, begann Erik aufzuzählen.

Und Iwan machte weiter: »Der Jörgl, der Herbert, der Waldner selbst …«

Lovis stimmte ihnen zu. »Die alle müssen wir unter die Lupe nehmen.«

Matthias ließ sich sinken, wo er grade stand. »Aber nicht mehr heute. Und auf keinen Fall, bevor ich was gegessen habe. Ich sterbe vor Hunger!«

Lovis grinste. »Gut, dass es schon angerichtet ist. Und du hast recht, Matthias. Den richtigen Pilzräuber fassen wir nicht mehr heute. Aber Feierabend ist leider noch nicht. Wir müssen noch einmal beim Stoaner Hof eine Runde drehen.«

Die Jungs sahen ihn fragend an und er erklärte: »Die Burgi und ihre Schwester schlafen heute dort. Sie würden sich sicherer fühlen, wenn wir noch einen Kontrollrundgang machen würden.«

»Kann ich verstehen«, meinte Iwan. »Aber wenn da wirklich jemand einsteigen möchte bei ihnen, nutzt auch ein Kontrollrundgang nix. Der Hof ist alles andere als einbruchsicher.«

»Ist mir jetzt egal«, maulte Matthias. »Können wir bitte erst mal was essen?«

Lachend gingen sie in die Hütte, wo das Abendessen auf sie wartete.

»Bergfeuer an Gipfelstürmer. Bergfeuer an Gipfelstürmer. Bitte kommen.«

»Gipfelstürmer an Bergfeuer. Was ist? Over.«

»Bergfeuer an Gipfelstürmer. Beim Kaninchenstall keine verdächtigen Bewegungen. Wie schaut's im Heustadel aus? Over.«

Lovis lächelte. Die Jungs hatten darauf bestanden, dass der Kontrollgang Action-Charakter kriegte, und kurzerhand einen Gruppenanruf gestartet. Lovis hatte sich wieder einmal über die Möglichkeiten gewundert, die diese Smartphones boten. Nun umrundeten sie schleichend und in gebückter Haltung den Stoaner Hof. »Bergfeuer« war passenderweise Matthias, dessen rote Haare in den letzten Tagen durch die Bergsonne noch stärker leuchteten. Bei »Gipfelstürmer« handelte es sich um Iwan, und Erik lief unter dem Decknamen »Kraxl-max«. Er selbst hatte sich einfach als »Lovis« an der Ermittlung beteiligen wollen, aber das hatten die Jungs ihm nicht durchgehen lassen.

»Du bist der Big Boss«, hatte Iwan bestimmt erklärt und dabei war es geblieben.

»Bergfeuer an Big Boss. Alles klar im Haus?«

Lovis seufzte. Von ihm wurde erwartet, dass er das Spiel mitspielte. »Alles klar, ja.«

»Mann, Lovis! Du musst jetzt sagen Big Boss an Bergfeuer, sonst bringt das doch alles nix«, schimpfte Matthias und fiel damit aus seiner Rolle als verdeckter Ermittler.

»Big Boss an Bergfeuer«, wiederholte Lovis folgsam und tauschte einen Blick mit Burgi, die neben ihm stand. »Alles klar im Haus. Begebe mich jetzt in den zweiten Stock.«

Er folgte Burgi über eine ausgetretene Holztreppe nach oben, wo von einem dunklen Flur drei Türen abgingen. Sie öffnete die erste Tür. Ein Doppelbett aus Zirbenholz, das aussah, als hätten bereits mehrere Generationen darin geschlafen. Auf einem der beiden Nachtkästchen stand das Hochzeitsfoto von Thres und Much und auf einem Holzstuhl in der Ecke lag, fein säuberlich zusammengelegt, eine Hose, darauf ein Hut.

»Das Zimmer von der Thres und dem Much«, erklärte Burgi überflüssigerweise.

Lovis sah in die Ecken, öffnete einen Schrank, warf einen Blick auf den Balkon und kniete sogar neben dem Bett nieder, um einen Blick darunter zu werfen. Dann nickte er ihr zu.

Sie betraten das zweite Zimmer, das wohl ein ehemaliges Kinderzimmer war. Ein Stockbett stand darin, auf dessen oberer Etage eine Sammlung abgenutzter Puppen und Plüschtiere zu finden war. Auch hier warf Lovis einen Blick unters Bett. Nichts. Andere Verstecke gab es nicht.

Zuletzt öffnete die Burgi mit einem verlegenen Lächeln die Tür am Ende des Ganges. »Mein Zimmer«, erklärte sie. »Kleiderschrank, Stuhl … Bett.« Lovis ignorierte den zweideutigen Unterton und sah sich um. Auch von diesem Zimmer ging eine Tür auf den Balkon ab. Unter dem Bett war ein Bettkasten, also kein Platz für einen potenziellen Mörder, der kleine Kleiderschrank war vollgestopft mit Klamotten.

»Bergfeuer an Big Boss. Bitte kommen.«

»Big Boss an Bergfeuer. Alles gesichert. Over.«

»Gut. Ich hab schon wieder Hunger. Ist noch was von dem Speck da?«

Lovis musste lachen.

Burgi nahm ihm das Handy ab und sagte hinein. »Berggitsch an Bergfeuer. Minggilan gefällig?«

»Yessss!«, kam es zurück. Vergessen war die Ermittlung und wenig später rumpelten die Jungs über die Schwelle in die Stube des Bergbauernhofs und versammelten sich um den großen Esstisch, an dem in vergangenen Zeiten wohl viele Menschen gesessen waren.

Burgi verschwand mit ihrer Schwester in der Küche und bald zog der Geruch von heißem Fett durch das Haus. Minggilan waren in heißem Fett herausgebackene Minikrapfen aus Hefeteig. So schnell wie die beiden Frauen die traditionelle Süßspeise servierten, ließ Lovis vermuten, dass sie den Teig für die Minggilan schon vorbereitet hatten. Er beobachtete verwundert, wie die Jungs sich darüber hermachten, als hätten sie nicht gerade erst ein halbes Schwein in Form von Speck verputzt. Aber wer wuchs, brauchte das wahrscheinlich, »dass er Muskeln unsetzn konn« – so hatte es Onkel Sebastian immer genannt. Hatte er in dem Alter auch solche Mengen verdrückt? Er konnte sich nicht erinnern.

Nachdem die Minggilan bis auf den letzten Krümel verzehrt waren, was besorgniserregend schnell passiert war, gab Lovis das Zeichen zum Aufbruch.

»Wir kommen gern morgen wieder zur Kontrolle«, erklärte Matthias und seine zwei Freunde nickten bestätigend.

»Gipfelgitsch an Bergfeuer. Aufbruch. Over.«

»Over und out«, sagte Lovis augenzwinkernd. »So angefüllt wie die drei jetzt sind, rollen sie bei jedem Schritt, den sie machen, wieder zwei zurück.«

»Das werden wir ja sehen«, sagte Matthias und gab seinen Freunden ein Zeichen. Sie winkten Burgi und Nandl zu, dann rannten sie voraus, über den Wiesenpfad hinauf Richtung Wald.

Lovis sah ihnen kopfschüttelnd nach. »Davor haben sie behauptet, sie seien fix und foxi«, sagte er. Er blieb noch, bis Burgi die Haustür zugesperrt und zwei Riegel vorgeschoben hatte. Während sie die Fensterläden im

Erdgeschoß verriegelte, machte auch er sich auf zu seiner Hütte.

Vom Peitlerkofl her kam leises Donnergrollen.

»Da war wieder einer!«, jubelte Matthias und zeigte aufgeregt zur Peitler Scharte, wo soeben ein Blitz den tiefschwarzen Himmel zerrissen hatte. Lovis hatte sich von den drei Jungs dazu überreden lassen, vom kleinen Hang neben der Hütte aus den Gewitterhimmel zu beobachten. Sie waren fasziniert von dem Naturschauspiel. Er hatte sich anfangs über die Jungs amüsiert, weil er dachte, dass doch nichts Besonderes an einem Gewitter war – immerhin donnerte es im Tal auch manchmal. Aber dann hatte er dem Drängen der Jungs schließlich nachgegeben. Er musste zugeben, dass ein Gewitter im Tal nicht vergleichbar war mit einem Berggewitter.

Nur gut, dass wir jetzt nicht da drüben unterwegs sind, dachte er.

Da fragte eine Stimme hinter ihnen: »Bergfernsehen?« Es war Samuel. Heute wirkte er wieder besser gelaunt und Lovis war froh darüber, dass er ihm offensichtlich nicht nachtrug, dass er ihn verdächtigt hatte.

»Bergfernsehen!« Die Jungs kugelten sich vor Lachen und Iwan meinte: »Schon eher Netblitzzzzzz!« Dabei zeichnete er einen Blitz in die Luft.

»Wartet nur, bis es über euch ist, das Wetter.« Samuel blickte abschätzend zum Himmel. »Viertelstunde?«, mutmaßte er.

185

»Echt? Cool!« Die Aufregung der Jungs stieg.

»Jep. Und deswegen muss ich schauen, dass ich weiterkomm. Mein Auto steht auf dem letzten Parkplatz. Ich werd wohl nass werden heut.«

»Soll ich dich runterfahren?«, bot Lovis an, doch Samuel winkte ab.

»Möglicherweise bring ich dich noch um auf der Fahrt.« Er zwinkerte Lovis zu. Auch wenn das scherzhaft gesagt war: Ganz verziehen hatte er ihm wohl noch nicht.

»Ich tu's gern«, wiederholte Lovis.

Da war Samuel aber schon gestartet. Kaum war er zwischen den Bäumen verschwunden, fielen die ersten Regentropfen. Lovis sah unschlüssig hinter ihm her. Wenn jetzt ein richtiger Gewitterregen einsetzte, war der junge Mann, bis er beim Parkplatz ankam, nass bis auf die Knochen. Andererseits hatte er jetzt die Abkürzung über den Wanderweg eingeschlagen und würde erst beim Stoaner wieder die Straße queren. Und von da aus wäre er in zwei Minuten beim Auto.

Als hätte er seine Gedanken erraten, meinte Iwan: »Das zahlt sich auch nicht mehr aus.«

»Hast recht«, pflichtete ihm Lovis bei und widmete sich wieder dem Gewitter. Der Himmel über ihnen war nun ebenfalls unheilvoll dunkel, das wenige Licht seltsam diffus und das Grollen kam näher. »Wollen wir nicht reingehen?«, fragte er unbehaglich.

»Never!«, kam es von Iwan. »Das ist zu geil. Was passiert eigentlich, wenn der Blitz einschlägt? Hat die Hütte einen Blitzableiter?«

Lovis' Blick flackerte zum Dach der Hütte, die natürlich keinen Blitzableiter hatte. »Die Bäume sind unsere

Blitzableiter«, machte er einen schwachen Versuch, die Jungs, vor allem aber sich selbst zu beruhigen. »Und der Sumpf da drüben. Der zieht die Blitze an, sodass keiner in die Hütte einschlägt.« Skeptische Blicke kamen von den Jungs. »Die Hütte steht seit Ewigkeiten. Der Waschtl war schon als Kind heroben, hat er gesagt. In der ganzen Zeit ist noch nie ein Blitz eingeschlagen.« »Umso höher ist die Wahrscheinlichkeit, dass er diesmal einschlägt«, stellte Iwan fest. Die Regentropfen wurden dicker. Iwan sah sich suchend um. Sein Blick blieb an dem alten Golf hängen. »Das Auto ist wie ein Faradayscher Käfig. Da wären wir in Sicherheit.«

»Das heißt, du willst die Nacht im Auto verbringen, statt auf einer gemütlichen Matratze?«

»Lieber ungemütlich als vom Blitz erschlagen«, konterte Iwan.

»Wir können ja die Wattkarten mitnehmen«, schlug Matthias vor und noch bevor jemand etwas dagegen sagen konnte, rannte er in die Hütte und kam bald darauf mit seinen Wattkarten, einem Sack voller Schüttelbrot und seiner Trinkflasche wieder. »Notverpflegung«, sagte er. »Man kann nicht wissen, wie lang das Gewitter dauert.«

Lovis lächelte. Dann durchzuckte ihn ein scharfer Schmerz an der Stirn. Beinahe gleichzeitig waren auch die Jungs von kleinen, weißen Geschossen getroffen worden.

»Es hagelt!«, riefen sie und das tat es. Die Körnchen prasselten vom Himmel, prallten vom Boden ab und hüpften wie Popcorn in der Wiese umher. Ein Blitz zerriss die Luft, es war Lovis, als höre er erst ein Fauchen, dann knallte ein ohrenbetäubender Donnerschlag und wie auf ein Kommando rannten die vier Helden ins rettende Auto, schlugen die Türen hinter sich zu und beobachteten, wie draußen die Welt unterging.

»Wer sagt an?«, fragte Matthias. Ohne eine Antwort abzuwarten, warf er Iwan das Kartenpäckchen zu und sie begannen zu spielen. Es war eine Marter für Lovis' Hals- und Rückenmuskulatur, aber irgendwie hatte es doch etwas Gemütliches. Von Zeit zu Zeit fuhren sie in die Tüte mit dem Schüttelbrot, brachen sich ein Stück von dem steinharten Brotfladen ab, knabberten, bluffen, übertrumpften sich und watteten wie die Großen, während das Gewitter unvermindert über ihnen tobte.

Da läutete Lovis' Telefon. Es war Burgi. »Ja?«, meldete er sich.

Am anderen Ende ertönte zweistimmiges Schluchzen.

»Was ist los, Burgi?«, fragte er.

»Da ... schleicht ... jemand ... ums Haus«, sagte sie, unterbrochen von Schluchzern. »Wir haben ... solche Angst, Lovis.«

Der Privatdetektiv sah seine drei Assistenten an. »Wir kommen«, sagte er. »Bleib am Telefon, Burgi. Iwan, übernimm.«

Iwan, der neben ihm saß, nahm Lovis' Telefon entgegen, während Lovis den Motor anließ, wendete und mit im nassen Gras durchdrehenden Reifen startete. Schneller, als es der alte Kübel eigentlich erlaubte, ruckelten sie über den Almweg hinunter, bis sie die Forststraße erreichten und nach etwa zehn Minuten Fahrt am Stoaner Hof ankamen. Der Stoaner Hof lag im Dunkeln und wurde nur von den Blitzen beleuchtet, die nach wie vor den Himmel erhellten. Die schwache Lampe, die den Weg zum Stall beleuchtete, war erloschen.

Zwischen einem Donner und dem nächsten hörte man den Schäferhund bellen. Lovis schaltete den Motor ab, ließ jedoch die Scheinwerfer brennen. Auf den ersten Blick konnte er nichts erkennen. Kein lebendiges Wesen hielt sich in der Nähe des Stoaner Hofes auf. Die Jungs öffneten die Autotüren, doch er hielt sie zurück. »Ihr bleibt hier«, sagte er und als sie aufbegehrten, wiederholte er seinen Befehl und fügte hinzu: »Keine Widerrede. Wenn das wirklich der Kerl ist, der die Thres getötet hat, ist er gefährlich. Ihr verriegelt die Türen und verhaltet euch still. Verstanden?«

Die Jungs nickten und er erkannte Angst und Unsicherheit in ihren Mienen. Gut so. Sie sollten verstehen, dass es sich hierbei nicht mehr um ein Spiel handelte.

»Iwan, sag der Burgi, dass wir da sind und dass sie sich keine Sorgen mehr machen braucht.« Iwan gab seine Worte weiter. Dann verabschiedete er sich von der Stoanerin, beendete das Gespräch und tippte auf Lovis' Handy herum. Erst dann gab er ihm das Ding zurück. Jetzt läutete Iwans Handy. »Ich hab mich angerufen. Du steckst dir dein Handy in die Brusttasche und wenn du dem Mörder begegnest, sagst du das und wir drei springen aus dem Auto und helfen dir. Du allein hast keine Chance gegen den Kerl. Aber zu viert sind wir ihm gewachsen.«

»Auf gar keinen Fall!«

»Dann gehen wir mit.«

»Das werdet ihr schön bleiben lassen!«

Iwan wechselte einen Blick mit seinen Freunden, traf dort auf vollstes Einverständnis und sagte ebenso bestimmt wie Lovis vorher: »Entweder wir können am

Telefon mitverfolgen, was du machst, oder wir gehen mit. Auf keinen Fall bleiben wir allein im Wagen sitzen und fürchten um dich, bis du wieder auftauchst. Such es dir aus.« Als Lovis nicht antwortete, betätigte Iwan den Hebel an der Wagentür. »Wie du willst.« »Nein. Bleibt da. Ihr werdet das Ding eingeschaltet lassen. Aber ihr bleibt im Auto. Und verriegelt es von innen, wenn ich weg bin.« Damit stieg er endgültig aus dem Wagen und schloss leise die Tür. Auch wenn der Mörder, sollte er sich wirklich in der Nähe aufhalten, den Motor seines Kübels beim Näherkommen sicher trotz des Gewitters gehört hatte, wollte er kein unnötiges Geräusch machen. Lovis schlug seinen Kragen gegen den Regen hoch, was natürlich überhaupt nichts nützte, und ging auf das Haus zu. Nichts rührte sich. Auch der vom Autoscheinwerfer beleuchtete Weg zum Stall war verlassen. Dahinter begann die Dunkelheit. Obwohl es erst etwas nach acht Uhr war, war wegen des Gewitters alles in Schwärze getaucht. Ein Blitz leuchtete auf, die Nordseite des Stalls war in gleißendes Licht getaucht und Lovis konnte den Weg erkennen, danach war alles umso schwärzer.

»Scheiße dunkel hier«, fluchte er zu sich selbst.

»Das Handy hat eine Taschenlampenfunktion«, kam eine geisterhafte Stimme aus seiner Brusttasche.

Natürlich. Dieses Smartphone mit all seinen rätselhaften Funktionen war ihm immer noch so fremd, dass er nicht daran dachte, dass es eigentlich für jedes seiner Probleme eine Lösung bot. An einer regengeschützten Stelle zog er das Ding heraus und fragte sich, wo er die Taschenlampenfunktion fand. Als hätte Iwan erraten, was ihn nun beschäftigte, kam ein »Nach oben wischen«

aus dem Lautsprecher. Dankbar folgte Lovis der Anweisung. Das Licht der Handylampe leuchtete auf. »Danke!«, sagte er und ging weiter.

Weit leuchtete der Schein nicht, doch sollte sich im Umkreis von zwei Metern etwas bewegen, würde er es nun sehen. Aufmerksam umrundete er den Stall, ging unter der Stadelbrücke durch und war nun neben Wohnhaus, da sah er plötzlich etwas vor dem Hasenstall. »Scheiße!«, entfuhr es ihm.

»Was ist?«, fragte Iwan aufgeregt, doch er erhielt keine Antwort.

Lovis war in die Hocke gegangen. Vor dem Hasenstall war eine Fußspur in die nasse Erde eingegraben. Eine Fußspur, die garantiert von keiner der beiden Frauen stammte, denn der Schuhabdruck hatte mindestens Größe 44.

»Lovis, was ist?«, kam es noch einmal aus dem Lautsprecher.

»Da war wirklich jemand. Beim Hasenstall«, sagte Lovis. Da war jemand gewesen, mitten in dem noch immer tobenden Gewitter, und hatte um den Stoaner Hof herumgeschnüffelt. War gewesen oder ... plötzlich stellten sich die Härchen in seinem Nacken auf – war immer noch da ... Blitzschnell stand Lovis auf, stellte sich mit dem Rücken zum Hasenstall und leuchtete mit klopfendem Herzen in alle Richtungen. Nichts. Erleichtert stieß er die Luft aus. Dann sah er eine zweite Spur. Direkt vor dem verriegelten Küchenfenster waren zwei Schuhabdrücke in die nasse Erde eingedrückt. Ein grobes Profil, wie das von Wanderschuhen oder Gummistiefeln. Lovis stellte seinen Fuß daneben und verglich die Größe. Es fehlten etwa zwei Zentimeter auf das

Profil des Unbekannten. Im Licht der Taschenlampe machte er ein Foto von dem Abdruck.

Plötzlich ertönten neben ihm Schritte. Schnelle Schritte. Sein Herzschlag beschleunigte sich. Er sah sich nach einem Gegenstand um, mit dem er sich verteidigen konnte, dann erkannte er, dass es die drei Jungs waren, die es bei seinen spärlichen Informationen natürlich nicht im Auto ausgehalten hatten.

»Was ist los?«, fragte Iwan.

»Da!« Er zeigte auf die Fußspur vor dem Küchenfenster.

»Shit«, kam es von Matthias. »Der Mörder war da.«

»Ist er jetzt weg?«, flüsterte Erik. Lovis konnte die Angst in seiner Stimme hören.

Er zuckte mit den Schultern. »Auch wenn er jetzt weg ist, könnte er wiederkommen.«

Die Jungs sahen ihn erschrocken an. Im Licht der Taschenlampen hatten ihre Gesichter die Farbe von frischen Bettlaken.

»Sie müssen bei uns in der Hütte schlafen«, stellte Iwan fest und Lovis gab ihm recht. Allein lassen konnte er die beiden Frauen jedenfalls nicht.

Ein Donner grollte. Viel leiser inzwischen. Das Gewitter schien sich ausgetobt zu haben.

Lovis' froschgrüner Kübel stellte sein ganzes Können unter Beweis und zog seine Last die Almstraße hoch. Matthias hatte sich als Kleinster im offenen Kofferraum zusammengefaltet und so hatten Burgi und Nandl noch auf der Rückbank Platz gefunden. Doch das zusätzliche Gewicht machte dem Oldtimer ordentlich zu schaffen. Der Motor röhrte protestierend, immer wieder schlug die Ölwanne mit einem »Klong!« auf Steinen auf und als sie endlich oben auf der Alm ankamen, kochte der Motor.

Die Jungs zogen die Frauen übereifrig in die Hütte und bald hörte man durch die Holzdecke ein Rumpeln und Scharren, das vom Einrichten des Bettenlagers zeugte.

»Braucht's Hilfe?«, fragte Lovis durch die Luke nach oben.

»Nein. Alles gut. Dein Bett ist das gleich neben der Luke«, gab ihm von oben die Burgi Bescheid. »Oder gleich neben meinem.« Ihr Gesicht tauchte in dem dunklen Viereck auf und grinste ihm entgegen.

Er lächelte etwas bemüht zurück. Das wurde ihm alles zu viel. Er wusste, dass die Burgi mit jedem so schäkerte, wie sie es gerade eben mit ihm tat, doch langsam hatte er das Gefühl, dass da wirklich mehr dahintersteckte. Oder war er nur so hellhörig, weil er ihr Verhalten aus Angelikas Perspektive sah? Er hatte sich bisher nichts zuschulden kommen lassen, aber wenn er die Nacht direkt neben Burgi verbrachte, konnte Angelika das nicht anders als falsch interpretieren. Und morgen kam sie wieder auf die Alm – so wie er sie kannte, in aller Herrgottsfrühe ... Er haderte mit sich selbst. Schließlich rief er in den Dachraum hoch: »Ich schau noch einmal nach den Tieren«, und verschwand nach draußen.

Die beiden Pferde standen wenig amüsiert unter ihrem kleinen Unterstand. Ihr Fell war nass, ihre Schweife hingen traurig herab. »Na, ihr zwei Schindmähren? Alles klar?«

Diablo schnaubte. Verächtlich – so kam es Lovis vor. Shanty verlagerte ihr Gewicht und drehte ihm beleidigt die Kehrseite zu.

»Ja, ein Stall wäre in dem Fall angenehmer gewesen, oder?«

Er bekam keine Antwort. Lovis steckte beide Hände in die Hosentasche und sah in den Nachthimmel. Die Wolken hatten sich verzogen und den Blick auf die Sterne freigegeben. Hin und wieder grollte es leise hinter den Aferer Geislern. Es erinnerte Lovis ein bisschen an Barnabas, wenn er im Schlaf seine Ablehnung ausdrückte.

Von der Holzkiste an der Hüttenwand kam ein Gurren. »Alma! Du bist ja auch noch da!« Lovis ging zu seiner Lieblingshenne und neben ihr in die Hocke. »Dich hat das Gewitter unbeeindruckt gelassen, oder?«

Zufrieden krakelte Alma vor sich hin.

»Und du bist wach. Wie wär's mit einer kleinen Denkrunde?«

Das Huhn ruckelte neugierig mit seinem Kopf und Lovis nahm das als Zustimmung auf. Zuerst musste er Alma auf den neuesten Stand bringen. »Wir haben zwei Fälle zu lösen«, erklärte er ihr. »Den Pilzräuberfall und den Mord – zu dem wahrscheinlich auch ein versuchter Mord dazugekommen ist. Wo soll ich beginnen? Beim Pilzräuber?«

Alma legte ihr Köpfchen schief und Lovis fasste zusammen, was er bisher wusste: Nichts.

»Die Taten wurden alle im näheren Umkreis von Bottas Hütte verübt – mit Ausnahme des Feuers, das dort gelegt wurde. Botta – so sehr ich ihn hasse – wird wohl tatsächlich nicht der Pilzräuber sein. Es gibt keinen

194

Menschen, der so fixiert auf das Gesetz ist, wie er, weißt du. Aber sonst …«, er sah Alma an, »kommt beinahe jeder infrage. Man kann nicht einmal mit Sicherheit sagen, dass es immer dieselbe Person war, verstehst du?« Alma verstand und Lovis zog seinen Notizblock heraus. »Schreiben wir mal auf, wer alles hier auf der Alm ist. Der Förster, der mich ja wohl kaum bittet, den Pilzräuber zu finden, wenn er es selbst ist. Sein Sohn, der Vinzenz, der Italiener aus Prinzip nicht ausstehen kann – aber da käme er höchstens für das Feuer infrage, nicht für all die Schäden im Wald. Und dasselbe Motiv hätten der Samuel, der Felix, dieser Steve – oder wie der mit dem kahl rasierten Kopf geheißen hat. Aber warum sollen die im Wald alles kaputt machen? Der Jörgl tut sich in seinem Alter so was nicht an, der Graukäse-Herbert … wieso soll der so was machen? Du siehst: Ich steh im Wald. Buchstäblich.«

Alma schüttelte missmutig ihr Gefieder aus.

»Ja, ich weiß. Ich hab mich auch wenig beschäftigt damit. Alles den Jungs überlassen und die haben halt eher ihr Lager im Kopf gehabt als die Ermittlungen. Aber es ist auch schwierig. Da müsst ich den ganzen Tag auf der Lauer liegen – und die halbe Nacht – und dann ist der Wald groß. Verstehst du?« Er wartete ein zustimmendes Tocken von Alma ab, dann fuhr er fort: »Also: Der Pilzfall ist eine Sackgasse. Bleibt der Mord.«

Er dachte nach und drehte dabei den Bleistift zwischen den Fingern. »Als Mörder ist der Much der Hauptverdächtige für die Polizei. Für mich nicht. Er hat die Thres geliebt, das steht einmal fest. Die Leute sagen, sie haben ihn öfter mit der Burgi gesehen als mit seiner Frau, aber ich weiß warum.« Thres hatte ihn gebeten, ihre Schwester zu allen möglichen Unternehmungen zu begleiten, das hatte Much ihm erzählt, und er glaubte ihm. »Die Thres hat umgekehrt womöglich ein Verhältnis mit dem Waldner gehabt.« Er rief sich den Förster ins Gedächtnis, seinen von silbrigen Fäden durchzogenen Bart. »Der ist kurz vor der Pension, also an die zwanzig Jahre älter als die Thres. Glaubst du wirklich, dass die Thres was mit ihm gehabt hat?«

Alma schüttelte wieder ihre Federn.

»Ich auch nicht. Aber vielleicht sollt ich ihn morgen einmal drauf ansprechen, was meinst du?« Ohne ihre Zustimmung abzuwarten, schrieb Lovis »Waldner wegen Verhältnis fragen« auf seine To-do-Liste. »Ich erwart mir eh nicht viel davon, eher vom Samuel. Der war zur Tatzeit beim Stoaner Hof – da kann er behaupten, was er will. Wir werden nicht zu viert eine Halluzination gehabt haben. Und …«, plötzlich fiel es ihm wie Schuppen von den Augen, »… und vorhin ist er talwärts gegangen und dann hat die Burgi angerufen. Wenn das nicht er war, der da ums Haus geschlichen ist, fress ich einen Besen!« Aufgeregt schrieb er auf seine Liste, dass er Samuels Schuhnummer kontrollieren und ihn noch einmal fragen wollte, warum er log, was seinen Aufenthaltsort zur Tatzeit anging. Und mit Jörgl musste er auch noch einmal reden.

Alma legte den Kopf zur Seite und beäugte ihn zufrieden.

»Aber warum? Der Samuel hat sich über den Draht geärgert und das war sicher ein Riesenschreck. Aber er wirkt so besonnen auf mich. Und so nett. Ich kann nicht glauben, dass er die Thres ermordet hat. Nein«, meinte er entschieden, »der Samuel war's genauso wenig wie der Much. Aber wer dann? Der Sandro? Weil sie ihm den Hund auf den Hals gehetzt hat? Ach was! Das ist doch auch kein Mordmotiv.« Ratlos sah er auf seinen Block. Trotzdem schrieb er die Befragung des Bergführers dazu.

Waldner wegen Verhältnis fragen
Samuels Schuhnummer kontrollieren
Fragen, warum er lügt
Sandro Alibi

Weiter war er nicht gekommen. Mehr hatte er nicht. Waldner, Samuel und Sandro. Alle drei hatten vielleicht eine Rechnung mit der Thres offen gehabt. Aber niemand hatte eine Rechnung mit der Nandl offen gehabt – oder mit ihrem Mann. Er übersah etwas und er wusste nicht was.

»Was ist es, was ich nicht sehe, Alma. Was?«

Doch Alma hatte ihr Köpfchen unter den Flügel gesteckt und antwortete nicht mehr. Er war allein und er war müde. Und er konnte nicht zum Schlafen in seine Hütte gehen, weil neben seinem Lager Burgi schlief, bei der er nicht wusste, ob sie inzwischen mehr für ihn empfand, als gut für ihn war, oder ob das doch nur ihre Art war. Und morgen früh würde Angelika kommen. Wie er sie kannte, mit einem Frühstück.

Er ließ seinen Kopf nach hinten gegen die Hüttenwand sinken. Wieso musste immer alles so schwierig sein? Dann stemmte er sich hoch und ging zu seinem VW Golf hinüber, ließ den Motor an und den Wagen ins Tal rollen.

SAMSTAG

KRIMIDINNER

Laute Musik weckte Lovis aus seinem viel zu kurzen Schlaf. »Was zum …«, fluchte er und sah aus dem Fenster. Auf dem kleinen ebenen Wiesenstück zwischen Hühnergehege und Bach standen fünf junge Menschen in knallbunter Sportbekleidung und ahmten die Bewegungen eines sechsten nach, der ihnen gegenüberstand. Eine schwierig aussehende Bewegungsabfolge, die ein Zwischending aus Tanz und Turnübung zu sein schien, und offenbar lächelnd ausgeführt werden musste, denn alle fünf hatten die Mundwinkel zu einem breiten Grinsen verzogen. Der Vorturner, dessen schwarzes Trägertop seine beachtlichen Oberarme betonte, unterstützte seine Nachahmer durch kurze, aufmunternde Kommandos. »Und noch einmal … und von vorn … und eins, zwei …«. Lovis wurde übel vom Zusehen.

Plötzlich hoben alle gleichzeitig die Hand und riefen über die Musik: »Morgen, Angie! … und eins! Zwei! ….«

»Guten Morgen, ihr Verrückten«, kam es zurück und Lovis musste nun ebenfalls lächeln. Egal mit wem sie es zu tun hatte: Angelika nahm sich kein Blatt vor den Mund. Schnell schlüpfte er in seine Sachen und schlich beinahe lautlos die Treppe runter, um unten beinahe mit Paul zusammenzustoßen.

»Ja, Chef…«, rief er aus, wurde aber von Lovis' fuchtelnden Armbewegungen unterbrochen, der dann den Finger auf die Lippen legte und mit dem Kinn Richtung Küche deutete. Paul verstand. »Na, dann viel Spaß«, flüsterte er und bedeutete seinem Bauern, dass er ihm den Vortritt ließ. Lovis öffnete leise die Küchentür und war mit zwei Schritten bei Angelika, die gerade dabei war, die Mokkamaschine aufzufüllen. Er umarmte sie von hinten und … in einer fließenden Bewegung drehte sie sich um und ihre flache Hand landete in seinem Gesicht. »Bist du von … allen guten Geistern verlassen«, vollendete sie den Satz erst mit einer Zornesfalte zwischen den Augen, dann zog sich ein Strahlen über ihr Gesicht. »Da hast du die Strafe für das Herumgeschleiche«, meinte sie, legte dann aber ihre Hand an seine Wange und drückte ihm einen Kuss auf die Lippen. In Lovis' Bauch begann es augenblicklich zu kribbeln.

»Dich hab ich am allerwenigsten hier erwartet«, sagte sie. »Kaffee?«

»Eher einen Eisbeutel«, brummte er. So einen Empfang hatte er sich nicht vorgestellt.

Paul lehnte feixend am Türrahmen. »Dein Hufschlag ist mein Herzschlag, steht auf ihrem T-Shirt, Chef, hast du gesehen?« Lovis folgte seinem Blick und las. »Herzschlag, Hufschlag, der Schlag grad eben in dein Gesicht. Vielleicht ist sie heut überhaupt auf Schläge

eingestellt, unsere Angelika.« Paul zwinkerte in ihre Richtung.
»Pass du besser auf, dass du nicht der Nächste bist, der einen kassiert«, stichelte Angelika zurück. Dann wandte sie sich an Lovis. »Was tust du überhaupt schon wieder hier?«

»Die Burgi hat bei uns in der Hütte übernachten müssen. Sie und ihre Schwester. Und da hab ich mir gedacht ...«

»Dass du die Buben allein da oben lässt mit den zwei Verrückten?« Angelika funkelte ihn an. »Warst du gestern nicht im Krankenhaus und hast gesehen, wie es um die bestellt ist?«

»Ich hab ja gesagt, sie sollen auf dem Stoaner Hof übernachten, aber ...«

»Aber was? Aber die Burgi hat sich dir an den Hals geworfen und dich angefleht, sie vor dem bösen, schwarzen Schatten zu beschützen, der ums Haus schleicht?« Angelika war richtig sauer und Lovis verstand die Welt nicht mehr. War er nicht genau deshalb ins Tal gefahren, um so eine Szene zu verhindern? Jetzt war er hier, war spät abends von der Alm nach Brixen gefahren, um nicht neben Burgi schlafen zu müssen – nicht, weil er das nicht aushielt, sondern weil er genau wusste, wie Angelika das aufnehmen würde – und jetzt war er wieder der Blöde?

»Es ist wirklich wer ums Haus geschlichen und – ja – sie hat mich angerufen, als sie es bemerkt haben. Und – nein – es war keine Einbildung, denn wir haben die Fußabdrücke gefunden. Und ich bin – verdammt noch mal – heruntergefahren, damit du mich nicht heute Morgen neben ihr schlafend ertappst und dir Gott weiß was denkst dabei.«

»Da kommt es heute Schlag auf Schlag«, versuchte Paul zu witzeln, aber beide fuhren ihn wie aus einem Mund an: »Halt die Klappe, Paul.«

Er hob die Hände, goss sich den Kaffee in seine Tasse und widmete sich seinem Frühstück.

»Merkst du nicht, wie die dich umschwanzelt wie eine läufige Hündin?« Lovis fasste sie an den Händen. »Angelika, das macht die bei jedem. Das hat überhaupt nichts zu bedeuten. Und auch wenn: Ich interessiere mich nicht für sie!« Er stockte und sah ihr tief in die Augen: »Ich … ich bin verliebt in eine andere.«

»Hört, hört!«, kam es schmatzend von Paul.

Angelika schien etwas besänftigt. »Ach ja? In wen denn?«

Lovis nickte bedächtig. »In Alma«, sagte er dann, was Angelika natürlich wieder in den falschen Hals bekam.

»Du Mistkerl! Du Lump! Du …!«

»Dottloff«, schlug Paul ein weiteres Synonym aus dem Südtiroler Dialekt vor.

»Mindestens«, sagte sie.

Lovis schaute sie verliebt an. »Fertig?«

Sie schnaubte.

»Jedenfalls hab ich mir gedacht, es wär eh nicht schlecht, wenn ich euch entgegenfahren würde, weil du ja vermutlich ein bisschen früher auf die Alm kommen wirst als der Paul mit den Verrückten da draußen, und ich könnt dich hinaufchauffieren mitsamt dem Zeug. Mit deinem Auto darfst du ja nur bis zum oberen Parkplatz.«

»Daran hab ich gar nicht gedacht«, sagte Angelika.

»Siehst du«, sagte er. »Wieder gut?«

»Wieder gut.« Sie zog die Augenbrauen zusammen.
»Aber zu der Burgi hältst du ab jetzt einen Sicherheits-
abstand von zwei Metern ein. Hast du das verstanden?«
Er nickte und beglückwünschte sich selbst dazu, dass
es eine Frau gab, die so wenig bereit war, ihn zu teilen.
Er selbst wusste: Angelika hatte nichts zu befürchten.
Sein Herz gehörte ihr und das würde auch so bleiben.

»Alle weg?«, fragte er.

Die Jungs nickten. Er hatte ihnen noch am Abend,
bevor er ins Bett gesunken war, eine Nachricht geschickt,
in der er ihnen mitgeteilt hatte, warum er ins Tal gefahren war, und ihnen als Ausgleich ein Frühstück mit
frischem Brot und Gipfelen in Aussicht gestellt.

»Die Burgi ist schon mit den Kühen unterwegs und
die Nandl ist sicher wieder ins Tal zu ihrem Mann«,
informierte ihn Iwan. »Die Luft ist rein.«

Matthias fuhr fort: »Der Samuel hat uns einen Platz
verraten, von dem aus wir die ganze Gegend um die
Hütte von deinem Ex-Chef beobachten können, ohne
dass er uns was anhaben kann. Er hat gemeint, wenn
der Pilzräuber wirklich nur dort sein Unwesen treibt,
müssten wir ihn von der Stelle aus eigentlich sehen«,
berichtete Iwan weiter.

In seinem Kopf strich Lovis Samuel als Verdächtigen
im Pilzräuberfall aus. Er würde den Jungs ganz sicher
keine Unterstützung anbieten, wenn er selbst der Täter
war.

»Das bedeutet?«, fragte er.

»Dass wir nach dem Frühstück ein paar Kaminwurzen mitnehmen und Schüttelbrot und Käse und dort drüben bleiben, bis wir den Pilzräuber gefasst haben«, sagte Erik.

Lovis nickte. »Dann kümmere ich mich um die anderen Kandidaten«, sagte er und meinte damit Waldner, den Samuel und den Sandro.

»Der Samuel hat übrigens Größe 44«, sagte Iwan. Er sah nicht glücklich aus, als er Lovis das berichtete. »Wir haben ihn gefragt.«

»Aber er ist gestern nicht um den Stoaner Hof geschlichen, hat er gesagt«, warf Matthias ein. »Er ist gleich nach Hause gefahren. Seine Freundin kann das bezeugen, hat er gesagt.«

Lovis brummte. »Der Samuel ist wie ein Fisch. Man schafft es nicht, ihn zu greifen ...« Dann schwenkte er die Tüte mit dem Brot. »Wir stürzen uns sofort in die Ermittlungen, aber davor wird gefrühstückt.« Und damit waren die Jungs einverstanden.

Als alle satt waren, legten sich die Jungs wieder auf die Lauer, während Lovis zu Schorsch aufbrach. Wie immer, wenn er nicht mehr weiterwusste, führte ihn sein erster Weg zu ihm. Seine Gaststube war noch leer. Die Almleute waren vermutlich mit ihrem Vieh beschäftigt, die Wanderer erst in den Startlöchern.

Schorsch setzte ihm, ohne ihn zu fragen, einen Kaffee vor. »Was braucht der Herr Privatdetektiv?«

»Woher weißt du, dass ich was brauch?«

Schorsch grinste. »Das fragst du dich, gell? Weißt du, Lovis, in Wirklichkeit bin ich der bessere Privatdetektiv als du. Ich weiß alles, ich höre alles, ich nehm nur kein Geld dafür, dass ich mir meine Gedanken mach.«

»Dann sag mir, wer der wirkliche Mörder ist, du Schlaumeier, und lass mich nicht weiter im Dunkeln tappen. Ich beginne langsam dran zu glauben, dass es der Much doch war.« Schorsch wiegte den Kopf. »Da glaubst falsch.« Lovis seufzte. »Wenn ich solche kryptischen Andeutungen will, hör ich den Wetterbericht«, sagte er. »Raus mit der Sprache. Warum war es der Much nicht?«

»Weil der keinen Grund hatte. Er hat die Thres geliebt.«

»Ja, das sag ich auch immer. Aber die Jungs behaupten, dass die Thres und ...«

»... und der Waldner ...« Schorsch wischte den Einwand mit einer Hand weg. »Das ist ein ausgemachter Schmarrn. Die Thres und der Waldner haben gar nichts miteinander zu tun gehabt. Das kannst mir glauben.«

»Und wie kommen die anderen dann dazu, so etwas zu behaupten?«

Schorsch schnaubte amüsiert. »Almfunk. Weißt eh. Denen fehlen die privaten Fernsehsender mit ihrem Müll, dann müssen sie sich solche Skandälchen halt selber ausdenken.«

»Bist du dir sicher?« Lovis war noch nicht restlos überzeugt, doch der Hüttenwirt nickte. »Dann bleibt nur noch der Samuel. Und wenn der's getan hat, muss der Jörgl seine Finger mit im Spiel gehabt haben.«

Doch wieder schüttelte Schorsch den Kopf. »Glaub ich auch nicht.«

Lovis stöhnte. »Dann wird's wohl das Pfeifer Huisele gewesen sein.« Das Pfeifer Huisele war eine Südtiroler

Sagengestalt, ein Männlein, das einen Pakt mit dem Teufel geschlossen hatte und allerhand unheimliche Künste beherrschte. So konnte er etwas Übles anstellen und sich danach in eine Fliege verwandeln.

Schorsch lachte. »Ja, das wird's wohl gewesen sein.« »Ernsthaft jetzt«, machte Lovis noch einen Versuch. »Wie erklärst du dir, dass der Samuel steif und fest behauptet, dass er zur Tatzeit mit dem Jörgl einer Kuh beim Kalben geholfen hat, während wir ihn alle vier vom Stoaner Hof auf die Alm haben wandern sehen?«

Schorsch zuckte mit den Schultern. »Bist du sicher, dass es der Samuel war?«

»Glaubst du, ich bin am helllichten Morgen besoffen?«, konterte Lovis. »Wer soll es denn sonst gewesen sein? Am Tag davor hat er den Jungs stundenlang gezeigt, wie das mit dem Goaslschnölln funktioniert. Das war hundertprozentig er.«

»Oder war's vielleicht sein Bruder?«, fragte Schorsch. »Sein Zwillingsbruder?«

Jetzt war Lovis kurz sprachlos. »Er hat einen Zwillingsbruder?« Dann fiel ihm ein, dass schon einmal von Samuels Bruder, der sich mit ihm beim Schafehüten abwechselte, die Rede gewesen war. Nur hatte er dabei natürlich nicht an einen Zwillingsbruder gedacht.

Der Hüttenwirt nickte. »Gabriel. Und der schaut wirklich beinahe gleich aus wie der Samuel. Nur ist er ein bisschen ... sagen wir mal eigenbrötlerischer. Der Samuel ist immer lustig, geht auf alle zu. Der Gabriel ist ... verschlossen, manchmal sogar ein bisschen finster.«

Während Schorsch berichtete, hatte Lovis zu nicken begonnen. »Das würde passen«, sagte er langsam. Der junge Mann, der ihnen am Morgen der Tat begegnet

206

war, war seltsam abweisend gewesen. Lovis konnte sich an die Verwunderung der Jungs erinnern, als ihr vermeintlicher neuer Freund grußlos an ihnen vorbeimarschiert war. Also war ihnen im Wald wahrscheinlich nicht Samuel, sondern sein Bruder begegnet. »Aber warum ist der Samuel damit nicht herausgerückt, als ich ihm auf den Kopf zugesagt habe, dass wir ihn doch gesehen haben?«

»Das kann ich dir vielleicht auch sagen. Gabriel ist mit einem schlimmen Herzfehler zur Welt gekommen und die ersten Jahre waren … sagen wir mal: spannend. Nach der Herzoperation war Gabriel noch lange Zeit schwach und sein Bruder hat die Rolle des Beschützers eingenommen. Ich vermute mal, dass er sie noch immer nicht abgelegt hat.«

»Aber so hat er sich verdächtig gemacht.«

»Das hat er wohl in Kauf genommen.«

»Obwohl er wusste, dass das früher oder später auffliegen musste?« Lovis dachte nach. »Glaubst du, er hat ihn geschützt, weil er seinem Bruder diesen Mord zutraut?«

»Ich hab keine Ahnung, Lovis. Und weißt du was? Ich bin wieder einmal froh, dass ich darüber nicht nachdenken muss, weil ich nur der Hüttenwirt bin und nicht der Privatdetektiv. Der Kaffee kostet eins fünfzig hier auf dem Berg.«

Eine Weile später stand Lovis schnaufend vor Jörgls Hütte. Der Alte saß wie beim letzten Mal auf der Bank davor in der Sonne und schnitzte an seinem Werkstück.

»Jörgl?«

»Lovis?«

»Bist nicht langsam fertig mit dem Buttermodel?«

»Das ist jetzt schon der Dritte, seit du mich das letzte Mal beehrt hast«, erwiderte der Senner.

»Wieso machst du so viele?«

Der Alte lachte. »Meine Tochter verkauft sie im Dezember auf dem Klausner Weihnachtsmarkt. Da braucht sie schon ein paar mehr als nur die drei. Sie sagt, die Leit kaufen sie als Dekoration für ihre Stubenwände.« Er schnaubte verächtlich. Ein Buttermodel war für ihn ein Werkzeug, mit dem man die Butter in eine hübsche Form brachte, keine Wanddekoration. Dass die Leute auf dem Klausner Weihnachtsmarkt, auf dem vor allem Handwerker ihre Ware anboten, seiner Tochter die Dinger aus der Hand rissen, war für ihn unverständlich. »Bist schon wieder wegen dem Samuel da? Ich werd dir halt nix anderes erzählen als das letzte Mal.«

Natürlich hatte er nichts anderes über Samuel zu erzählen als das letzte Mal. Das wusste Lovis auch. Aber über seinen Bruder vielleicht ... »Eigentlich komm ich wegen seinem Bruder, dem Gabriel.«

Der Jörgl sog pfeifend die Luft ein. »Dann bist jetzt endlich auch draufgekommen, was es mit den beiden auf sich hat?«

»Du hättest mir auch vorher schon einen Tipp geben können.«

»Der Samuel hat mich gebeten, nichts zu verraten. Und mir ist es recht. Der Gabriel ist genauso wenig dein Mörder wie der Samuel. Der ist nur ein bissl finsterer, deswegen wirst du ihm schneller einen Mord zutrauen als dem Bruder. Das hat der Samuel gewusst und war froh, dass du's noch nicht rausgfundn hast ...«

So hatte er sich das gedacht. Dass der Samuel in seinem Beschützerverhalten den Alten gebeten hatte, nichts zu erzählen. Und natürlich war der Jörgl genauso von Gabriels Unschuld überzeugt wie von Samuels. Trotzdem musste Lovis mehr wissen. »Das habe ich mir gedacht. Es hätte mir aber Zeit erspart, weißt?«

»Das mag schon sein, nur kenn ich den Samuel und den Gabriel, seit sie kleine Stopsel sind und von dir weiß ich nur, dass du einmal Carabiniere gewesen bist. Und die Carabinieri und ich ... das ist nicht die große Liebe ... Ich halt zu den Buben.« Der Alte stand ächzend auf und brachte den Buttermodel nach drinnen. Lovis hätte Schorsch am liebsten den Hals umgedreht. Das Gerücht, dass er bei den Carabinieri gewesen sei, hielt sich gewiss nur wegen seiner Späße so hartnäckig im Dorf und auf dem Berg. Er war aber nie bei diesem Verein gewesen, sondern bei der Staatspolizei. Das war, wie man so schön sagte, »Äpfl wia Biern« – Äpfel wie Birnen – für die Leute hier heroben. Auf jeden Fall ein Anlass, um ihm ein Grundmisstrauen entgegenzubringen, und sich im Zweifelsfall auf die Seite eines potenziellen Mörders zu stellen. Er erinnerte sich an einen mehrfachen Mörder, der ein paar Jahre zuvor tagelang Verstecken mit der Staatsgewalt gespielt hatte, was ihm nur gelungen war, weil er die Sympathie eines ganzen Dorfes gehabt hatte – im Gegensatz zu den Carabinieri.

Jörgl kam aus der Hütte, mit einem neuen, unbehauenen Holzklotz. »Bist immer noch da?«, fragte er belustigt. »Was willst denn noch wissen von mir?«

»Erzähl mir vom Gabriel«, verlangte Lovis.

Der Alte ließ sich auf seinen Platz fallen, stützte die Arme auf der Tischkante auf und ließ seinen Blick über die Berge schweifen, die jetzt am Vormittag noch von einem leichten Dunstschleier verklärt waren. »Der Gabriel ...«, begann er. Dann fing er an zu schnitzen. Lovis wartete. Geduldig. Wartete noch länger, als dann immer noch nichts kam, platzte ihm der Kragen. »Der Gabriel?«, fragte er und hoffte, den Alten damit wieder in die Gänge zu bringen.

»Jo.«

»Was ja?«

»Jo, das war's«, sagte der Jörgl. »Mehr weiß i net.«

»Bitte?«

Der Alte schnaufte aus, ließ sein Schnitzzeug sinken und meinte: »Schau. Dass der Gabriel dem Samuel sein Bruader ist, weißt du schon. Dass er kein Sonnenschein ist, hast – wett i – auch schon rausgefunden. Mehr gib's net. Sie wechseln sich ab, auf ihrer Alm. An Tog macht der Gabriel, einen der Samuel. Brave Buben. Alle beide.« Die letzten zwei Worte sagte er mit Nachdruck.

Lovis verkniff sich ein frustriertes Stöhnen. »Und?«

»Nix und.« Der Alte ließ sich von Lovis' demonstrativen Frust nicht aus der Ruhe bringen und schabte mit einem Kerbeisen eine immer tiefer werdende Mulde in den Klotz.

Lovis stand auf. »Ja, dann ...«

»Komm gut runter«, sagte der Alte, ohne aufzusehen.

Lovis machte drei Schritte, dann hielt er inne und kehrte noch einmal zurück. »Und welche Schuhnummer hat der Gabriel?«

»Du fragst Sachen«, brummte der Alte.

»Welche?«

»I schau den Leuten nicht auf die Latschen. Frag ihn doch selber.«

»Das werde ich.«

»Kannst gleich machen.« Der Alte deutete mit dem Kerbeisen Richtung Tal. Lovis folgte seinem Blick. Mit großen Schritten kam ein junger Mann hoch, der Samuel aufs Haar glich, nur hatte er dieselbe abweisende Miene aufgesetzt wie damals, am Tag des Mordes. Als er Lovis sah, blieb er stehen und sein Gesicht wurde noch finsterer.

»Welche Schuhnummer du hast, will der Karpf wissen«, rief ihm Jörgl entgegen.

Der junge Mann schnaubte und setzte dann seinen Weg fort. Als er vor den beiden Männern stand, sagte er:»42.«

Lovis sah hinunter auf seine Füße. Ein schneller Vergleich mit seinen eigenen Schuhen ergab, dass sie tatsächlich beide in etwa dieselbe Schuhnummer haben müssten. Gabriel zu verdächtigen, war also eine Sackgasse. Zumindest was den Schuhabdruck beim Stoaner Hof anging. Erst als er den Zwillingsbruder genauer musterte, fiel ihm auf, dass dieser tatsächlich schmächtiger und auch kleiner war als Samuel. Wie hatten sie die beiden verwechseln können?

»Und?«, fragte der Gabriel.

»Wo warst du gestern beim Gewitter?«

»Auf der Alm. Ich war ein bissl verspätet, deswegen ist der Samuel erst spät weggekommen und nass geworden. Aber das weißt selbst, oder?«

Lovis nickte.»Gibt's dafür einen Zeugen?«

Gabriel nickte.

»Wen?«

Der junge Mann zeigte gen Himmel.»Den da oben.«

»Der sagt vor Gericht nicht aus.«

Gabriel zuckte mit den Schultern. »Ich bin allein in der Hütte.«

»Ich übrigens auch«, warf der Jörgl ein.

»Wie bist du zur Thres gestanden?«

»Gar nicht.«

»Wie?«

»Ich weiß nicht einmal sicher, welche von den dreien die Thres war.«

»Warum?«

»Hab nie mit ihnen zu tun gehabt.«

»Aber dein Bruder schon?«

»Der Samuel auch nicht. Außer damals, als er mit dem Fahrrad über den Draht gefallen ist.«

»Da soll's einen ordentlichen Krach gegeben haben zwischen ihm und der Thres«, stellte Lovis lauernd fest.

Gabriel durchschaute ihn. »Ich war nicht dabei.«

»Aber du hast davon gehört?«

»Sie ja auch.« Er ließ sich neben dem Jörgl nieder. »Horch, Jörgl, ich soll enk fragen, ob's enk recht ist, wenn wir anfangen, den Zaun zu flicken. Unten am Sumpf, wo die Balken so morsch sind, dass beim nächsten Wind alles über die Alm fliegt.«

Lovis nahm verwundert zur Kenntnis, dass Gabriel den Alten in der dritten Person ansprach. Das war früher üblich gewesen, wusste er, und in den Dörfern passierte es auch noch manchmal. Trotzdem war ihm noch nie jemand begegnet, der das auch wirklich tat. Etwas beschämt dachte er daran, dass er Jörgl bis jetzt sogar geduzt hatte.

Der setzte soeben seine Schnitzarbeit ab und meinte: »Da sag ich nicht Nein. Danke in Himmel aui und wieder zrugg! I lad euch dafür zu an Muas ein, Buabm.«

Gabriel schlug die Einladung zum Mus lächelnd aus. »Net nötig, Jörgl.« Dann sah er Lovis an. »War's das?« Nein, wollte Lovis sagen. Nein, das war es noch lange nicht. Ich bohre dir jetzt so lang Löcher in den Bauch mit meinen Fragen, bis du dich in deinem Netz aus Lügen verfängst und ich die Wahrheit aus dir herauskriege. Doch er nickte. »Nur eine Sache: Hast du bei der Polizei ausgesagt?«

Gabriel schüttelte den Kopf.

»Dann werde ich meinem Freund, dem Ispettore Scatolin, berichten, dass sie da jemanden übersehen haben?«

Der junge Mann schnitt eine Grimasse, die so viel bedeutete wie: Tu, was du nicht lassen kannst, und meinte: »Ich hab nichts zu verbergen.«

Dann hättest du auch schon vorher in die Gänge kommen können, dachte Lovis bei sich. Laut sagte er: »Ich werd jetzt gehen. Ihr wisst nicht, wo ich den Waldner jetzt am ehesten find?«

»Warum? Willst jetzt ihm den Mord anhängen?«, fragte der Jörgl.

Lovis antwortete nicht darauf. »Wo?«

»Im Wald«, war die wenig zufriedenstellende Antwort und Lovis wusste, dass er sich hier keine Freunde gemacht hatte.

Bevor er den Wald nach dem Förster absuchte, setzte er sich noch auf eine Bank, die neben einem Marterle, einem Wegkreuz stand, und zog sein Notizbuch heraus.

Er strich *Samuels Schuhnummer kontrollieren* aus und schrieb dafür *Samuel hat Schuhnummer 44* auf seine Liste, das hatten ja die Jungs von ihm erfragt. Ebenso löschte

er *fragen, warum er lügt* und *Jörgl Alibi bestätigen*. Stattdessen schrieb er

> Gabriel hat Schulgröße 42. Mörder?

Er drehte den Bleistift zwischen den Fingern. Waren
der Mörder und derjenige, der nachts um den Stoaner
Hof schlich, zwei verschiedene Personen? Hatte Gabriel
Thres umgebracht und sein Bruder schlich ums Haus,
um die beiden Frauen zu belauschen? Um zu hören, ob
sie einen Verdacht hatten? Steckten die beiden jungen
Männer unter einer Decke? Samuel hatte seinen Bruder
geschützt – mit dem Risiko, dass er selbst unter Verdacht
geriet. Wie weit ging sein Beschützerinstinkt? Machte
er auch nicht davor halt, einen Mörder zu schützen?
Lovis seufzte.

> Was weiß Samuel?

schrieb er in sein Notizbuch und dann:

> Unfall von Heinz – Zufall oder Mordversuch?
> Ziel: Heinz oder Nandl?

Der Fall machte ihm wirklich Kopfzerbrechen. Niemand
der Almleute hatte ein Motiv. Obwohl der Buschfunk
auch auf der Alm prächtig funktionierte, hatte niemand
auch nur angedeutet, dass Gabriel und Thres miteinander in Clinch lagen. Gabriel hatte angegeben, dass er
nicht einmal mit Sicherheit sagen konnte, welche der
drei Stoanergitschn die Thres war. Hier stimmte etwas

nicht und Lovis hatte das Gefühl, dass er in seinem Innersten auch schon wusste, was. Aber er konnte den zündenden Gedanken nicht fassen.

Er beschloss, die beiden Brüder einmal in seinen Ermittlungen außen vor zu lassen und sich auf Waldner und sein Verhältnis zu der Thres zu konzentrieren. Und dazu musste er in den Wald, und zwar in den, der sich ab der Waldgrenze bis nach Sankt Andrä hinunter ausbreitete ... Na bravo, dachte er sich. Das wäre dann die berühmte Nadel im Heuhaufen ... Trotzdem machte er sich an den Abstieg. »Aufgebm werd lei a Briaf«, hatte sein Onkel Sebastian ihm immer wieder gepredigt. Aufgegeben wird nur ein Brief. Daran wollte er sich halten. Zumindest, bis ihn die Verzweiflung ob der unlösbaren Aufgabe übermannte ...

Lovis streifte ziellos zwischen den Kiefern umher. Mal war er auf Wildwechseln unterwegs, mal schlug er sich quer durch den Wald, der nach Harz und feuchtem Moos duftete. Dass seine Augen dabei unablässig den Boden nach den kleinen gelben Kappen der Pfifferlinge absuchten, passierte automatisch. Bald hatte er die Taschen seiner Lederjacke voll mit seinen Lieblingspilzen, das Sammelfieber nahm überhand und der ursprüngliche Grund, warum er überhaupt durch den Wald streifte, trat mehr und mehr in den Hintergrund. Und dann machte er plötzlich auf einer kleinen Lichtung einen überwältigenden Fund: Ein Teppich aus Pfifferlingen breitete sich zwischen den Wurzeln aus, die wie ein Geflecht über den heidekrautüberwachsenen Boden liefen. Es war sein Glückstag. Lovis verfluchte sich selbst dafür, dass er es versäumt hatte, einen Stoffbeutel mitzunehmen. Er zog seine Jacke aus, dann folgte das T-Shirt, das er unten so verknotete, dass eine Art Beutel entstand, und begann, die Stelle abzuernten. Er pulte Pilz um Pilz aus dem Boden, bis … ihn eine Stimme aus seinem Rauschzustand riss.

»Da ist er ja, der Pilzräuber.«

Lovis fuhr ertappt herum. Es war Waldner.

»Der Privatdetektiv!«

»Nein, ich …« Mit weichen Knien stand er auf. Im Kopf überschlug er seine Taten und kam zu dem Schluss, dass er sich nichts hatte zuschulden kommen lassen. »Heut ist ein grader Tag.«

»Hast recht«, sagte Waldner.

»Mehr als zwei Kilo sind das auch nicht«, sagte Lovis und hob prüfend seinen improvisierten Beutel. Als Einheimischer durfte er ja bis zu zwei Kilo Pilze an einem Tag sammeln.

»Geringfügig mehr, würd ich sagen.« Der Förster deutete auf seine Jackentasche, aus der ein paar Pilzkappen hervorlugten.

Lovis fühlte augenblicklich seine Wangen heiß werden. »Du hast recht. Ich war … Es hat mich überkommen.«

Waldner nickte.

»Die Jungs sind irgendwo in der Nähe. Wir sind zu viert.«

»Ich weiß, wo die sind«, sagte der Förster. »Und keiner von denen ist vierzehn. Also zählen sie nicht.«

»Und jetzt?« Lovis wusste, was jetzt kommen musste. Eine Strafe zwischen 30 und 160 Euro. Dazu würde der Förster ihm alle Pilze wegnehmen. Der Förster musterte ihn schweigend. Irgendwann sagte er: »Ich drück ein Auge zu. Diesmal.« Lovis atmete erst erleichtert auf, dann sah er Waldner doch zerknirscht an. »Wenn ich dir sag, dass ich eigentlich auf der Suche nach dir war, und vor allem warum, wirst das Auge wieder aufdrücken.« Der Förster blickte ihn skeptisch an. »Werd ich das?« Lovis nickte unbehaglich. »Und ich könnt's dir nicht einmal verdenken.«

»Na dann, rück raus mit der Sprache. Vielleicht komm ich ja heute zu einem guten Mittagessen.«

Lovis ahnte, dass Waldner nicht mehr nach Scherzen zumute sein würde, wenn er seine Fragen erst gestellt hatte, aber es nutzte alles nichts. Er musste, wenn er Klarheit in seine Ermittlungen bringen wollte. »Die Leute sagen, du hast ein Verhältnis mit der Thres gehabt.«

Die Fältchen um die Augen des Försters vertieften sich. »Sagen das die Leute?«

Lovis zuckte entschuldigend mit den Schultern. »Stimmt's denn nicht?«

»Glaubst du mir denn, wenn ich sag, dass es nicht stimmt?«

»Ich weiß bald nicht mehr, was ich glauben soll.«

Waldner nickte. »Ja, in deiner Haut möcht ich nicht stecken.« Er holte einen Flachmann aus seiner Brusttasche, nahm einen Schluck, dann bot er Lovis die Flasche entgegen, der dankend ablehnte. »Die Thres war vierzig? Schätzungsweise? Alt genug, um sich ausrechnen zu können, dass ein alter Seckl wie ich ihr nicht mehr viel bieten kann, oder?«

»Das ist es eben«, gab Lovis leise zu. »Vielleicht hast du was von ihr wollen und sie hat dich abgewiesen und dann ...«

»... hab ich sie im Zorn erschlagen?« Waldner nickte. »Das klingt vernünftig.« Er nahm noch einen Schluck. »Ich wollt, es wär so«, sagte er leise. »Nicht, dass ich gern ihr Mörder wär. Aber ich wollt, ich könnt mich in andere Frauen verlieben. Ich versuch's sogar. Die Buben sind groß, irgendwann ziehen sie aus und ich bleib allein zurück. Ich hätt gern wen an meiner Seite. Aber es geht nicht. Kaum lern ich eine Frau kennen, vergleich ich sie mit meiner Katharina. Und, was soll ich sagen ... Keine kommt an sie heran, verstehst? Keine hat so ein schönes Lachen wie sie, keine hat so einen warmen Blick ... Keine bringt auch nur irgendwie mein Herz dazu, ein bisschen schneller zu schlagen. Nein. Ich brauch keine Frau mehr. Auch die Thres war für mich nicht mehr als die Stoaner Bäuerin.« Er blickte Lovis an. »Abgesehen davon hat es der Ehe zwischen ihr und dem Much an nichts gefehlt. Und ich find's ein bissl schäbig, dass ihr da jetzt ein Seitensprung angedichtet wird.«

Lovis nickte. Was der Förster da erzählt hatte, berührte ihn. Er dachte an Angelika. Seit er sie auf dem Messner Hof wiedergesehen hatte, war ihm gar nicht in den Sinn gekommen, eine andere Frau anzusehen.

Die Burgi, sagte das Teufelchen auf seiner Schulter, die Burgi hast du angesehen. Doch er verwehrte sich sofort dagegen. Das stimmte nicht. Er hatte gern geschäkert mit ihr, hatte sich auch wichtig gefühlt in der Rolle des Beschützers, aber mehr war da nicht gewesen, denn sein Herz gehörte Angelika. »Ich seh, du verstehst mich«, stellte Waldner fest, der ihn aufmerksam beobachtet hatte. »Gut. Meine Schuhnummer ist übrigens 44.« Er zwinkerte Lovis zu. »Auf der Alm heißt es, du sammelst Schuhnummern.«

»Damit hast du dich wieder ganz nach oben auf der Verdächtigenliste katapultiert«, seufzte Lovis. »Was ist los auf der Alm? Seit wann hat jeder so große Latschen?«

»Warum brauchst du denn die Schuhnummer von allen?«

»Gestern ist einer um den Stoaner Hof geschlichen. Die Burgi und ihre Schwester haben das irgendwie gemerkt und mich gerufen. Aber alles, was wir gefunden haben, waren Schuhabdrücke. Riesenlatschen, ich schätze Größe 44.«

Waldner lachte freudlos auf. »Da bin ich ja froh, dass ich zumindest nicht der Einzige bin, was ich da heraushör. Der Walsche da drüben hat auch solche Riesenlatschen.«

»Botta?«

»Heißt er so?«

Lovis nickte. »Er war mein Vorgesetzter bei der Staatspolizei.«

»Und jetzt marodiert er im Wald?«

»Ich mag ihn auch nicht, aber ich glaub nicht, dass er der Pilzräuber ist. Im Gegenteil: Jemand hat versucht, ihm die Hütte abzufackeln.«

Waldner sog geräuschvoll die Luft ein. »Das könnt ins Auge gehen hier heroben.«

Lovis wusste, was er meinte. Die Feuerwehr brauchte wie jedes andere Auto eine gute halbe Stunde, um überhaupt auf die Alm zu kommen. Wenn die Löschwagen oben waren, mussten sie weit fahren, um wieder Wasser fassen zu können. Ein Brand hier oben konnte verheerende Auswirkungen haben. »Zum Glück hat er's früh genug bemerkt und das Feuer löschen können. Aber du hast recht: Dem Kerl muss langsam das Handwerk gelegt werden.«

Lovis' Telefon schuhute, der Klingelton, den ihm die Jungs installiert hatten, als er es im Zuge der Ermittlungen zu seinem ersten Fall als Privatdetektiv gekauft hatte. Er hatte damals den Auftrag gehabt, einem Uhu-Vandalen auf die Schliche zu kommen. Nur gut, dass sie beim zweiten Fall dann nicht ein Pferdewiehern als Rufton installiert hatten, dachte er. Das wäre um einiges auffälliger gewesen. Er zog das Ding heraus, warf einen Blick auf das Display. »Ja, Matthias?«

»Bergfeuer an Big Boss. Wir haben den Pilzdieb.«

»Wie jetzt? Echt?« Lovis staunte nicht schlecht.

»Na ja, nicht wirklich, aber wir haben ihn im Visier«, meldete sich Iwan zu Wort. »Ist besser, du kommst dazu.«

»Wo seid ihr? Los! Schnappen wir ihn uns endlich, diesen Pilzräuber!«

Es folgte eine kurze Beschreibung, doch Förster Waldner war schon vorausgeeilt. »Ich weiß, wo die Jungs sind. Los komm, Lovis. Endlich kriegen wir den Kerl.« Er stürmte voraus, dass Lovis Mühe hatte, ihm zu folgen. Erst quer durch den Wald, dann durch die Latschenkiefern, bis sich die baumlose Fläche der Alm vor ihnen öffnete und sie die Jungs erblickten.

Als sie die Begleitung von Lovis erkannten, tauschten sie verlegene Blicke.

»Was ist los, Buben«, fragte der Förster. »Habt's was ausgefressen, dass ihr ausschaut, als würd ich euch gleich abführen?«

»Nein«, sagte Iwan. Er warf Lovis einen hilfesuchenden Blick zu, doch der verstand nicht, was das Problem war.

»Habt ihr den Laggl jetzt entlarvt oder nicht?«, fragte er. Iwan, Matthias und Erik wechselten wieder einen Blick. Schließlich wagte es Iwan. »Am besten, du schaust selbst.« Er hielt Lovis das alte Fernglas von Onkel Sebastian hin, das sie in der Hütte gefunden hatten, und deutete in die Richtung der Hütte von Botta. Der schien grad ausgeflogen zu sein. Sein blitzender Wagen fehlte, alle Fensterläden waren verschlossen. Dafür sprang wie ein Rumpelstilzchen ein junger Mann auf seinem Grundstück herum, mit laufender Motorsäge. Das wütende Summen des Dings nahm Lovis erst jetzt wahr. Der junge Mann näherte sich einer Latschenkiefer, die in Hüttennähe stand, und kappte einen ihrer Äste, ein zweiter folgte. Dann wechselte er seine Position und machte sich über eine kleine Birke her. In mehreren Schnitten sägte er ihr erst ihren Kopf ab, dann folgte scheibchenweise der Stamm. Fassungslos über die zerstörerische Wut hatte Lovis bis jetzt nur beobachtet, was der Kerl da unten anstellte. Jetzt riss ihn ein Stöhnen des Försters aus seinen Gedanken. »Das ist doch …«

Die Jungs nickten bedrückt.

Und da erkannte Lovis, um wen es sich bei dem Zerstörer handelte: Es war Vinzenz, der Sohn des Försters. »Heiliger …«, entfuhr es ihm. »Waldner, das ist ja …«

»Dir werd ich's geben!«, startete der da schon durch. Er ließ Lovis und die Jungs stehen, wo sie waren, und sprang über den grasbewachsenen Abhang hinunter wie eine junge Gams.

»Der Vinzenz kann einem fast ein bissl leidtun«, sagte Erik.

Doch Iwan schüttelte bestimmt den Kopf. »Was der alles angestellt hat! Da ist eine Gardinenpredigt das Beste, was ihm passieren kann.«

»Ich versteh immer noch nicht, warum er das getan hat«, meinte Matthias. »Nur weil er Walsch ...«, mit einem Seitenblick zu Lovis verbesserte er sich schnell: »Nur weil er Italiener nicht mag?«

Genau das wird der Grund sein, dachte Lovis. Dieser blinde Hass auf die Italiener, die vermeintlichen Unterdrücker des *Heiligen Landes Tirol*, den die Ewiggestrigen mit pathetischen Parolen immer weiter schürten. Der sie nicht sehen ließ, dass eben diese Italiener mittlerweile in der dritten, vierten Generation hier lebten, längst Teil der Bevölkerung waren und das Land genauso liebten wie die deutschsprachigen Südtiroler.

»Das wäre ganz schön blöd«, stellte Iwan fest.

Lovis nickte. »Das ist ganz schön blöd«, entgegnete er. »Und wenn ihr wollt, dass sich solche Vorkommnisse nicht wiederholen, wäre es ein guter Anfang, die Italiener Italiener zu nennen und nicht Walsche.«

»Ja, Herr Lehrer.« Iwan grinste ihn frech an. Aber Lovis wusste, dass er den Rat beherzigen würde.

Als sie Lovis' Hütte erreichten, kam Rauch aus dem Kamin. Er und die Jungs wechselten fragende Blicke. War Angelika doch schon auf der Alm? Das Rätsel war aber schnell gelöst. Denn hinter dem Herd stand Burgi und strahlte ihnen entgegen. Sie steckte in einer geblümten Kleiderschürze und ihre roten Wangen vervollkommneten das Klischee der Bergbauerngitsch aus der Südtirolwerbung.

»Ihr kommt's gerade richtig«, sagte sie. »Deckt ihr auf?«

»Was gibt's denn?«, fragte Matthias und beantwortete seine Frage gleich selbst: »Oh, Schupfnudeln. Burgi, du bist die Beste! Ich liebe Schupfnudeln.«

Burgi lächelte zufrieden.

Während die Jungs Teller und Besteck auf den Tisch stellten, beobachtete Lovis, wie Burgi mit der Pfanne hantierte und die länglichen Nocken aus Kartoffelteig in der Luft wendete, damit sie möglichst regelmäßig mit Semmelbröseln bedeckt wurden. Es duftete nach Zimt und heißem Fett und sein Magen begann in Vorfreude zu knurren.

Kaum stand die Pfanne auf dem Tisch, luden sich die Jungs Berge der Schupfnudeln auf die Teller, dazu Marillenmarmelade, und machten sich begeistert darüber her. Lovis wollte es ihnen gleichtun, da läutete sein Telefon. Angelika.

»Du wolltest mich abholen«, erinnerte sie ihn. »Ich wäre jetzt gleich am Parkplatz.«

»Jetzt schon?«

Angelika lachte. »Soll ich wieder ins Tal fahren? Ich hab mir gedacht, ich komme früh genug, um euch was zum Mittagessen zu kochen. Bevor du die Jungs wieder mit Melchamuas plagst. Ich hab Knödel dabei.«

Iwan, der neben Lovis saß und daher die Unterhaltung mitbekommen hatte, schnitt eine Grimasse, die so viel bedeutete wie: Jetzt gibt's Ärger.

»Wir …«, begann Lovis und wollte ihr grad erklären, dass bereits für ihr Mittagessen gesorgt war, da sagte Burgi laut:»Komm, Lollo, telefonieren kannst danach. Jetzt iss einmal deine Schupfnudeln. Sonst werden sie noch kalt.«

»Die Burgi«, stellte Angelika fest.

Obwohl er weder Burgi gesagt hatte, sie solle für ihn kochen, noch irgendetwas Verwerfliches getan hatte, fühlte Lovis das schlechte Gewissen in sich hochkriechen. »Ich bin gleich bei dir«, sagte er. Dann legte er auf. »Die Angelika ist beim Parkplatz abzuholen. Wir sind gleich wieder bei euch. Behaltet uns ein paar Schupfnudeln auf, bitte.«

»Die hat dich fest in der Hand, die Angelika«, stellte Burgi fest. »Dass du dir das gefallen lässt, Lollo.«

Lovis schüttelte den Kopf.»Die Angelika ist schon in Ordnung. Und ich war es, der ihr angeboten hat, sie abzuholen. Daher …« Er stand auf.»Bin gleich wieder zurück.«

Sie lehnte an der Schranke, die verhindern sollte, dass faule Wanderer der Straße weiter folgten, und sah ihm kühl entgegen. Sie selbst trug wieder eins ihrer unvermeidlichen Pferdeshirts.

LIEBER HOCH ZU ROSS ALS TIEF UNTEN IN DER ERDE

stand darauf. Ihr Gesicht hatte sie mit einem viel zu pinken Lippenstift verschandelt, der zu der Farbe ihrer Jeans passte. Im Haar hatte sie eine paillettenbesetzte Sonnenbrille. Lovis hoffte, dass sie nicht ihren Kleidungsstil geändert hatte, sondern bereits im Kostüm für das Krimidinner steckte. Sie hatte darin ja die Rolle als reiche Tussi inne, die in dem Bergdorf ihren Urlaub gebucht hatte. Lovis schluckte. Wieso hatte er, verdammt noch einmal, ein schlechtes Gewissen? Er hatte nichts getan. Gar nichts. Er hatte Burgi nicht einmal eingeladen. Sie war einfach so aufgetaucht. Trotzdem kam er sich wie ein Verbrecher vor. Nichts anmerken lassen, dachte er. Tun, als wäre alles okay. Ist es auch. Du hast dir nichts zuschulden kommen lassen. Also chill, Lovis.

Er zwang sich ein Lächeln ins Gesicht, brachte den Wagen vor der Schranke zum Stehen und kurbelte das Fenster herunter. »Hoi, Angelika, machst du die Schranke auf?«

Er hielt ihr immer noch lächelnd den Schlüssel hin. Sie antwortete nicht, nahm ihm aber den Schlüssel ab, entsperrte das Vorhängeschloss und stemmte die Schranke hoch.

»Wo hast du das Auto?«

Sie deutete in die hinterste Ecke des Parkplatzes. Ein Wunder, dass sie noch einen Platz gekriegt hatte. Samstags war das keine Selbstverständlichkeit. Obwohl die meisten Wanderer mit der Seilbahn bis Kreuztal fuhren und von dort ihre Wanderung begannen, war der Parkplatz vor allem am Wochenende immer gut gefüllt. Lovis nickte und lenkte seinen Kübel dorthin, wo Angelikas Wagen stand. Ein uralter Ypsilon 10 in Weinrot, den Lovis bis zu diesem Tag nicht gesehen hatte. Normalerweise war sie nur mit ihrer Vespa unterwegs, die Paul wenig liebevoll »Schrottlaube« nannte.

»Könnte der Bruder von meinem Kübel sein«, sagte er grinsend.

Sie zog nur eine Augenbraue hoch, öffnete den Kofferraum und wuchtete eine Kiste heraus, in der vor allem Gemüse war. Wortlos stellte sie die Kiste Lovis vor die Füße, um sich gleich wieder in den Kofferraum zu beugen und zwei volle Plastiktüten herauszuholen. Der Duft von Brot stieg Lovis in die Nase und von ... er schnüffelte ... in Knoblauch mariniertem Fleisch. »Hmmm«, sagte er. »Das riecht gut. Hoffentlich haben die Ösis wenig Hunger. Ich werd jedenfalls ordentlich zuschlagen.«

Sie stellte die Plastiktüten in den Kofferraum des VW Golf und ging wieder zu ihrem Wagen hinüber. Auf der Rückbank standen zwei Kisten Bier und mehrere Flaschen Cola. Sie wartete, bis Lovis die Bierkisten gepackt hatte, dann stellte sie die Süßgetränke auf den Boden, sperrte ihren Wagen ab und verfrachtete ihre Ladung in Lovis' Auto.

»Hast du alles?«, fragte Lovis.

Ohne das Wort an ihn zu richten, ging sie zur Schranke, blieb auffordernd daneben stehen und wartete, bis Lovis sie passiert hatte. Danach warf sie ihm den Schlüssel durchs offene Autofenster und stapfte los.

Lovis wurde bange. Dass sie gar nicht mit ihm sprach, war noch nie passiert. Nicht einmal damals, als er sie des Mordes an Carlo Cavagna verdächtigt hatte. Er machte noch einen Versuch: »Angelika, sei doch nicht so. Steig ein. Bitte.«

Sie stapfte weiter.

Lovis versuchte, den Wagen neben ihr zu halten, doch aufwärts, noch dazu auf dem buckeligen Weg, war das gar nicht so einfach. »Angelika!«

Sie ignorierte ihn. Langsam regte sich auch bei Lovis ein Groll. Wenn sie nicht mit ihm auf die Alm fahren wollte, sollte sie es eben lassen. Das sollte zu schaffen sein. Die anderen Wanderer mussten schließlich auch alle zu Fuß hoch. Er machte einen letzten Anlauf:»Angelika. Ich kann das nicht auf Dauer durchziehen. Das packt mein Kübel nicht. Also steig ein oder geh zu Fuß.« Statt einer Antwort lenkte sie ihre Schritte nach rechts auf einen Fußpfad, der eine Abkürzung durch den Wald war und erst weiter oben wieder die Forststraße kreuzte.»Angelika!« Doch sie drehte sich nicht mehr um.»Dann eben nicht«, knurrte er und drückte das Gaspedal durch, dass die Steinchen auf der Forststraße durch die Gegend spritzten. Dann sollte sie eben zu Fuß auf die Alm wandern. Sterben würde sie nicht daran und vielleicht kühlte ihr Zorn bis dahin ab. Seiner jedenfalls nicht. Während er den alten Golf die Almstraße hoch und gnadenlos in jedes Schlagloch hineinjagte, schimpfte er vor sich hin:»Da lasse ich wegen ihr die Schupfnudeln stehen. Und was ist der Dank? Eine kalte Schulter. Und das wegen nichts. Aber ich bin ja der Lovis, auf den kann man ja draufhauen.« Er fand das alles ganz schön ungerecht. Erst Scatolin, dann Angelika. Fehlte nur noch, dass die Jungs ihn mit Nichtbeachtung straften.

Das taten sie nicht, aber auf der Alm wartete eine weitere unverdiente Strafe auf ihn: Die Schupfnudeln waren bis auf das letzte Stück aufgegessen.

»Tja, Lollo«, flötete Burgi.»So geht's, wenn man vom Essen aufsteht. Kalt wären sie eh nicht mehr so gut.«

Lovis war da anderer Meinung. Aber jetzt war das Kind schon in den Brunnen gefallen. Er würde schon etwas anderes zum Essen finden. Nur eines musste er noch loswerden:»Burgi, kannst du mir einen Gefallen tun?«

»Alles was du willst, Lollo«, kam es zurück.

Lovis hoffte, dass er sich den verliebten Augenaufschlag nur einbildete. Er räusperte sich.»Zuerst einmal: Bitte nenne mich nicht Lollo. Alle anderen sagen Lovis zu mir oder Lorenz.«

»Ich bin nicht alle anderen, Lollo«, sagte Burgi und zwinkerte ihm verführerisch zu.

Lovis war es eigentlich egal, wer ihn wie nannte, aber er vermutete, dass Angelikas Zorn nicht wenig damit zu tun hatte, dass Burgi ihn Lollo nannte. Er wusste nicht, wie er der jungen Frau erklären sollte, dass dieser Spitzname Angelika vorbehalten war.

Während er noch nach Worten suchte, sprang ihm Iwan bei.»Lollo darf nur Angelika zu ihm sagen, Burgi.«

»Wenn die hört, dass du ihn auch so nennst, ist sie ihm sicher zwider«, ergänzte Matthias.

»Sie hat's eh schon gehört«, mischte sich nun auch Erik ins Gespräch.»Vorhin beim Essen. Warum meint ihr denn, dass sie nicht mit dem Lovis auf die Alm gekommen ist?«

»Wie? Ist sie wieder ins Tal runtergefahren?«, fragte Matthias bestürzt.»Ich denk, heute ist dieses Krimidinner?«

Lovis hob beschwichtigend die Hände.»Sie wollt nur zu Fuß gehen«, gab er ihnen Bescheid. Auch wenn sie mit ihrer Vermutung richtiglagen, dass Angelika zornig auf ihn war.»Aber die Buben haben recht, Burgi. Die Angelika ist meine Freundin und sie ist …« Er suchte wieder nach den richtigen Worten, und diesmal war es Burgi, die ihm half:»Eifersüchtig?«Sie zog die Augenbrauen hoch. »Weißt, Lollo, Eifersucht ist ein anderes Wort für mangelndes Vertrauen. Was ist das für eine Freundin, wenn sie dir nicht vertraut?«

»Wer sagt, dass sie das nicht tut?«, fragte Lovis zurück. Doch ihre Frage hatte sich wie ein kleiner Stachel in sein Hirn gebohrt. »Jedenfalls tut es ihr weh, wenn du mich Lollo nennst – hast du übrigens gerade wieder – und ich bitte dich, mich Lorenz zu nennen.«

»Alles klar, Herr Kommissar«, sagte Burgi. »Und nachdem ich verstanden habe, dass die eifersüchtige Frau jetzt im Anmarsch ist, verzupf ich mich. Es kommt eh gleich meine Schwester und scheißt sich allein auf dem Hof in die Hosen.« Sie wandte sich zum Gehen, kam aber nach ein paar Schritten noch einmal zurück. »Nur eine Frage, Lollo.« Er schnaufte entnervt durch, doch sie ignorierte seine Ablehnung. »Wenn heut wieder einer ums Haus schleicht: Darf ich dich dann anrufen oder mach ich ihm die Tür auf und zeig ihm, wo die Axt steht?«

»Geh, Burgi«, sagte er.

»Also gilt dein Angebot nur, wenn deine Angebetete nicht da ist. Alles klar. Dann hoffen wir mal, dass du ihn gestern in die Flucht geschlagen hast.« Sie wandte sich wieder zum Gehen, da hielt er sie am Arm zurück.

»Burgi, natürlich komm ich runter, solltet ihr wieder etwas Seltsames bemerken. Ruf an, wenn was ist.«

Burgi sah ihm prüfend in die Augen. Dann nickte sie und brach auf.

Etwas später trat Angelika auf die Wiese. Lovis sah zu, wie sie stehen blieb und sich nach den Aferer Geislern umsah, die jetzt in der Nachmittagssonne hell leuchteten.

Sie bückte sich nach einem Büschel Alpenrosen, pflückte ein paar Stängel, dann setzte sie ihren Weg fort.

»Wo machen wir das Krimidinner?«, fragte sie, als sie vor der Hütte stand.

Lovis wunderte sich darüber, dass sie so tat, als sei alles in Ordnung, aber vielleicht hielt sie auch die Anwesenheit der drei Jungs davon ab, sich weiter zu echauffieren. Er beschloss, auf den leichten Ton einzugehen. »Wenn die Sonne untergeht, ist es draußen schnell kalt«, sagte er. »Ich würd sagen, wir bleiben in der Stube.«

Angelika nickte. »Und die Jungs? Kann sein, dass es etwas später wird. Wenn wir drinsitzen, sind wir sicher zu laut und sie können nicht schlafen.«

»Wir machen ein Lagerfeuer«, erklärte ihr Matthias. »Mit Stockbrot und Marshmallows und ...«

»... und nichts mehr«, vervollständigte Iwan den Satz.

Lovis hatte das Gefühl, dass da etwas im Busch war, doch das konnte er später auch noch herausfinden. Wichtiger war, dass Angelika sich unterstützt fühlte. »Was kann ich tun?«

Sie warf ihm einen schnellen Blick zu. »Dein Kostüm anziehen«, sagte sie und warf ihm eine Tüte mit alten Klamotten zu.

Er erkannte zuerst die fadenscheinige Lodenhose seines Onkels, nebst Hosenträgern und kariertem Hemd und darunter Sebastians geliebten Sarner, eine traditionelle Südtiroler Jacke aus Schafswolle. Kratzig und schwer, aber ein Kleidungsstück, das gegen Wind und Wetter schützte. Wortlos schlüpfte er in das Hemd. Als der Geruch seines Onkels ihm in die Nase stieg, wurden seine Augen feucht. Er vermisste ihn immer noch schreck-

lich. Die Kleider waren ihm zu weit. Dann zog er den
Sarner über und seine Arme begannen sofort zu jucken.
»Muss ich den Sarner …?«

»Du bist der Eremit vom Berg und der ist so ange-
zogen«, unterbrach sie ihn kurz angebunden. »Die Hose
auch.«

Er gehorchte ohne Widerspruch. Dann stellte er sich
vor das offene Fenster und betrachtete sein Spiegelbild.
»Ich sehe lächerlich aus.«

»Das ist der Sinn so eines Krimidinners. Und jetzt
kannst du die Tomaten schneiden.«

Lovis wusste, wann es keinen Zweck hatte, zu dis-
kutieren und fügte sich in sein Schicksal. Seine Gäste
würde er danach vermutlich nie mehr wiedersehen. Also
war es egal, wenn er sich zum Affen machte. »Wie willst
du die Tomaten?«

»Würfel«, sagte sie kurz. »Es gibt Bruschette.«

»Hmmmm«, machte er bewundernd. Sofort spürte
er, wie ihn der Hunger zwickte. Doch er sagte nichts
und machte sich schweigend ans Werk.

Während er die Tomaten kleinwürfelte, holte Angelika
die mitgebrachten Schnitzel aus der Marinade, schnitt
Gemüse auf und setzte eine Gerstensuppe an. Lovis
überlegte, ob nun umgekehrt er ein bisschen Eifersucht
an den Tag legen sollte, weil sie die österreichischen
Gäste so liebevoll bekochte, doch er hielt sich zurück.
Von dem Essen würde auch er etwas haben. Als er die
Tomaten aufgeschnitten hatte, kamen Zucchini dran, wäh-
renddessen schnitt sie einen jungen Steinpilz, den er
am Tag zuvor gefunden hatte, in hauchfeine, beinahe
durchsichtige Scheiben und marinierte auch diese mit
Salz, Pfeffer und Olivenöl.

»Steinpilzcarpaccio«, erklärte sie auf seinen bewundernden Blick hin. »War nicht geplant, aber wenn du schon so einen perfekten Pilz gefunden hast ...«

Lovis' Herz klopfte, als sie nun endlich das Wort an ihn richtete und das auch noch mit so was wie einem Lob, doch er sagte nichts.

»Wann kommt Scatolin?«, fragte sie und zerstörte sein Hochgefühl mit einem Satz.

»Er ...«, begann Lovis. Dann unterbrach er sich selbst, atmete durch, legte das Messer ab und sah Angelika an. »Ich weiß nicht, ob er kommt.«

Angelika zog ihre Augenbrauen zusammen.

»Ich hab ihn eingeladen«, erklärte er sofort weiter. »Aber ...«

»Aber der Ispettore verübelt ihm einen Streich, den wir ihm gespielt haben«, half ihm Iwan und Lovis war ihm dankbar für das »Wir«.

Iwan fuhr fort: »Wir haben ihm gesagt, dass wir einen Verdächtigen haben und dann war's sein Chef.« Er kicherte, doch als er Lovis' Blick sah, erstarb sein Lachen.

»Du hast was?« Angelika sah ihn kurz an, dann schüttelte sie den Kopf. »Du lässt wirklich kein Fettnäpfchen aus, oder?«

»Ich hab erst danach verstanden, wie bescheuert das war«, gestand Lovis ihr ein. »Und da war's zu spät.«

Angelika verdrehte die Augen. »Ich weiß wirklich nicht, was ich mit dir anfangen soll, Lo...vis.«

Er schluckte. Dass sie sich nun weigerte, ihn weiter bei dem Namen zu nennen, der ihr gehörte, tat weh. Doch wieder schwieg er. »Jetzt ist's schon passiert.«

Sie zog die Augenbrauen hoch und schnippelte gekochte Kartoffeln in dünne Scheiben. »Und wer ist jetzt unser neunter Mann?«

»Samuel!«, rief Matthias.

»Der wird mir grad den Arsch retten«, sagte Lovis resigniert. Der junge Mann würde nach seinen Verdächtigungen sicher nicht gut auf ihn zu sprechen sein. Noch dazu war er ein Freund von Vinzenz. Ein Grund mehr, sauer auf den Privatdetektiv zu sein. Lovis seufzte. »Aber der Samuel geht grad draußen vorbei – ich frag ihn einfach!«, rief Matthias, zwängte sich hinter der Bank heraus und stürmte ins Freie, wo er den jungen Mann lauthals und mit Begeisterung begrüßte. Die anderen beiden Jungs folgten ihm.

Angelika arbeitete ungerührt weiter und strafte Lovis mit Nichtbeachtung.

»Angelika«, machte er einen zaghaften Versuch. »Wann bist du mir denn wieder gut?«

Sie schnaubte.

»Ich hab wirklich nix mit der Burgi am Hut und ich kann auch nichts dafür, dass sie ständig hier aufkreuzt. Doch, eigentlich schon, weil ich ihr ja angeboten hab, dass sie mich anrufen kann, wenn ihr irgendwas seltsam vorkommt. Aber ihre Schwester ist ermordet worden, da kann man doch ein bisschen Hilfe anbieten, ohne dass …«

Lovis verstummte. »Ich …«, hab dich gern, wollte er sagen. Aber nachdem sein letztes Liebesgeständnis so ein Misserfolg gewesen war, verstummte er mitten im Satz.

Angelika unterbrach ihre Arbeit und sah ihn an, als warte sie darauf, dass da noch etwas kam. Als er stumm blieb, nahm sie die nächste Kartoffel auf und schnippelte weiter. »Besorg mir den neunten Mann«, sagte sie nur.

Dann nahm sie die Schüssel mit den Kartoffelscheiben und wanderte damit zu der kleinen Anrichte neben dem Holzherd.

Lovis verstand den Rauswurf. Geknickt stand er auf und verließ die Hütte. Draußen schäkerte Samuel mit den drei Jungs herum. Als Lovis auf ihn zutrat, verschwand die unbeschwerte Fröhlichkeit aus seinem Gesicht.»Lovis.«

»Samuel.« Lovis vergrub seine Hände in den Hosentaschen.»Ich wollt mich entschuldigen.«

Der junge Mann nickte.»Mich hat noch nie jemand für einen Mörder gehalten«, sagte er.

»Ich kenne das Gefühl nur zu gut.«

»Trotzdem hast du so getan, als hätt ich die Thres umgebracht.«

»Ich hab alle auf meiner Liste, die mit ihr Streit gehabt haben«, versuchte Lovis, sich zu verteidigen.

»Und? Hat mein Bruder mit ihr Streit gehabt?«

»Sag du es mir.«

»Erklär du mir, warum du erst mich verdächtigt hast, und jetzt meinen Bruder.«

»Weil du ihn geschützt hast.« Lovis sah Samuel gerade ins Gesicht.»Dein Bruder ist uns im Wald begegnet. Uns allen vieren. Als ich dich gefragt hab, was du um die Zeit im Wald gemacht hast, hast du geleugnet, unten gewesen zu sein.«

»Was auch gestimmt hat«, warf Samuel ein.

»Ja, aber du hättest ahnen müssen, dass wir dich mit deinem Bruder verwechselt haben.«

»Ich wollte ihn einfach nicht mit reinziehen. Immer wenn ein Unglück passiert, trifft es ihn, verstehst du?«, sagte Samuel.

»Ich verstehe«, sagte Lovis. »Ich würd's gern wiedergutmachen, Samuel. Darf ich dich einladen? Wir spielen heut ein Krimidinner mit meinen Gästen und der neunte Mann fehlt uns noch. Angelika kocht grad was Leckeres und ...«

Samuel lachte hellauf. »Ich hab mir flüstern lassen, dass das weniger mit einer Wiedergutmachung zu tun hat, als dass euch ein Mitspieler abgesprungen ist.« Er zwinkerte den Jungs zu. »Aber ich rette dir gern die Haut, Lovis. Wann steigt denn die Fete?«

Lovis sah auf die Uhr. Es war fast drei. »In drei Stunden.«

Samuel nickte. »Dann machen wir das so«, sagte er. »Ich bleib gleich da und zeig den Buben noch einmal, wie das mit dem Goaslschnölln geht. Und weißt was? Am Abend kommt auch der Gabriel auf die Alm. Den bestell ich gleich her. Dann kannst selber sehen, dass der kein Mörder ist.« Ohne seine Antwort abzuwarten, zog Samuel sein Mobiltelefon aus der Hosentasche und wählte die Nummer seines Bruders. In kurzen Worten erklärte er ihm, wo er zu finden war und ob er später nicht kurz vorbeikommen wollte. Dann legte er auf. Samuel schien sich sehr zu freuen, beim Krimidinner mitmachen zu dürfen. »Des werd a Hetz« – Das wird ein Spaß!, sagte er. »Sowolla, Buabm. »Wo hob es die Goasl?«, fragte er die Jungs, und die Jungs stürmten hinter die Hütte, wo sie die Peitsche verstaut hatten.

»Oida, was für a Aussicht!«, schwärmte Lisa, die Blondhaarige der Österreicherinnen, und betrachtete begeistert das Panorama. Die Gruppe stammte aus Wien, wo ein derartiger Bergblick fremd war. Lisa steckte in einem pinkfarbenen Dirndl, das grad und grad ihren Po bedeckte. Auch wenn er ihren Aufzug mehr als lächerlich fand, musste Lovis ihr recht geben. Die Aferer Geisler wurden von der Nachmittagssonne in ein goldenes Licht getaucht. Das Villnößer Tal dahinter lag im Dunkeln, denn dort braute sich gerade wieder ein Unwetter zusammen. Der Kontrast zwischen den hellen Dolomiten und dem Gewitterhimmel sah großartig aus.

»Wart, ich mach ein Foto von dir«, sagte sofort der dazugehörige junge Mann. Kev hatten ihn die anderen genannt. Wahrscheinlich hieß er Kevin und schämte sich für seinen Namen. Seine Priestersoutane trug er jedoch mit Würde und Lovis fragte sich, ob der Kerl mit Priestergewand angereist war oder ob Angelika ihm dieses Kostüm besorgt hatte. Er sah zu ihr hinüber und wurde mit einer auffordernden Geste bedacht. Sofort besann er sich auf seine Pflichten als Gastgeber. »Mögt ihr ein Foto zusammen?« Er lächelte ihnen freundlich zu.

Lisa und Kevin nahmen das Angebot dankend an und platzierten sich mit ihrem besten Fotolächeln vor den Geislern. Lovis knipste. Er machte drei Bilder im Hochformat, drei im Querformat. Dann meinte er:»Vielleicht auch eins, wo ihr alle sechs drauf seid? So eine klare Luft hat man hier oben nicht alle Tage.«

Sofort machten die anderen vier einen Sprung nach vorn neben ihre beiden Freunde und stellten sich zum Foto auf. Lovis machte ein Bild, auf dem sie alle waren, dann bat die Rothaarige in Männerkleidung, Babsi hieß sie, eines zu machen, auf dem sie alle in die Luft sprangen. Nach jedem Versuch wurde das Ergebnis begutachtet und es brauchte ein paar Anläufe, bis Lovis ein Bild zustande gebracht hatte, das alle zufriedenstellte. Langsam verstand er den Witz des Grödner Fotografen, der sogar in einen Hit des Liedermachers Markus Doggi Dorfmann gefunden hatte. *»Ancora un pochettino indietro«*, sang er leise vor sich hin. Noch ein Stückchen zurück, noch ein Stückchen zurück ...

»Heast, könnt ma noch eines mit dir zusammen machen, Lovis?«, holte ihn da der Partner dieser Babsi aus seinen Gedanken zurück. Seine markante Brille stand im Kontrast mit der bäuerlichen Kleidung, die Angelika ihm verpasst hatte. Derbe Bergschuhe, ein Südtiroler würde Knoschpm dazu sagen, eine Knickerbockerhose und ein kariertes Hemd. »Ein Bild mit dem Bauer.«

Pff, Bauer! Lovis verkniff sich ein Knurren. Da er sich aber vorgenommen hatte, Angelika heute Abend nicht noch weiter zu verstimmen, setzte er wieder sein Lächeln auf. »Gern. Machst du das Bild, Angelika?«

»Nein, auch mit der Bäuerin«, sagte der Kerl mit der markanten Brille – hieß er Olli? – und grinste breit. »Kommst mit aufs Bild?«

Die Angesprochene nickte lächelnd und wischte sich ihre Hände an den Hosen ab. »Das Bild krieg ich dann aber auch.«

»Aber natürlich, gnä Frau«, sagte Olli.

»Und wer fotografiert?«, fragte Lovis erneut. Schließlich machte sich das Foto nicht von selbst.

»Das Fräulein.« Olli zeigte auf Burgi, die gerade mit strammen Schritten die Wiese hochmarschierte, wahrscheinlich auf dem Weg zu den Kühen auf der Weide, und winkte ihr enthusiastisch entgegen. Angelika schnaubte. »Dann geh ich lieber weiterkochen.«

»Und ich helfe ihr«, sagte Lovis schnell. Er hatte keine Lust, dass der schwelende Konflikt zwischen Angelika und ihm neu befeuert wurde. »Nein, nein! Es muss ja nicht sein. Hab ich vorhin nicht ein paar Burschen gesehen? Die werden doch sicher auch imstand sein, auf den Auslöser zu drücken, oder?« Olli sah sich suchend um.

»Hinter der Hütte«, sagte Lovis. »Ich hole sie schnell.« Das kam ihm gerade recht, denn Burgi hatte sie beinahe erreicht und er hatte keine Lust darauf, dass sie vor allen mit ihm herumscherzte. Fehlte noch, dass die anderen ebenfalls einen Flirt hinter seiner Beziehung zu ihr vermuteten oder dass Angelika endgültig explodierte. Damit verschwand er.

Die Jungs waren hinter der Hütte auf dem ebenen Flecken und ließen die Peitsche tanzen. Grade war Iwan dran und er konnte es schon recht gut. Immer wieder entlockte er der Goasl ein sattes Schnalzen, das von den anderen mit bewundernden Oh!- und Ah!-Lauten quittiert wurde.

»Langsam kriegen sie den Dreh raus«, sagte Samuel.

Lovis nickte. »Sie haben wohl einen guten Lehrer gehabt.«

»Als Nächstes bringt er uns bei, auf zwei Fingern zu pfeifen«, sagte Matthias begeistert. »So!« Er steckte Zeige- und Mittelfinger in seinen Mund und stieß ruckartig die Luft aus. Mehr als ein müdes Pusten war nicht zu hören. Matthias kicherte und wedelte vor seinem

Gesicht herum. Wahrscheinlich war ihm schon schwindelig von dem Pfeifversuch. »Mach du, Samu!«, verlangte er.

Samuel lachte ebenfalls. Dann steckte er Zeige- und Mittelfinger in den Mund und ließ einen gellenden Pfiff hören.

Lovis fuhr sich ans Ohr. »Der Wahnsinn«, sagte er bewundernd. »Bei der Lehrstunde bin ich dabei.«

»Der Samu kann auf allen Fingern pfeifen«, erklärte Matthias. »Zeig mal.«

Doch er hatte kein Glück. Samuel schnitt eine Grimasse. »Jetzt ist die Zirkusvorstellung vorbei, junger Mann.«

An Lovis gewandt fragte er: »Die Ösis sind da? Geht's dann jetzt los? Ich hab nämlich einen Bärenhunger.«

»Zuerst einmal müssen wir ein Foto machen und ich wollt dich fragen, ob du das für uns erledigst. Und warten wir mit dem Essen nicht auf deinen Bruder?«

»Damit der mir das ganze gute Futter wegfrisst?« Samuels Begeisterung hielt sich in Grenzen. Aber er folgte Lovis brav vor die Hütte zu den Gästen, wohlgemerkt den Weg östlich davon, denn Burgi würde die Hütte auf der Westseite umrunden, um weiter zu ihrer Rinderherde zu gelangen.

»Oh, ein großer Bub«, zwitscherte die dritte Frau, die sich als Sina vorgestellt hatte. Sinéad O'Connor, hatte Lovis sie in Gedanken getauft, weil ihre Haare so kurz waren, dass sie beinahe glatzköpfig wirkte. Das sah zu dem giftgrünen Dirndl, das sie trug, recht seltsam aus. Ihr Partner hieß Kalle und hatte dafür Haare, die ihm bis auf die Hüften reichten. Lange braungoldene Locken, um die ihn wohl jede Frau beneidete. Dazu eine Lodenjoppe und einen Filzhut. Er war aus Berlin, so viel hatte Lovis den Gesprächen zwischen seinen Gästen bereits entnommen und kriegte das vor allem von Olli auch immer zu hören, indem er ihn »Piefke« nannte.

Ihr Partner schoss Sina einen genervten Blick zu, Samuel errötete. »Wo wollt ihr das Foto haben?« Automatisch verfiel er in das Pseudo-Hochdeutsch, das die Südtiroler im Umgang mit Touristen verwendeten.

»Vor den ur-schönen Bergen da«, antwortete ihm Sina mit keckem Augenaufschlag, doch dann wandte sie sich ihrem Partner zu, umarmte ihn und fragte ihn mit verlockender Stimme: »Geh ma da aufe? Morgen?«

»Besser auf den Peitler«, antwortete Samuel. »Und auch nicht morgen. Ist wieder Gewitterwarnung.«

»Ach, das Wetter tobt sich doch sicher heute schon aus.«

Samuel schüttelte den Kopf. »Da tobt sich gar nix aus.«

Jetzt hatte auch Lovis das Gefühl, sich einmischen zu müssen. Zu viele Unfälle passierten, weil die Touristen die Wetterlage im Gebirge falsch einschätzten. »Hört auf den Wetterbericht. Wenn Gewitterwarnung ist, heißt es früh auf den Berg und früh wieder runter.«

»Ach, der Wetterbericht!« Sina machte eine wegwerfende Handbewegung.

Lovis wechselte einen Blick mit Angelika, die jetzt aus der Hütte getreten war. Sie hatte die letzten Worte gehört und nickte ihm zu. Sie würde die Österreicher am morgigen Tag nicht aus dem Haus lassen. »Krimidinner kann starten«, sagte sie. »Wir beginnen mit einem Aperitif.« Sie ging in die Hütte und kam mit einem

Holzbrett heraus, auf dem ein kleines Einweckglas für jeden stand. Darin perlte eine rosafarbene Flüssigkeit. Lovis nahm sich ein Glas und roch daran. Es war Sekt, aber es roch nach Apfel.

Die Gäste schnupperten ebenfalls.

»Apfelsaft?«, fragte Kev.

»Minze…«, riet Lisa schwärmerisch.»… und Holler?«

»Das ist der Sappl«, sagte Angelika.»Wenn ihr brav seid, kriegt ihr das Rezept mit nach Hause.«

Die Gäste waren brav. Sie prosteten sich gegenseitig zu, dann stellten sie sich lachend vor den Aferer Geislern auf und hielten die Gläser hoch, dass die Strahlen der Abendsonne darin funkelten. Ein Bild für die Südtirolwerbung, dachte Lovis und beeilte sich, es ihnen gleichzutun. Samuel knipste und knipste.

Endlich klatschte Angelika in die Hände.»So, genug mit den Fotos. Jetzt fangen wir mit dem Krimidinner an. Das ist deine Rolle, Kev.« Damit händigte sie Kevin tatsächlich eine Papierrolle aus, die mit einem rotweiß karierten Stoffband zusammengebunden war. Der Reihe nach erhielt jeder eine solche Rolle. Nur für Lovis hatte sich Angelika die Mühe gespart. Er bekam ein schnödes Blatt Papier, auf dem seine Charakterbeschreibung stand.

Neugierig las er, welche Rolle sie ihm zugedacht hatte. Er war Hias, der Einsiedler, der in einer Hütte auf dem Berg hauste, und zwar allerhand beobachtet hatte, aber mit niemandem in Beziehung zu stehen schien. Das sollte ich hinkriegen, dachte er. Wortkarg war er auch, ohne dass ihm jemand das in die Rolle schrieb. Sein Blick fiel auf Kalle, der einen Schmuggler spielte, den besten Freund des Mordopfers und damit sowieso schon verdächtig. Aber Hias, der Einsiedler, hatte Kalle mit der Verlobten des Toten gesehen. »Der Fall ist klar«, sagte Lovis an ihn gerichtet. »Du bist der Mörder.«

»He, he, he«, sagte Kalle. »Immer langsam mit den jungen Pferden. Das ist ein Krimidinner. Der Fall wird zum Schluss aufgelöst.«

»Wenn wir ihn gleich auflösen, können wir uns besser aufs Essen konzentrieren«, sagte Lovis. »Also: Du hast diesen geheimnisvollen Rudi umgebracht. Fall gelöst, oder?«

Hilflos sah Kalle zu Angelika, die belustigt den Kopf schüttelte. »Lovis, wie alt bist du eigentlich? Glaubt ihm nichts. Wenn er seine eigenen Fälle so schnell lösen würde, wäre er Millionär. So. Bevor es die Gerstensuppe gibt, stellt sich mal jeder vor. In der Rolle natürlich. Ich mach gleich den Anfang.«

»Wart einen Augenblick«, unterbrach sie Samuel. »Da kommt der Gabriel.«

Alle Gesichter wandten sich dem Waldrand zu, aus dem gerade Samuels Zwillingsbruder trat. »Arg. Wie aus dem Gesicht geschnitten – und sehr fesch«, flüsterte Sina beeindruckt. »Da fahr ich um die halbe Welt auf der Suche nach dem perfekten Mann, und hier, auf der Alm, gibt's ihn gleich zweimal.«

Kalle räusperte sich missbilligend neben ihr.

»Ja eh, mein Bussibärli. Besser als du ist keiner.«

Der grantige Gesichtsausdruck auf dem Gesicht des Berliners verstärkte sich.

Inzwischen hatte Gabriel die Hütte erreicht. »Hoi«, grüßte er mürrisch in die Runde und wandte sich an seinen Bruder: »Hol ich die Schafe von der Weide oder hast du schon?«

»Mach du«, sagte Samuel.

Gabriel nickte. »Du findst mich dann beim Schorsch.« Damit wandte er sich um und stapfte weiter den Berg hoch.

»Ein richtiger Sonnenschein«, stellte Kalle fest. Dann grinste er in die Runde. »Darf ich mich vorstellen? Ich bin der Vinzenz und Schmuggler. Das ist mein dunkles Geheimnis, aber von euch weiß das eh jeder. Der Rudi war mein bester Freund und ich betrauere seinen Tod zutiefst.«

»Dafür schaust aber recht lustig durch die Gegend«, stellte Lovis fest und warf seinem Berliner Gast einen misstrauischen Blick zu.

»Ja, Lustig ist mein zweiter Vorname. Und wer bist du?«

Lovis knurrte. Dann ging ihm auf, dass das auch noch zu seiner bescheuerten Rolle passte und er grantelte noch mehr. »Der Hias. Und ich leb allein auf dem Berg und wenn ich Menschen seh, krieg ich die Grausbiern.«

Die Österreicher lachten und einer nach dem anderen stellte sich in seiner Rolle vor. Lovis hörte nur mit halbem Ohr zu. Er kriegte noch mit, dass die rotlockige Babsi eine Männerrolle hatte und übertrieben männlich erklärte, dass sie Magnus heiße und der Tote ihr Bruder gewesen sei. Daraufhin folgte ein verliebtes Turteln mit ihrem Olli, der erklärte, bisher ungeahnte Gefühle für einen Mann entwickelt zu haben. Lovis wurde es zu blöd. »Er war der Mörder«, wiederholte er und zeigte auf Kalle.

»Nein, war er nicht«, verteidigte Sina ihren Freund.

»Ah, und das weißt du, weil …?« Lovis sah sie herausfordernd an.

243

»Weil ich weiß, wo er war.«

Lovis schnaufte entnervt durch. »Und zwar?« Sie wechselte einen Blick mit Samuel, der ihr frech zuzwinkerte und damit erreichte, dass Kalle besitzergreifend seinen Arm um ihre Schultern legte. Angelika schob ihren Arm unter seinem durch. »Das werden wir alles noch herausfinden. Nach der Gerstensuppe.« Sie dirigierte die Gäste und Lovis in die Hütte, wo für das Krimidinner aufgedeckt war.

Die Jungs, die bis dahin zusammengestanden und grinsend beobachtet hatten, was die Erwachsenen für ein Schauspiel aufführten, warfen sich verschwörerische Blicke zu. »Wir machen dann hinter der Hütte ein Feuer«, sagte Iwan.

Lovis reckte den Daumen hoch. So war es abgemacht gewesen. »Der Teig für euer Stockbrot ist in dem Jogurteimer in der Küche und die Marshmallows sind …«

»Wissen wir«, unterbrach ihn Iwan und tauschte wieder einen Blick mit den anderen beiden. »Mahlzeit.«

»Viel Spaß!« Lovis dachte bei sich, dass er viel lieber mit den Jungs um das Feuer sitzen würde, als sich da vor seinen Gästen als der Einsiedler vom Berg zum Affen zu machen. Wer dachte sich so etwas aus wie Krimidinner? Gestelltes, unauthentisches Herumkaspern war das. Er war doch kein Schauspieler. Und was sollte das mit den Schmugglern? Die Heimatfilmromantik der Fünfziger war offensichtlich immer noch nicht totzukriegen. Er seufzte, sandte den Jungs, die in dem Moment um die Ecke verschwanden, einen sehnsüchtigen Blick nach und folgte dann dem ungeduldigen Ruf von Angelika in die Hütte.

Das Krimidinner bestand aus einer Gerstensuppe, danach gab es gegrilltes Schnitzel vom einheimischen Schwein, wie Angelika betonte, dazu Gemüse und Bruschette und einen Rotwein aus Lovis' Keller, einen Zweigelt, den er immer im Austausch für seinen Kerner von einem Weingut in Elvas bezog. Irgendwann zog Burgi mit den Kühen an der Hütte vorbei, nachdem sie Lovis' Kühe zu ihrem Unterstand gebracht hatte. Das Glockengebimmel riss die Wiener kurz aus ihrer Begeisterung für das Rollenspiel und sie rannten nach draußen, um »ein Foto mit Kuh«, wie Lisa es ausdrückte, zu ergattern. Dann ertönte wieder Burgis Kommandoton, mit dem sie die Rinder zum Gehen anspornte, und das Gebimmel wurde leiser, bis es schließlich ganz verstummte.

»So romantisch«, schwärmte Lisa und kuschelte sich an ihren Kev. »In der Früh mit Kuhgeläute aufstehen, am Abend von den Kühen in den Schlaf geläutet werden, das wär leiwand …«

»… und tagsüber ihnen über die ganze Alm nachlaufen«, ergänzte Sina trocken. »Mir wär a Musik aus dem Radiowecker lieber.«

»Ja, du.« Lisa schmollte, wurde aber von ihrem Kev mit einem Küsschen gnädiger gestimmt.

Wie von selbst flog Lovis' Blick zu Angelika. Bist mir immer noch böse, dachte er bei sich. Als hätte sie seine Gedanken gehört, sah auch sie hoch. Ein Stirnrunzeln, ihr Blick flatterte zur Seite und ihre Wangen überzogen sich mit einem leichten Rosaton. Lovis atmete innerlich erleichtert auf. Ihr Groll hatte sich gelegt. Sie wollte es ihm nur noch nicht zeigen, ihn noch ein bisschen zappeln lassen. Gut, damit konnte er leben. Er nahm die Weinflasche und schenkte ihr nach. Obwohl sie ihn nicht mehr ansah, konnte er deutlich ein feines Lächeln erkennen, das sich in ihre Mundwinkel stahl.

Draußen legte sich langsam die Dämmerung über den Berg und der Wein funkelte in den Gläsern, die viel zu edel waren für die Alm.

Angelika hatte sich selbst übertroffen, doch die Gäste kriegten kaum etwas mit von dem herrlichen Mahl. Sie diskutierten eifrig, streuten Gerüchte, verdächtigten sich gegenseitig, den fiktiven Mord ausgeübt zu haben, und verteidigten sich hitzig. Lovis saß dazwischen und wunderte sich darüber, dass jemand so viel Energie in ein solches Spiel legen konnte. Ihm selbst fehlte sie jedenfalls. Zudem war es heiß und stickig in dem kleinen Raum und er hatte das Gefühl, nicht genug Sauerstoff zu bekommen. »Hat jemand was dagegen, wenn ich ein bisschen lüfte?«

Keiner ließ sich von dem Spiel ablenken. Lovis interpretierte das als Genehmigung, für etwas Frischluft zu sorgen, und er stand auf, um die Tür zu öffnen. Draußen war es inzwischen fast dunkel geworden. Er dachte noch immer ein bisschen neidisch an die Jungs, die jetzt mit ihrem Stockbrot um das Feuerchen saßen, wahrscheinlich tiefsinnige Gespräche führten und den Abend genossen. Lovis sah zu den Österreichern, die weiter in aufgeregte Diskussionen vertieft waren. Hier würde ihn niemand vermissen. Schließlich war er ein Einsiedler. Seine Informationen – nämlich, dass er gesehen hatte, dass der Jäger, der von Olli verkörpert wurde, dem Mordopfer am Tatmorgen nachgeschlichen war – hatte er angebracht. Ebenso sein Wissen, dass der Schmuggler und beste Freund des Mordopfers, Vinzenz, der von Kalle verkörpert wurde, etwas mit der Verlobten des Toten gehabt hatte.

»Ich hol mir mal eine Nase voll Sauerstoff«, sagte er. Als keine Reaktion kam, trat er ins Freie und sog die reine Almluft ein. Eine Wohltat nach der Zeit in dem stickigen Raum. Hinter der Hütte hörte er Lachen. Die Jungs schienen sich zu amüsieren. Vielleicht hatten sie noch ein bisschen Stockbrot übrig. Lovis beschloss, sich ihnen anzuschließen. In der Hütte würden sie auch ohne ihn Spaß haben. Er umrundete die Hütte und das Lachen seiner drei Assistenten wurde lauter. Als er sie erreicht hatte, wusste er warum. Erik stand schwankend auf zwei Beinen und lallte in einem fort »Der Peitler dreht sich« vor sich hin, Matthias kugelte sich lachend im Gras und Iwan hielt wie ein Verdurstender das Fässchen Craftbier aus Arthurs Brauerei über den Mund. Mit drei großen Schritten hatte Lovis ihn erreicht. Er riss dem Halbwüchsigen das Fässchen aus der Hand. Es war leer. Die Jungs hatten fünf Liter Bier getrunken und waren, wie es aussah, sternhagelvoll.

»Spinnts ihr, oder was?«, fragte er entgeistert.

Als Antwort kam nur ein dreistimmiges Kichern. Erik verlor das Gleichgewicht und fiel wie ein nasser Mehlsack zwischen seine Freunde, was diese wieder mit Giggeln quittierten.

»Was denkt ihr euch dabei, ihr Pflaumen?«

»Gar nix«, kam es undeutlich von Iwan. »Denken … geht … grad nich.« Wieder wurde er von Lachen geschüttelt und die anderen zwei fielen mit ein.

»Euch werd ich helfen«, knurrte Lovis. Da stahlen ihm diese Kerle einfach das Bier aus dem Kofferraum und ließen sich volllaufen! Er packte Iwan unsanft am Arm und zog ihn hoch.

»He!«, machte der und versuchte, sich loszureißen.
Doch Lovis blieb unerbittlich. Halb trug, halb stützte
er den Jungen zu der Pferdetränke – einem ausgehöhl-
ten Baumstamm, in den ständig frisches Wasser plät-
scherte. Dann tauchte er den Kopf des Jungen hinein.
»Schau, dass du ausnüchterst, und zwar bevor uns
Angelika auf die Schliche kommt!«
Iwan tauchte prustend wieder auf. »He!«, beschwerte
er sich, aber bereits deutlich klarer. »Was soll das?«
»Sufftherapie«, sagte Lovis. »Geh rein und trockne
dir die Haare. Ich bearbeite die anderen zwei Helden.«
Kopfschüttelnd sah er in deren Richtung. »Was euch
nur immer einfällt.«
Er wollte sich eben daran machen, Matthias in
die Pferdetränke zu verfrachten, da tauchte hinter
der Hütte Angelika auf. »Lollo, wir warten auf dich.
Der Vinzenz hat da etwas ...« Ihr Blick fiel auf die
beiden giggelnden Gestalten am Feuer und sie verstand die Situation sofort. »Was zum ...« Sie stürzte
auf Matthias zu und kniete sich zu ihm ins Gras. »Ihr
habt gesoffen?«
Matthias kicherte.
»Wo habt ihr den Stoff her?« Ihr Blick fiel auf das
Fässchen und wieder kombinierte sie haarscharf. »Du?«
Anklagend sah sie Lovis an, packte das Fässchen und
warf es in seine Richtung. »Du füllst die Jungs ab?«
»Nein, das war nicht ...«
»Weißt du, wie besorgt ihre Mütter waren? Wie un-
sicher? Die drei Jungs mit dir allein auf die Alm zu
schicken? Und ich hab ihnen beteuert, wie verantwor-
tungsbewusst du bist und wie sehr du drauf achten
wirst, dass sie keinen Unsinn machen. Und jetzt füllst

du sie eigenhändig mit Bier ab? Was soll das sein? Eine Mutprobe?«

»Sie haben …«, machte Lovis einen erneuten Versuch. Doch wieder ließ sie ihn nicht zu Wort kommen. »Ich hätte es wissen müssen! Auf Männer kann man sich einfach nicht verlassen!«

Inzwischen waren auch die Gäste hinter der Hütte aufgetaucht.

»Jö schau, die sind ja blunznfett«, stockbetrunken, lachte Olli. »Burschen, ihr hättet's uns ruhig auch dazu einladen können.«

»Nicht genug für alle …«, kam es ziemlich verwaschen von Erik.

Die Männer lachten. Ihre Frauen dagegen schienen das ähnlich wie Angelika zu sehen. »Ihr seid's wohl net ganz sauber im Kopf. Die sind sicher noch nicht mal vierzehn«, sagte Babsi vorwurfsvoll.

Und Sina machte weiter: »Einsperren sollt ma den, der ihnen den Alkohol gegeben hat.«

Es donnerte leise.

Angelika warf Lovis einen Blick zu, der so viel hieß wie: »Da hast du's!«

Ihm selbst wurde langsam unbehaglich. »Sie haben mir das Bier gestohlen«, sagte er. Und diesmal schaffte er es endlich, den ganzen Satz herauszubringen.

»Stimmt. Genau.« Matthias nickte. »Gestohlen.«

»Sei auch noch stolz drauf«, fuhr ihn Angelika an. »Und du müsstest wissen, dass Alkohol außer Reichweite von Kindern aufbewahrt werden muss, Lollo.«

»Hab ich ja«, versuchte er sich zu verteidigen.

»Sind keine Kinder«, erklärte Erik und wechselte ein High-Five mit Samuel, der schmunzelnd daneben stand.

»Na, erwachsen seid ihr eindeutig auch noch nicht!«
Angelika wollte soeben wieder mit ihren Belehrungen
fortfahren, da klingelte Lovis' Telefon.

Er holte es aus seiner Gesäßtasche, warf einen Blick
auf das Display und einen weiteren Richtung Angelika,
die ärgerlich schnaubte. »Was will sie?«

Angelika hatte mit blinder Treffsicherheit erraten,
wer am anderen Ende der Leitung darauf wartete, von
ihm gehört zu werden. Lovis wunderte sich nicht weiter über ihre hellseherischen Fähigkeiten, sondern nahm
den Anruf entgegen. »Ja, Burgi?«

Hysterisches Schluchzen drang ihm ins Ohr, sodass
er das Telefon auf Abstand hielt. Er warf einen entschuldigenden Blick in die Runde und trabte los. »Was ist
passiert, Burgi?«

Weiter lautes Schluchzen, dazwischen Wörter, die
Lovis in keinen Zusammenhang bringen konnte. Dann
eines, das er verstand: »... tot!«

»Wer ist tot, Burgi? Wer?« Er schrie die Frage beinahe
in sein Telefon. »Burgi?«

»Na..., Na... Axt« Wieder brachte sie nur abgehackte
Schluchzer heraus, doch Lovis brauchte keine weiteren
Erklärungen. Etwas Schreckliches war passiert.

»Bleib, wo du bist! Sperr die Tür zu. Und dann gehst
du in dein Zimmer und sperrst das auch zu. Und schieb
den Schrank vor die Tür. Mach erst auf, wenn ich dich
anruf. Ich komme zu dir. Inzwischen ruf die Polizei
an. Burgi, schaffst du das?« Schluchzen. »Lass sein.
Ich mach das.« Inzwischen stand er vor seinem Golf
und klopfte seine Hosentaschen nach dem Autoschlüs-
sel ab. Ein verhaltener Donner rollte von den Geislern
auf sie zu. Schwoll an.

»Was ist passiert?«, wollte Angelika wissen, die ihm gefolgt war.

»Wenn ich richtig verstanden habe, ist die Nandl jetzt auch tot.«

»Ermordet?«

Auch Lovis vermutete das Schlimmste, doch er antwortete:»Keine Ahnung. Die Burgi bringt keinen graden Satz raus.«

»Ich komme mit.«

Lovis sah sie erschrocken an.»Nein, Angelika. Du bleibst da. Wer weiß, ob der Mörder noch unten herumschleicht.«

»Genau aus dem Grund will ich dich ja nicht alleine zum Stoaner Hof lassen.« Angelika blitzte ihn wütend an. Doch diesmal entstand ihre Wut aus der Sorge um ihn, wusste Lovis und mitten in diesem ganzen Chaos fühlte er Erleichterung in sich aufsteigen.

Das Telefon läutete wieder und Lovis nahm panisch ab. Aus dem Schluchzen war hysterisches Schreien geworden.»Bleib dran, Burgi«, brüllte er ins Telefon.»Bleib dran. Ich bin auf dem Weg.«

Er schob Angelika beiseite und warf sich auf den Fahrersitz seines Kübels. Kaum steckte der Schlüssel im Zündschloss, ging die Beifahrertür auf und Angelika saß neben ihm. Gleich darauf schoben sich Olli, Kalle und Kev auf die Rückbank, während die anderen Frauen, Samuel und die Jungs ihnen erschrocken von der Hütte her zusahen.»Wir kommen auch mit«, sagten sie.

»Ihr könnt nicht …«, machte Lovis einen Versuch.

Doch Kalle legte ihm von hinten seine feingliedrigen Finger auf die Schulter.»Fahr los, alter Hias. Ich kann Krav Maga.«

»Ich boxe«, sagte Kev.

Lovis sah über die Schulter zu Olli in der Erwartung, dass auch er irgendeine Superkraft aus dem Ärmel zauberte, doch der zuckte mit den Schultern. »Ich schau gut aus. Und jetzt fahr los.«

Das tat Lovis. Er legte den Rückwärtsgang ein, ließ die Reifen seines Golfs im Gras durchschleifen, dass sicher auf Jahre eine Narbe darin zu sehen sein würde, und lenkte ihn auf die Almstraße.

Wieder lag der Stoaner Hof im gespenstischen Licht der Autoscheinwerfer. Keine Menschenseele war zu sehen. Hinter dem Fenster, das zu Burgis Zimmer gehörte, erkannte Lovis einen schwachen Lichtschein. Auch durch die Ritzen zwischen den Fensterläden der Küche fiel Licht.

»Niemand da«, stellte Kev fest.

Kalle sah sich unbehaglich um. »Kann man so nicht sagen. Man sieht ja nichts.«

Lovis wechselte einen Blick mit Angelika. »Burgi, hörst du mich?«

Burgi, deren Schluchzen sie den ganzen Weg über im Ohr gehabt hatten, brachte ein undeutliches »Ja« heraus.

»Wir sind vor dem Hof. Traust du dich raus?«

Ein zustimmendes Grunzen kam aus dem Hörer, man hörte das Schieben von schweren Möbeln, dann das Poltern ihrer Füße auf den Holzstiegen, dann öffnete

sich die Eingangstür zum Stoaner Hof. In der Zwischenzeit war Lovis aus dem Wagen ausgestiegen.

»Lollo«, schrie Burgi und rannte über den Hof auf
ihn zu, als wären tausend Teufel hinter ihr her. Sie flog
ihm um den Hals und drückte sich an ihn. Wieder begann sie haltlos zu schluchzen.

Lovis tätschelte ihr hilflos den Rücken. Die Beifahrertür fiel ins Schloss, doch er schaffte es kaum hinzu-
sehen, so sehr hatte Burgi ihn in ihrem Griff. »Burgi,
lass die Männer nachschauen, was passiert ist«, sagte
Angelika ruhig neben ihr. Behutsam löste sie die Arme
der jungen Frau um Lovis' Hals, dann führte sie sie zum
Wagen, wo inzwischen Kalle und Kev ihre Plätze auf
der Rückbank geräumt hatten. »Olli? Bleibst du bei ihr?«,
fragte Angelika.

Olli nickte und klopfte auf den freien Platz neben
sich. Angelika half Burgi, die immer noch völlig außer
sich war, sich neben dem Österreicher niederzulassen.
Dann beugte sie sich hinunter und sagte: »Und jetzt
erzählst dem Olli, was passiert ist. Lass alles raus.«

Ihr Krankenschwesternton beruhigte auch Lovis. Er
nickte Kalle und Kev zu und zusammen betraten sie
das Haus. Der unverkennbar metallische Geruch von
Blut empfing sie gleich im Flur. Kalle würgte und rannte
wieder hinaus.

»Weichei«, sagte Kev und sah ihm nach. Doch Lovis
erkannte, dass auch er sich nicht wohl in seiner Haut
fühlte. Trotzdem setzten sie ihren Weg fort, bis sie in
der Küche waren. Kaum hatten sie die Tür geöffnet,
verabschiedete sich auch Kev mit einer entschuldigenden Grimasse. Auf dem Boden lag Nandl. In einer großen Lache Blut. Eine klaffende Wunde im Schädel.

Lovis fühlte Übelkeit in sich hochsteigen. Er wollte raus, weg von diesem Gestank und diesem schrecklichen Bild, das sich ihm bis in alle Ewigkeit einprägen würde. Da wurde er zur Seite geschoben. »Angelika, was …« Er wollte sie zurückhalten, ihr den Anblick ersparen, die Albträume, die sie unweigerlich haben würde.

Doch Angelika ließ sich nicht abhalten. In wenigen Schritten war sie bei der am Boden liegenden Frau, legte ihr die Finger an den Hals, dann die Hand auf den Bauch.

»Lebt sie?«

» Nein. Und ich fürchte, das Baby im Bauch auch nicht mehr.«

Lovis fühlte, wie es ihm den Hals zuschnürte. Trotzdem zog er das Telefon heraus, wählte die Notrufnummer und gab in knappen Worten die Informationen weiter, die er hatte. Dann wählte er die Nummer von Scatolin. Wieder erhielt er nur die Auskunft, dass die Nummer im Moment nicht erreichbar sei. Du sturer Bock, schimpfte er Scatolin in Gedanken. Dann wählte er die offizielle Nummer der Staatspolizei. Zusammen mit dem Notruf würde zwar auch die Polizei informiert, aber Lovis wollte, dass Scatolin heraufkam und sich das ansah.

»*Polizia di stato*« – Staatspolizei, meldete sich eine Frauenstimme.

Lovis erkannte Sabrinas Stimme sofort und atmete erleichtert aus. »Sabrina!« Schnell berichtete er ihr, was passiert war und warum es wichtig war, dass Scatolin seinen Hintern auf den Stoaner Hof hochschwang.

»Sie kommen«, berichtete er Angelika, die sich inzwischen aufgerichtet hatte. Er zog sie aus der Küche, weg von dem schrecklichen Anblick. Auf dem Flur umarmte er sie. Ob, um ihr Kraft zu geben oder um selbst Trost zu finden, er wusste es nicht.

»Wer tut so was?«, fragte Angelika erschüttert.

»Keine Ahnung«, sagte er. »Ein richtig böser Mensch. Und die beiden Frauen haben gefühlt, dass der Mord an der Thres noch nicht alles war. Verstehst du jetzt, warum ich sie bei mir hab schlafen lassen?«

Angelika nickte.

Eine Weile lang sagte niemand etwas. Sie standen im Flur, fest umschlungen und versuchten, den metallischen Geruch auszublenden. Irgendwann meinte Angelika: »Eine dumme Kuh ist sie doch. Und mir geht es tierisch auf die Nerven, wie sie versucht, dich zu bezirzen.«

»Versucht«, wiederholte Lovis. »Aber gegen dich hat sie keine Chance.« Und er drückte ihr einen sanften Kuss auf das Haar und ihren Körper fest an sich.

»*Tu di nuovo qui*«, stellte Scatolin eisig fest, als er Lovis im alten Bauernhaus gegenüberstand. Du schon wieder hier. Er ließ den Blick über Lovis' Aufzug wandern und seine Mundwinkel kräuselten sich spöttisch. »Sind dir die Kleider ausgegangen?«

»Heute war das Krimidinner«, erinnerte ihn Lovis.

»Und du hast uns gefehlt.«

»Ich dachte, meine Absage war deutlich genug.«

»War sie.« Lovis schluckte. Scatolin war nach wie vor beleidigt. »Hör zu, Scatolo. Ich weiß, ich habe Scheiße gebaut und ich entschuldige mich. Ich weiß, du hast alles Recht, mit mir beleidigt zu sein, aber können wir das alles einmal außen vor lassen? Um das hier zu klären?« Er machte eine weit ausholende

Handbewegung, die das ganze Chaos auf dem Stoaner Hof umfasste.

Scatolin nickte kurz.

»Dass das hier derselbe Täter ist wie bei Thres, ist dir auch klar, oder?«

Scatolin wiegte den Kopf. »Sagen wir mal: Es ist wahrscheinlich.«

Erbsenzähler, dachte Lovis, doch er fuhr fort: »Aber wir sind uns einig, dass es der Much nicht gewesen sein kann, oder?«

Scatolin nickte. »DAS hier kann er nicht gewesen sein.«

»Also muss jemand anders der Mörder sein.«

»Lovis, rück einfach raus mit der Sprache. Hast du einen Verdacht?«

»Ja. Hab ich. Da gibt es zwei junge Männer. Brüder. Zwillinge. Der eine war bei mir in der Hütte, aber der andere ...« Er erzählte, wie Gabriel nicht lange nach Burgi den Berg hochgestapft gekommen war, mit finsterem Gesicht – was zwar bei ihm üblich war, aber doch immerhin auf seinen düsteren Charakter hindeuten konnte. Dann erinnerte er Scatolin daran, dass er genau diesen Gabriel am Morgen, an dem Thres gestorben war, ein Stückchen oberhalb des Stoaner Hofs im Wald getroffen hatte – damals noch im Glauben, es sei Samuel. Er erzählte von seiner Sackgasse, seinem Verdacht gegen Samuel und von seinem Zwillingsbruder. Dass da abends jemand um den Stoaner Hof schlich, der Schuhgröße 44 haben musste, was zwar auf Samuel zutraf, aber nicht auf Gabriel, und schloss seinen Bericht mit den Worten: »Ich bin sicher, der Gabriel ist der Mörder und der Samuel weiß es und deckt ihn.«

»Wo finde ich diesen Gabriel?«

Lovis beschrieb ihm den Weg, sagte ihm aber auch, dass sein Bruder sich zurzeit noch mit den Jungs und den Frauen der Österreicher in seiner eigenen Almhütte aufhielt.

Scatolin machte sich ein paar Notizen, dann wandte er sich ab. »Wir holen dich morgen zur Befragung. Jetzt verlässt du bitte samt deinen Clowns da draußen den Tatort. Noch eine Frage: Wo ist die dritte Schwester?«

»Draußen im Auto«, gab Lovis Bescheid. »Sie ist unter Schock. Seit sie die Tote entdeckt hat, weint sie ununterbrochen. Die kannst du für eine Aussage vergessen.«

Scatolin nickte. »Wie beim ersten Mal. Sabrina wird sie mit ins Tal nehmen. Da kann sie in einem Hotel übernachten.«

»Sie schläft bei mir in der Hütte«, entgegnete Lovis schnell. Scatolins Augenbraue fuhr hoch. »Wenn du das erlaubst«, fügte Lovis schnell hinzu.

»Mich gehen deine Weibergeschichten nichts an.«

»Das ist keine ... Ach, denk doch, was du willst. Jedenfalls weißt du, wo du sie findest.«

Noch ein kurzes Nicken. Dann wandte sich Scatolin endgültig ab und widmete seine Aufmerksamkeit der Untersuchung. Kein Wort des Grußes, kein Dankeschön, kein Zeichen, dass er dabei war, ihm zu verzeihen.

Lovis schluckte. Dann tat er, worum er gebeten worden war, und ging zu seinen Gästen nach draußen. »Wir sollen uns verziehen«, sagte er. »Und du kommst mit uns, Burgi.«

»Wird eng im Auto«, sagte Kalle. »Wir gehen zu Fuß. Das heißt, wenn wir den Weg finden.«

»Was heißt wir? Wer sagt, dass ich zu Fuß gehen will?«, begehrte Kev auf.

Angelika mischte sich ein. »Ich glaube auch nicht, dass das eine gute Idee wäre. Zum Schluss muss auch noch die Bergrettung anrücken, weil ihr im Wald verloren geht.«

»Was dann?«, fragte Kalle. Wir haben zu dritt auf der Rückbank schon mehr Körperkontakt gehabt, als angenehm war. Zu viert … keine Chance.«

Angelika sah Lovis an und alle anderen folgten ihrem Blick. Er wusste, was von ihm verlangt wurde. Trotzdem machte er einen kläglichen Versuch: »Aber das ist mein Auto.« Sie hielt weiterhin stumm den Blick auf ihn gerichtet. Dann knickte er ein und händigte ihr den Schlüssel aus. »Mit mir kann man's ja machen.«

Er steckte die Hände in die Jackentaschen und wollte eben starten, da meldete sich Burgi zu Wort: »Wart, ich geh mit dir, Lollo.«

Bevor er sich dagegen wehren konnte, sagte Angelika scharf: »Nix da, Burgi. Du setzt dich jetzt ins Auto. Der LOLLO«, sie betonte das Wort spöttisch, »schafft das auch ohne dich.«

Lovis war dann doch ganz froh, dass Kalle ihm bei der kurzen Wanderung bis zur Almhütte Gesellschaft leistete. Er hatte diesmal die Taschenlampenfunktion seines Telefons sofort gefunden und sie stapften einträchtig nebeneinander den Pfad durch die Wiese hoch zum Wald.

»Wie kommt ein Berliner nach Wien?«, fragte er ihn, um irgendetwas zum Reden zu haben.

»Die Liebe«, sagte Kalle und seufzte melodramatisch.

»Na ja, die Liebe muss man ja zuerst einmal finden, nicht?«

»Sina hat in Berlin an der Universität der Künste studiert. Filmregie. Ich bin Cutter. Bei ihrem Abschlussprojekt durfte ich den Schnitt machen. Sie hat mich dabei keine Sekunde lang aus den Augen gelassen und …«, wieder seufzte er theatralisch, »… da war's um mich geschehen.«

Lovis grinste. Klar. Ein Berliner konnte dem Wiener Slang auf die Dauer nicht widerstehen. »Und jetzt lebt ihr in Wien?«

»Ja.« In dem einen Wörtchen wurde sein ganzer Frust hörbar. »Aber ich weiß nicht, wie lang ich das noch aushalte. Wien ist … nun ja … tiefste Provinz. Nichts gegen Österreich«, beeilte er sich zu sagen, als erwarte er Proteste von Lovis, »aber Berlin ist doch ganz anders. Aufgeschlossen. Offen. Bunt. Wien ist … na ja … die Smoothies sind ganz gut.«

Da gab Lovis' Telefon einen Protestlaut von sich und die Taschenlampe erlosch.

»Uuups«, machte Kalle.

»Uuups trifft es wohl. Der Akku ist leer. Leuchte du.«

»Ich habe kein Mobiltelefon.«

»Kein Handy?« Lovis konnte gar nicht glauben, dass es jemanden gab, der noch rückständiger war als er selbst.

»Ich habe mich davon verabschiedet, ständig erreichbar sein zu müssen. Dieser Druck, die Daten, die sie von dir kriegen …«

»Ja, ja …« Lovis hatte jetzt keine Lust auf Verschwörungstheorien und buddhistische Philosophie. »Dann müssen wir eben im Dunkeln weitergehen. Wart ein paar Augenblicke, dann haben sich unsere Augen an die Dunkelheit gewöhnt.«

»Ich finde es eh ganz romantisch, so allein im dunklen Wald.«

Lovis verdrehte die Augen. Kalle konnte es glücklicherweise nicht sehen. »Dann lass uns hoffen, dass die Wölfe keinen Hunger haben.« Immer wieder wurde von Wolfsrudeln berichtet, die auf der Plose ihre Kreise zogen, ganze Schafherden rissen und die Bauern auf die Barrikaden brachten.

»Wölfe?« Die Stimme seines Begleiters schraubte sich hoch vor Panik.

»Wölfe. Aber keine Angst – ob wir ein Licht haben oder nicht, macht keinen Unterschied, wenn ein Wolfsrudel uns bemerkt.«

»Scheiße«, kam es von Kalle und dann noch einmal: »Scheiße.«

Lovis grinste. Dann besann er sich aber darauf, dass Kalle seinetwegen hier im Wald war und beruhigte ihn.

»Ich glaube, das letzte Mal hat man vorigen Sommer etwas von Wölfen auf der Plose gehört. Die streifen zwar wirklich in den Dolomiten herum, aber zurzeit ist es grad ruhig. Also: keine Angst.«

Da knackte es neben ihnen im Gebüsch. Kalle schrie leise auf. Auch Lovis' Herzschlag beschleunigte sich. Beide blickten in die Richtung, aus der das Geräusch gekommen war, versuchten, die Dunkelheit mit ihren Augen zu durchdringen. Da blitzte ein helles Licht auf und blendete sie.

Abwehrend hob Lovis den Arm.

»*È possibile che ci incontriamo pure di notte?*« Eine allzu wohlbekannte Stimme fragte, ob es denn möglich sei, dass sie sich sogar nachts begegneten. Es war Botta.

Lovis' erste Reaktion war Schock, dann bekam seine Aufmüpfigkeit dem ehemaligen Chef gegenüber Oberhand. »Ja, das ist wirklich bemerkenswert. Darf ich fragen, was Sie hier tun?«

»*Sono io quello che fa le domande*«, kam es zurück, was so viel bedeutete, wie er sei hier derjenige, der die Fragen stellte. Der Strahl der Taschenlampe leuchtete Lovis immer noch direkt ins Gesicht.

»Können Sie vielleicht die Taschenlampe herunternehmen?«

Ein abfälliges Grunzen ertönte, und Botta senkte den Strahl der Lampe, sodass Lovis nun auch sein Gesicht erkennen konnte. »*Allora?* Wie kommt es, dass wir uns hier um Mitternacht treffen? Mitten im Wald? Können Sie mir das erklären?«

Lovis wollte gerade eine ausweichende Antwort geben. Etwas in der Art, dass ihm niemand verbieten könne, zusammen mit seinem Freund einen Nachtspaziergang zu unternehmen, da brach es aus eben diesem hervor: »Da unten hat es einen Mord gegeben. Eine schwangere Frau. Sah echt übel aus.«

Wenn Botta diese Nachricht überraschte, verbarg er sein Gefühl gut.

»Und es ist natürlich purer Zufall, dass von allen Menschen, die hier auf der Alm herumspazieren, genau Sie derjenige sind, der diese Tote entdeckt hat.«

Lovis schluckte. »Wir wurden von der Schwester der Toten gerufen«, verteidigte er sich. Dann aber ging er in die Offensive: »Die viel bessere Frage ist, was Sie um diese Zeit in den Wald treibt, Commissario.«

Kalle sah ihn erstaunt an.

»Ich bin einem Mörder auf den Fersen«, gab der ungerührt zurück.

»Das bin ich auch.« Lovis hatte nicht vor, sich von seinem Ex-Chef kleinkriegen zu lassen. Außerdem hatte er im Schein der Taschenlampe eine Entdeckung gemacht. »Ich suche einen Mörder mit Schuhgröße 44.«

Botta erstarrte.

»Sie sind nicht zufällig gestern Abend um den Stoaner Hof geschlichen? Haben die beiden Frauen in Angst und Schrecken versetzt? Und als Sie nichts erreicht haben, sind Sie heute noch einmal zurückgekommen und haben Ihr Werk vollendet?«

Kalles Mund klappte auf. »Wow!«, hauchte er ehrfürchtig.

Der Commissario schnappte nach Luft.

»Zeigen Sie mir mal Ihr Profil!«, verlangte Lovis. Als der Commissario sich nicht rührte, griff er nach der Taschenlampe und lenkte ihren Strahl auf die Stelle, wo Botta vorher gestanden hatte. Das Profil zeichnete sich deutlich im Erdboden ab. »Ha! Es ist dasselbe!«, rief Lovis erregt aus. »Warten Sie.« Er zog sein Mobiltelefon aus der Hosentasche, nur um dann feststellen zu müssen, dass sich der Akku nicht wie von Geisterhand selbst aufgeladen hatte. »Kalle«, sagte er. Dann fiel ihm ein, dass der ja über kein Telefon verfügte.

»Unser Privatdetektiv stellt wieder einmal seine Fähigkeit unter Beweis. Nicht einmal sein Handy hat er zur Hand, wenn er es braucht«, stellte Botta süffisant fest.

Lovis Wangen wurden heiß. »Jedenfalls werde ich der Polizei melden, dass Sie bereits einmal um den Hof herumgeschlichen sind und dass ich Sie um diese Zeit

262

im Wald getroffen habe. Der Täter kehrt an den Tatort zurück!« Noch während Lovis das sagte, wusste er, dass er seine Drohung nicht wahrmachen würde. Weder Scatolin noch sonst jemand bei der Polizei würde sich auf einen Kampf mit Botta einlassen.

Botta sah das offensichtlich ebenso. »*Faccia pure, Lovis. Faccia pure*«, sagte er. Das könne er ruhig machen. Mit diesen Worten drehte sich der Commissario um. Das Licht der Taschenlampe blitzte an Baumstämmen auf und entfernte sich immer weiter.

Obwohl Lovis sicher war, dass er den Commissario mit seinen Beobachtungen beunruhigt hatte, wurde er das Gefühl nicht los, diesen Kampf verloren zu haben.

»Die Jungs schlafen«, informierte ihn Lisa.

»Die Burgi auch. Auf jeden Fall tut sie so.« Angelikas Stimme klang kühl. »Ich hab deine Matratze heruntergeholt. Da werden wir wohl zu zweit drauf Platz haben.«

Die Vorstellung, die Nacht dicht an Angelika gedrängt zu verbringen, löste Herzklopfen in Lovis aus, doch sie zerstörte seine Hoffnungen gleich wieder: »Ich lass dich ganz sicher nicht mit diesem mannstollen Weib allein. Und lass dir nicht einfallen, den ganzen Tag über ihren Begleitschutz zu spielen. Wenn die Polizei der Meinung ist, dass sie in Gefahr ist, werden die ihr schon was organisieren.«

Lovis nickte kleinlaut. »Und die Wiener?«

»Du bringst sie zum Parkplatz. Was sonst?«

»Ich?«

»Ich etwa?« Angelika stemmte die Hände in die Seiten. »Und inzwischen vergnügst du dich mit der Burgi?«

Es war also noch nicht ausgestanden. Lovis seufzte. »Angelika ...«

»Bring sie einfach zum Parkplatz. Wirst eh zweimal fahren müssen. Ich mach inzwischen sauber.«

Damit schob sie ihn aus der Hütte. Lisa folgte ihm und Lovis verlud die erste Fuhre der Österreicher in seinen Golf.

Viermal fuhr er noch am Stoaner Hof vorbei, um seine Gäste zum Parkplatz zu bringen und wieder zurück zu seiner Hütte zu gelangen, vorbei an den flackernden Blaulichtern und den Experten der Spurensicherung, die in ihren weißen Overalls zwischen den Einsatzwagen und dem Hof herumgeisterten. Dann endlich war er wieder auf der Alm und mit dem Abschalten des Motors trat Ruhe ein. Lovis öffnete die Tür und genoss die frische Almluft, die ins Auto strömte. Er lehnte den Kopf zurück und ließ die Geschehnisse Revue passieren. Nandls Leiche, Botta, Scatolin, dazwischen das verdammte Krimidinner mit seiner Schmugglerromantik, Kalle, Samuel, der den Jungs das Goaslschnölln beibrachte, sein Bruder ...

Er wusste, dass Angelika in der Hütte auf der Matratze lag und auf ihn wartete, sich gewiss fragte, warum er nicht zu ihr kam, doch er konnte nicht. Seine Gedanken fuhren Karussell und er musste Ordnung in all das bringen, was er heute erlebt hatte. Und da konnte nur eine helfen ...

Lovis stieg aus dem Wagen, drückte die Tür zu und ging zum Hühnerkäfig. Alma saß hinter dem Gitter und sah ihm entgegen, als hätte sie auf ihn gewartet. »Du bist ja noch wach, Alma«, begrüßte er sie.

Sie antwortete mit einem feinen Gurren.

»Hilfst du mir?«

»Tok, tok, tok«, machte sie und Lovis setzte sich im Schneidersitz ins Gras.

»Heut war ein Tag«, begann er. »Erst das mit Vinzenz ... na ja, zumindest den Fall können wir abhaken. Ich hab zwar nur eine Vermutung, warum er das getan hat, aber er war's. Dem Waldner wird das ganz schön zu blöd sein ...« Lovis fischte sein Notizbüchlein aus der Innentasche seiner Jacke und strich alles aus, was mit dem Pilzräuberfall zusammenhing. »Aber jetzt kommt's dicke. Die Nandl ist tot. Samt Kind. Mir ist immer noch ganz schlecht, wenn ich daran denke.« Er rief sich jetzt auch den armen Ehemann der Toten in Erinnerung und das, was ihn erwartete, wenn er aus seiner Bewusstlosigkeit erwachte. Frau tot. Kind tot. Das Leben des Mannes war ein Scherbenhaufen. »Jetzt fragt man sich natürlich, wer das wieder war und was da noch alles kommt.« Und ob die Burgi in Gefahr ist, dachte er still bei sich.

»Hilf mir mal denken«, sagte er. »Die Burgi ist kurz nach den Österreichern auf die Alm gekommen. Da war's also so in etwa Viertel nach sechs Uhr. Um diese Zeit haben wir auch die Fotos gemacht. Dann ist der Gabriel gekommen. Sagen wir, das war ungefähr halb sieben. Vielleicht ein bisschen früher.«

Alma gluckerte zustimmend vor sich hin.

»Das heißt, er hätte theoretisch eine halbe Stunde Zeit gehabt, die Nandl zu töten. Stimmt's?«

Alma legte den Kopf schief.

»Also ist der Gabriel nicht nur an dem Morgen, an dem die Thres gestorben ist, um die Tatzeit im Wald herumgeschlichen, sondern auch heute. Er hat aber kein Motiv. Das hätte nur sein Bruder, der Samuel. Das ist schon alles sehr seltsam, oder?« Er warf seinem Ermittlerhuhn einen fragenden Blick zu, bekam aber außer einem leisen Krakeelen keine zufriedenstellende Antwort. »Der Samuel war den ganzen Abend bei uns. Der kann's nicht gewesen sein«, fuhr Lovis fort. »Der Gabriel schon. Was aber soll dann der Schuhabdruck von diesen Riesenlatschen? Glaubst du, dass der Mörder und der Typ, der ums Haus geschlichen ist, nicht dieselben sind? Dann hätten wir als Hauptverdächtigen für diese Schleicherei den Botta – was mir natürlich niemand glauben wird – und als Hauptverdächtigen für den Mord den Gabriel. Aber wieso soll der's getan haben? Der hatte einfach kein Motiv.«

Alma steckte ihren Kopf unter den Flügel.

»Hast recht. Ich bin auch müde. Nur noch eins: Als die Burgi dann wieder gekommen ist und Lovis' Kühe abgeliefert hat, haben wir die Suppe gegessen und die erste Runde von diesem Krimidinner gespielt gehabt. Ich hab nicht auf die Uhr geschaut, aber es könnt so Viertel nach sieben gewesen sein, lass sie danach noch eine Viertelstunde für den Weg zum Stoaner Hof gebraucht haben, mit den Kühen vielleicht auch zwanzig Minuten. Dann war sie spätestens um halb acht beim Hof. Angerufen hat sie aber erst um neun. Was hat sie so lang gemacht?«

»Sie war im Stall«, antwortete Alma und Lovis zuckte zusammen. Erst da bemerkte er den Schatten, der an der Hüttenwand lehnte.

»Angelika?«

»Du lässt mich ja nicht schlafen mit deinem Gebrabbel. Was meinst du, wie dick die Hüttenwände sind? Da drin hör ich jeden Schnaufer.« Sie ließ sich neben ihm ins Gras sinken. »Hallo Alma«, sagte sie an Lovis' Ermittlerhuhn gerichtet.

»Entschuldige«, flüsterte er.

Sie lächelte. »Ich hab eh noch nicht geschlafen. Ich wollt mit dir reden.«

Lovis fühlte das Unbehagen in sich hochsteigen. Kamen jetzt weitere Vorwürfe? Wollte sie Schluss machen mit ihm? Nicht mehr heute, dachte er. Nicht nach diesem Tag. Doch er sagte nichts.

»Ich wollt mich entschuldigen«, sagte sie. »Ich hab überreagiert, das weiß ich, aber die Frau bringt das Schlechteste in mir zum Vorschein. Wie sie dich ansieht und mit dir flirtet und dieses ›Lollo‹! – ich glaub, ich kann dich nie wieder so nennen, ohne ihr Gesicht vor Augen zu haben.« Angelika unterbrach sich, atmete einmal durch, dann sah sie ihn an. Ihre Augen glitzerten im Mondlicht. »Aber ich weiß, dass du dir nichts hast zuschulden kommen lassen und ich hab dich für ihr Verhalten zahlen lassen. Das tut mir leid.«

Erleichtert, dass sich seine schlimme Vorahnung nicht erfüllt hatte, legte Lovis den Arm um sie und zog sie an sich. Sie schmiegte sich mit ihrer Wange an seine Schulter und ihm wurde warm ums Herz. »Ich darf da nicht über dich urteilen«, sagte er. »Ich war auch nicht besser, als der Liam auf unserem Hof auf-

267

getaucht ist und ich gemeint hab, dass du wieder zu ihm zurückwillst.«

»Ja, das war ganz schön blöd von dir«, sagte sie und kicherte. »Als ob ich dich gegen so einen eintauschen würde.«

»Als ob ich *dich* gegen so eine eintauschen würde.« Angelika hob ihren Kopf. »Dann ist's ja gut.«

Und sie besiegelten ihre Versöhnung mit einem Kuss.

SONNTAG

KATERSTIMMUNG

Lovis saß mit einer dampfenden Kaffeetasse vor seinem Haus und genoss die morgendliche Stille auf der Alm. In zwei Stunden würden die ersten Wanderer den Pfad heraufstapfen und in Entzücken ausbrechen über die idyllische Hütte vor dem Dolomitenpanorama. Aber noch war es ruhig. Ruhig war es auch in der Hütte. Die Jungs schliefen ihren Rausch aus, Burgi war von einem Einsatzwagen der Polizei zur Befragung abgeholt worden und Angelika hatte erklärt, dass sie die Ruhe vor dem Sturm nutzen wolle, um Diablo über die Alm zu jagen. Davor hatte sie Lovis ihre Powerbank geliehen, damit er sein Handy aufladen konnte, und das hatte er inzwischen auch getan. Er musste endlich Ordnung in seinen Fall bringen. Dazu würde er als Erstes seinen Freund, den Ispettore, anrufen. Vielleicht hatte der schon Neuigkeiten in Bezug auf den Todeszeitpunkt. Doch wieder wurde er enttäuscht. »*Il cliente da Lei chiamato ...*« Sein Freund hatte ihn noch immer blockiert.

Dann eben nicht, dachte er trotzig. Er suchte in seinen Kontakten und bald hatte er die Nummer des Pathologen gefunden. Ernst Schrambach, der ihm bereits bei seinen letzten beiden Fällen wertvolle Tipps zur Lösung verraten hatte.

»Ernst?«, fragte er, als der Gerichtsmediziner das Gespräch entgegennahm.

»Ja?«

»Der Lovis«, stellte er sich vor. »Du wirst dir eh schon denken, warum ich anruf, oder?«

Am anderen Ende der Leitung wurde es still. »Du, ich kann grad nicht reden. Bin mitten in einer Untersuchung. Die Bergbäuerin von gestern, weißt eh.«

»Eben deswegen ruf ich an. Hast du da schon was rausgebracht?«

»Du, Annemie, ich kann jetzt wirklich nicht. Von mir aus lad sie ein. Aber beschwer dich dann nicht drüber, wenn ich nicht so viel red. Das wird ein harter Tag heut.«

Lovis verstand. Schrambach war nicht allein. Jemand war bei ihm, der nicht wissen sollte, dass er noch Kontakt zu dem Privatdetektiv hatte. Vermutlich Scatolin.

»Wann kann ich dich anrufen?«

»Um zwölf werd ich eine kleine Pause einlegen. Wenn du die Einkaufsliste bis dahin hast, kann ich schauen, was sich machen lässt.«

»In Ordnung, Ernst. Danke! Bist ein Freund«, sagte Lovis und legte auf. Also war der Konflikt mit Scatolin noch immer nicht ausgestanden. Dabei hatte er gestern das Gefühl gehabt, dass es da wieder eine Annäherung gegeben hatte.

Das war wohl nur einseitig, Lovis, sagte er sich selbst und bedauerte zum wiederholten Male, was er angestellt hatte. Dann rief er sich zur Ordnung. Er musste herausfinden, was Gabriel am Abend zuvor getan hatte, dann wollte er mit Samuel sprechen und dann würde er untersuchen, ob die Polizei am Stoaner Hof nicht doch etwas übersehen hatte.

Schließlich war gestern stockdustere Nacht und wenn sie da was nicht entdeckt haben, ist das nur verständlich, sagte er sich. Womit wollen wir starten?

Er beschloss, das zu tun, was er immer tat, wenn er nicht wusste, wo er beginnen sollte: sich einen zweiten Kaffee bei Schorsch zu gönnen.

»Ja, schau di an, der Carabiniere«, sagte Schorsch. »Weißt du, wie viele Carabinieri es braucht, um eine Kuh zu melken?«

»Ja, Schorsch, zwanzig. Vier für jedes Bein und einen an jeder Zitze. Fallen dir keine neuen Witze mehr ein? Den haben wir uns schon in der Grundschule erzählt«, erinnerte ihn Lovis müde. »Und ich bin immer noch kein Carabiniere. Nicht einmal Polizist bin ich mehr.«

»Und wenn wir ehrlich sind, auch ein grottiger Privatdetektiv«, sagte Schorsch und grinste.

»He!«, protestierte Lovis empört. »Den Pilzräuber hab ich gestellt.«

»Mir wär lieber, du hättest den Mörder gestellt. Mir hat heut eine ganze Gruppe die Buchung storniert.

Solang auf der Alm ein Mörder frei rumläuft, gehen sie lieber woanders wandern.« Er äffte die Stimme nach, die ihm die Erklärung geliefert hatte.

»Da ist die Polizei dran.«

»Du weißt, was ich von der Polizei halt.« Er stellte Lovis einen Cappuccino hin. »Aber gratuliere, dass du den Pilzräuber gestellt hast. Der Waldner hat's mir selbst erzählt. War ganz geknickt, dass gerade sein Sohn der Übeltäter war.«

»Hat er dir auch erzählt, warum er's getan hat?«

Schorsch nickte. »Er hat dem Walschen eins auswischen wollen.« Er hob abwehrend seine Hände, als Lovis zu seinem üblichen Protest gegen die abwertende Bezeichnung ansetzen wollte. »Seine Worte. Jedenfalls hat ihm der Waldner ganz schön das Fell gegerbt. Ich werd ihm den Patriotismus aus dem Hirn waschen, hat er gesagt. Der Vinzenz muss den Rest vom Sommer im Wald mithelfen. Ehrenamtlich.«

Lovis nickte anerkennend. »Gut, dass nicht mehr passiert ist. Der Strolch hat dem Wa…«, missfällig verzog er das Gesicht, als ihm nun schon selbst das Wort rausrutschte, »ich meine: dem Italiener die Hütte abfackeln wollen.«

»Hab's gehört«, brummte Schorsch. »Hätt übel ausgehen können. Aber deswegen bist nicht da, oder?«

»Doch. Nein. Ich weiß nicht, warum ich da bin. Ich muss was rauskriegen, aber ich weiß jetzt schon, dass ich das nicht rauskriegen werd.«

»Wo der Gabriel gestern gewesen ist?«

»Zum Beispiel.« Lovis sah den Hüttenwirt neugierig an. »Weißt du's denn?«

»Bei mir.«

»Und wie war er?«

»Normal. Ruhig. Hat nicht viel gesagt.«

»Irgendwie auffällig?«

Schorsch schüttelte den Kopf. »Nein.«

»Ist eh egal. Wenn er's war, dann bevor er zu dir raufgekommen ist.«

»Wieso?«

»Die Burgi ist so um Viertel nach sechs an unserer Hütte vorbeigekommen, kurze Zeit später er. Hat ein paar Worte mit dem Samuel gewechselt und ist dann weitergegangen Richtung Alm, um die Schafe reinzuholen.«

»Und danach ist er zu mir. Bei mir ist er ungefähr halb acht aufgekreuzt und dann ist er geblieben, bis der Samuel ihn geholt hat. Das war so gegen zehn?«

Lovis erinnerte sich, dass Samuel mit den Österreicherinnen bei den Jungs geblieben war, als sie sich auf den Weg zum Tatort gemacht hatten. »Und wie war der Samuel drauf, als er bei dir ankam?«, fragte Lovis.

Schorsch zuckte mit den Schultern. »Auch normal. Ein bisschen besorgt vielleicht. Hat gesagt, dass auf dem Stoaner Hof wieder was passiert ist, aber dass er nichts Genaueres weiß.« Er zögerte kurz. »Er hat den Gabriel so forschend angeschaut, als wüsste der mehr. Aber der Gabriel hat gar nichts dazu gesagt.«

Lovis' Herz begann zu klopfen. War das die Spur, die er suchte? War tatsächlich Gabriel der Täter und Samuel schützte ihn? Er musste es herausfinden. »Wo find ich den Gabriel jetzt?«

Schorsch winkte ab. »Die Buabm hat heut in der Früh die Polizei abgeholt. Sind vorbeigefahren, wie ich die Tische draußen abgewischt hab. Das hab ich auch noch nie gesehen: einen Polizeiwagen mit Blaulicht auf der Alm. Wie im falschen Film hab ich mich gefühlt.« Lovis nickte zufrieden. Der Gabriel wurde von der Polizei befragt. Zumindest hatte Scatolin auf ihn gehört. »Dann werd ich jetzt wieder talwärts gehen«, kündigte er an.

»Hast alles gekriegt, wasd' gebraucht hast?«, stichelte Schorsch.

»Beinahe«, sagte Lovis. »Wennst mir noch sagen könntest, wer der Mörder ist, wär ich dir verbunden.«

»Das musst schon selbst herausfinden. Ein bissl Spaß muss sein.« Schorsch zwinkerte ihm zu.

Nachdem er weder mit Gabriel noch mit Samuel sprechen konnte, beschloss Lovis, den nächsten Punkt auf seiner Liste abzuhaken und die Umgebung des Stoaner Hofs nach verdächtigen Spuren abzusuchen. Er wanderte den Pfad von Schorschs Hütte hinunter, an seiner eigenen Hütte vorbei und kürzte die Forststraße durch den Wald ab. Wütendes Hundegebell empfing ihn. Der Schäferhund lag an einer Laufkette und verteidigte sein Revier. Ohne Burgi an der Seite sah er den Privatdetektiv als Eindringling und zeigte sich von seiner gefährlichen Seite. Ins Haus würde er Lovis nicht lassen. Im Stall muhte eine Kuh. Hatte Burgi in der Hektik jemanden gefunden, der sich um die Tiere kümmerte? Lovis schlug einen weiten Bogen um den geifernden Hund und warf einen Blick in den Stall. Die Kühe hatten frisches Heu in den Raufen und käuten zufrieden wieder. Wahrscheinlich hatte Burgi die Unterstoanerin erreichen können.

Gut, die Kühe brauchen dich nicht, Lovis. Dann loss gian die Goaß. Lass die Geiß los, was so viel bedeutete wie: Los doch. Halt dich nicht zurück. Er krempelte die Ärmel hoch und begann gleich beim Stall mit der Spurensuche. Mit einem misstrauischen Blick begutachtete er den Misthaufen und erinnerte sich an seinen ersten Einsatz auf dem Stoaner Hof, der ihm außer stinkenden Kleidern nicht viel eingebracht hatte. Zuerst wollte er sehen, ob er nicht anderswo leichter an Indizien kam. An der Nordmauer des Stalls hatte Much Stangen und Bretter gelagert, ein herrliches Versteck für Tatwaffen oder andere Hinweise. Lovis packte an und schob das Zeug beiseite. Eine Feldmaus huschte an der Wand entlang und verschwand in einem Loch. Sonst entdeckte er nichts. Nachlässig warf er die Hölzer wieder an ihren Platz, dann setzte er seine Runde um das Haus fort und ... stieß an der Ecke mit Botta zusammen.

»*Maledizione*, Lovis. Was machen Sie hier?«, herrschte der ihn gleich an, ohne sich mit einem Gruß oder anderen Höflichkeiten aufzuhalten.

Lovis war sofort eingeschnappt. »Ich ermittle«, sagte er.

»Sie haben hier aber nicht zu ermitteln. Das ist allein die Aufgabe der Polizei. Und das sollte sogar in Ihrem Spatzenhirn endlich angekommen sein.«

»Die Polizei ist aber nicht da.«

»Was nicht bedeutet, dass Sie einen Freibrief haben, zu tun, was Ihnen gefällt. Außerdem finde ich es einigermaßen verdächtig, dass Sie hier so geheimnisvoll um den Hof herumschleichen. Haben Sie vielleicht etwas verloren? Gestern Abend vielleicht? Nachdem Sie die Bäuerin umgebracht haben?« Lauernd sah der Commissario ihn an.

Bevor Botta noch auf die Idee kam, ihn verhaften zu lassen oder ihn auf die Liste der Verdächtigen zu setzen, ging Lovis in die Offensive. »Dasselbe könnte ich fragen: Was tun denn Sie hier? Ich denke, Sie sind im Urlaub? Trauen Sie Ihren Leuten nicht zu, einen Mord ohne Sie aufzuklären? Oder sind Sie vielleicht selbst der Täter?«

In dem Moment, als er das gesagt hatte, wusste Lovis, dass er diesmal zu weit gegangen war. Er biss sich auf die Zunge, doch es war zu spät.

Ein überlegenes Grinsen legte sich über Bottas Gesicht und er zog Handschellen aus seiner Jackentasche. »Wenn ich Ihnen schon den Mord nicht anhängen kann, kriege ich Sie doch wenigstens wegen Beamtenbeleidigung dran«, sagte er beinahe genießerisch und ließ die Handschellen zuschnappen. Dann packte er ihn mit mehr Kraft als nötig am Oberarm und führte ihn auf den Platz vor dem Hof. Der Schäferhund gebärdete sich wie wild, doch Botta ließ sich von dem Gebell nicht beeindrucken. Er schob Lovis weiter. Ein Pärchen, das in diesem Moment am Stoaner Hof vorbeiwanderte, kriegte große Augen.

Lovis zwinkerte ihnen zu, doch sich selbst konnte er nicht beruhigen. Er hatte sich wieder einmal in die Scheiße geritten. Weit hinein. Dahin, wo sie am übelsten stank. Er verfluchte sich selbst, während Botta einen seiner Untergebenen darüber informierte, dass er hier »zufällig« einen Verdächtigen festgenommen hatte, der um den Stoaner Hof herumgeschlichen war. Man solle kommen und ihn abholen.

Dann beendete er das Gespräch und grinste Lovis ins Gesicht. »Jetzt schauen wir mal, ob Ihr Freund auch so viel Begeisterung an den Tag legt, wenn er Sie festnehmen soll.«

Lovis war auch neugierig. So schlecht, wie Scatolin zurzeit auf ihn zu sprechen war, würde er seine Verhaftung ohne mit der Wimper zu zucken vornehmen und Botta nur wenig Genugtuung bieten.

Wieder kamen Wanderer vorbei, die neugierig herüberlinsten. Es musste jetzt auf elf Uhr zugehen. Die Jungs würden bald erwachen oder waren schon wach ... und würden feststellen, dass sie allein waren. »Ich muss telefonieren«, sagte er.

»*Faccia pure*«, war die gleichgültige Antwort. Er solle ruhig machen.

»Ich komme nicht an mein Telefon.« Er hielt die Arme mit den Handschellen höher, um Botta zu demonstrieren, dass er mit zusammengebundenen Händen unmöglich in die hintere Gesäßtasche greifen konnte.

»*Non sono problemi miei.*«

»Ich habe das Recht auf einen Anruf.« Lovis schluckte. Botta wollte ihn betteln sehen, das wusste er. Aber noch war er nicht so weit.

Der Commissario schwieg und betrachtete unbeteiligt das Panorama.

»Die Jungs sind allein und ... krank.« Im letzten Augenblick verkniff sich Lovis, Botta zu erzählen, dass die Jungs vermutlich unter einem Kater litten. Dann käme er erst recht ins Gefängnis ... »Bitte.«

Statt einer Antwort zog Botta noch einmal sein Telefon aus der Tasche und tippte darauf herum. Er orderte einen zweiten Einsatzwagen, der die Jungs zu ihren Müttern bringen sollte.

»Und Alma!«, fiel Lovis ein.

»*Chi è Alma?*«

»Mein ... Huhn«, meinte Lovis kleinlaut. Als ob Botta ein Huhn kümmerte. Er hatte recht. Der Commissario zuckte mit den Schultern und ignorierte ihn weiter. Nach einer gefühlten Ewigkeit hörten sie Sirenen, dann schoss ein Einsatzwagen die Bergstraße herauf.

Fantastisch, dachte sich Lovis. Jetzt wusste der ganze Berg, dass hier oben jemand verhaftet wurde.

Kaum kam der Einsatzwagen zum Stehen, sprangen Scatolin und Sabrina heraus und auf Botta zu. »Wo ist er?«, fragte Sabrina.

Doch Scatolin hatte schon verstanden. »Was hat er getan?«

»Er schleicht ständig um den Hof herum. Gestern Nacht habe ich ihn im Wald getroffen und heute ist er schon wieder hier. Er muss auf jeden Fall befragt werden«, verlangte Botta.

»Aber«, wandte Sabrina ein, verstummte jedoch unter Scatolins Blick.

»In Ordnung«, sagte dieser ungerührt. »Los.« Mit einer Kopfbewegung signalisierte er Lovis, in den Wagen zu steigen. »*Fa Lei l'interrogazione?*«, wandte er sich an Botta. Ob dieser die Befragung durchführen wolle?

»Es reicht wohl hoffentlich, dass ich in meinem Urlaub auch noch auf Mörderjagd sein muss, weil meine unfähigen Beamten einer wie der andere nicht dazu in der Lage sind. Wenigstens die Befragung des Verdächtigen werden Sie wohl hoffentlich hinkriegen – mit vereinten Kräften, würde ich vorschlagen«, war die wenig schmeichelhafte Antwort.

Lovis schluckte. So schnell war aus dem Vorwurf der Beamtenbeleidigung ein Mordverdacht geworden. Schon wieder. Das tat weh … Scatolin schaute schuldbewusst. »*Ha ragione, commissario.* Es tut mir sehr leid.« Natürlich gab Scatolin wieder klein bei, dachte Lovis frustriert. Andererseits wusste er, dass Scatolin ständig in der Angst vor einer Versetzung lebte. Er hatte Frau und Kinder und musste daher so manche Beleidigung seines Vorgesetzten kommentarlos schlucken. Und so ließ er sich von ihm ohne Widerstand zum Wagen führen.

Im Rückspiegel konnte Lovis das triumphierende Lächeln seines Ex-Chefs sehen, während sie talwärts fuhren. Kaum hatte er ihn aus dem Blickfeld verloren, streckte er seine Arme vor. »Macht mir die Dinger ab, bitte.«

Scatolin ignorierte ihn. Sabrina warf ihm einen fragenden Blick zu, dann schnitt sie eine entschuldigende Grimasse Richtung Lovis. »Strafe muss sein, schätze ich.«

»Das verstehe ich. Und wenn's sein muss, küsse ich dir die Füße, Scatolo, aber ich muss jetzt Angelika anrufen. Die Jungs sind allein in der Hütte. Sie ist beim Reiten, keine Ahnung, wann sie zurück ist und …«

»Ein zweiter Einsatzwagen ist unterwegs und wird die Jungs abholen und zu ihren Müttern bringen«, unterbrach ihn Scatolin gleichgültig.

»Noch besser. Dann kommt Angelika von ihrem Ausritt zurück und die Jungs sind genauso verschwunden wie ich.«

»Sie wird es überleben.«

»Bitte, Scatolo. Strafe mich, wie auch immer du meinst. Ich weiß, ich habe deinen ganzen Unmut verdient. Aber bitte lass nicht Angelika oder die Jungs dafür büßen, dass ich diese Dummheit gemacht habe – von der ich mir schon so oft gewünscht habe, dass ich sie rückgängig machen könnte, dass dem Herrgott da oben die Ohren wackeln müssen.« Lovis war, als sehe er ein Zucken in Scatolins Mundwinkel. Aber es war so schnell wieder weg, dass er es sich auch nur eingebildet haben könnte. »Ein einziger Anruf. Bitte! Von mir aus könnt ihr mir die Dinger auch anlassen, aber irgendjemand muss mir das Telefon aus der Hosentasche holen. Ich komm nicht ran.«

Es war eindeutig ein Grinsen, das sich jetzt in Scatolins Gesicht abzeichnete.

Okay, du willst, dass ich mich zum Affen mache. Dann tue ich das. Aber bitte verzeih mir, flehte Lovis ihn im Stillen an, und er begann die wildesten Verrenkungen, um doch irgendwie an sein Mobiltelefon zu gelangen. Ein aussichtsloses Unterfangen.

Er sah flehentlich zu Scatolin, der zwar den Blick auf die enge Bergstraße gerichtet hielt, dessen Augen aber amüsiert funkelten. Sein Freund nickte Sabrina kaum merklich zu, die erleichtert aufatmete. »Halten Sie still«, sagte sie.

Lovis streckte die Handschellen vor und sah zu, wie die Polizeibeamtin sie aufschloss. »Danke!« Schnell fasste er in seine Gesäßtasche, zog das Handy heraus und verständigte Angelika über das, was passiert war. Sie fluchte wüst. Über Botta, Lovis, Scatolin, dann wieder Lovis, schließlich versprach sie, auf die Jungs aufzupassen. »Sag bloß deinem Freund, dass er den Einsatzwagen gefälligst wieder zurückpfeifen soll. Nicht auszudenken, was die Mütter durchmachen würden, wenn ihre Jungs von der Polizei abgeliefert werden würden. Ich bleib bei ihnen und du schaust, dass du schnell wieder auf die Alm kommst. Sonst sprech ich persönlich bei deinem Freund vor.«

»Ich zittere vor Angst«, sagte Scatolin, als Lovis das Telefongespräch beendet hatte. Natürlich hatte er alles gehört.

»Sie macht sich halt Sorgen.«

»Da tut sie auch gut daran.«

Dann sah er, wie Scatolin sein Handy nahm und die Nummer der Kollegen wählte. Während er ihnen erklärte, dass sie keinen zweiten Einsatzwagen zu schicken brauchten, lehnte Lovis sich schweigend zurück.

»Du weißt, dass ich es nicht getan habe.« Lovis klopfte verärgert auf die Fläche von Scatolins Schreibtisch. Das Metall donnerte leise.

»Dann kannst du ja gehen.«

Den leicht spöttischen Unterton seines Freundes überhörte Lovis nur zu gern. »Ja?«

»Ja. Und deinen Freund Much, die Zwillinge und die Schwester kannst du alle mitnehmen. Die waren es auch alle nicht.«

»Bei Gabriel bin ich mir nicht so sicher.«

»Er selbst sagt, dass er unschuldig ist.« Scatolin sah ihn spöttisch an. »Dann muss ich ihn doch gehen lassen, oder?«

»Scatolo …« Lovis verzweifelte langsam. Wollte sein Freund das wirklich durchziehen? »Ich … war's nicht.« Obwohl er wusste, dass es nichts nutzte, sagte er den Satz zu Ende, dann seufzte er. »Dann stell halt deine Fragen.«

Scatolin schwieg.

Die Klimaanlage rauschte leise. Draußen im Gang näherten sich Schritte von klackernden Absätzen und entfernten sich wieder. Lovis sah zu Boden und wartete auf die Fragen des Ispettore.

Erst nach einer ganzen Weile räusperte sich Scatolin. »Du fehlst mir, Amico.«

Überrascht sah Lovis auf.

»Als du noch bei der Polizei warst, war alles so einfach. Wir waren auf derselben Seite. Jetzt muss ich aufpassen, was ich vor dir sage, und du behandelst mich, als wäre ich dein Laufjunge, der dich mit Informationen versorgt. Es ist … ich wünsche mir die alten Zeiten zurück.«

»Ich auch«, gab Lovis zu.

Wieder schwiegen sie.

Scatolin setzte mehrmals zum Sprechen an, ließ es dann aber doch wieder bleiben. Schließlich überwand sich Lovis.

»Weißt du was? Wir konzentrieren uns jetzt einmal auf den Fall und kriegen den Mörder. Und danach …« Er wusste auch nicht, was danach sein sollte. Würden sie es schaffen, zu ihrer früheren Freundschaft zurückzukehren?

Scatolin gingen wohl dieselben Gedanken durch den Kopf, doch er nickte und meinte:»Dann erzähl, was du rausgefunden hast.«

Lovis nickte.»Also erstens: Ich bin nicht der Mörder.«

Ein Lächeln huschte über das Gesicht seines Freundes.»Das weiß ich auch, Amico.«

Dann begann Lovis zu erzählen.

Scatolin hörte ihm aufmerksam zu, wie er von seinen Ermittlungen berichtete, stellte hin und wieder ein paar Fragen, nur wenn die Rede auf Botta zu sprechen kam, hob er abwehrend die Hände.»Deinen Täter musst du woanders suchen«, sagte er bestimmt.

»Wie erklärst du dir dann, dass er ständig um den Stoaner Hof herumschleicht?« Lovis konnte sich einfach nicht von seiner Theorie trennen.

Scatolin verzog das Gesicht.»Das muss ich dir nicht erklären. Du kennst Botta doch auch.«

Lovis hielt inne. Ja, er kannte Botta. Den Commissario der Brixner Staatspolizei, der ständig an jedem herumzumäkeln hatte, der nie zufrieden war mit der Arbeit seiner Ermittler, bei dem man immer auf Stichproben und Kontrollen gefasst sein musste. Nicht, weil er es besser konnte, sondern weil er drauf aus war, den anderen ihre Unfähigkeit zu beweisen.»Du meinst, das hat er getan, weil er nicht darauf vertraut hat, dass ihr den Fall löst?«

Scatolin nickte.

»Das ist doch … ein Arsch«, vollendete Lovis den Satz.

Scatolin atmete durch.»Jedenfalls ist diese Erklärung naheliegender als deine Vermutung, dass er die beiden Frauen umgebracht haben könnte. Dafür hatte er zu wenig mit ihnen zu tun.«

Lovis wusste, dass sein Freund recht hatte. Trotzdem wollte er ihm nicht glauben. Er wollte diesem arroganten »Sekkl«, diesem Schnösel, etwas anhängen. Für den Pilzraub hatte sich ein anderer Täter gefunden, gut, aber als Mörder war ihm dieser Commissario allemal lieber als Much oder Samuel. Sogar lieber als Gabriel. Mitten in seine Überlegungen hinein läutete das Telefon.

»Lovis?«

»Ernst!« In dem Moment, in dem er den Namen des Pathologen ausgesprochen hatte, wusste er, dass es ein Fehler war. Ein Schatten legte sich über Scatolins Gesicht. Doch jetzt war es zu spät. »Ich sitze hier bei Scatolo.«

»Oh, grüß ihn schön«, kam es zurück. Es klang vorsichtig. Auch für Schrambach stand einiges auf dem Spiel, wenn er ermittlungsrelevante Informationen ausplauderte. »Dann will ich nicht stören.«

»Ernst!«

Doch Schrambach hatte aufgelegt.

»Ich bin also nicht die einzige undichte Stelle in der Polizei«, stellte Scatolin nüchtern fest.

Lovis schnaubte. »Wenn du wenigstens undicht wärst.«

Sein Freund schmunzelte. »Dann wollen wir mal schauen, was Schrambach für uns hat.« Er langte nach dem Telefon auf seinem Schreibtisch, wählte die Nummer des Pathologen und stellte die Freisprechanlage an.

»Schrambach?«

»Ispettore Scatolin. Polizei Brixen.«

»Giovanni …« Lovis konnte die Qual in der Stimme seines Freundes hören und hoffte, dass Scatolin ihn nicht an seiner statt büßen lassen würde.

Doch der hatte anderes im Sinn. »Was hast du für uns, Schrambach?«

Bei dem »uns« fiel Lovis eine Last von den Schultern. Vielleicht würde sich doch alles zum Guten wenden. Atemlos hörte er zu, was Schrambach erzählte.

»Todeszeitpunkt zwischen halb acht und acht. Todesursache: Verletzung des Schädels infolge scharfer Gewalteinwirkung. Tatwaffe: vermutlich eine Axt. Der Okzipitallappen …«

»Danke«, unterbrach ihn Scatolin schnell. »Den Rest dann schriftlich. Eine Axt, denkst du also?«

»In der Wunde haben wir Harzrückstände gefunden«, sagte Schrambach zur Erklärung.

»Wie gehabt also?« Es war mehr eine Feststellung als eine Frage.

Schrambach sagte nichts.

»Glaubst du, es war derselbe Täter?«

Der Pathologe überlegte. »Angesichts der Tatsache, dass beide Frauen gleich groß sind, gehe ich davon aus, ja. Der Winkel, in dem die Axt auf den Schädel getroffen ist, war in etwa derselbe. Der Täter müsste in etwa gleich groß wie die beiden Frauen sein.«

»Also nicht der Gabriel«, stellte Lovis fest.

Scatolin pflichtete ihm bei. »Und auch nicht Botta.«

Schrambach lachte auf. »Ihr habt den Alten verdächtigt? Habt ihr Selbstmordabsichten?«

Sieht beinahe so aus, dachte Lovis.

Scatolin meinte: »Da sind wir offensichtlich nicht die Einzigen. Schrambach, wenn irgendwann rauskommt, dass du diesem Privatdetektiv hilfst, kannst du einpacken.«

»Du ja auch«, sagte Schrambach. »Und bis jetzt hatte der Lovis ja immer recht mit seinen Vermutungen. Also seid doch froh, dass er euch hilft.«

Lovis feixte und er freute sich noch mehr, als er Scatolins Antwort hörte: »Sind wir ja auch. Aber sag es nicht zu laut. Sonst wird er noch eingebildet.« Damit legte er auf. »Hast du noch Zeit für einen Kaffee?« Lovis hatte.

Auf der Alm empfingen ihn leidende Gesichter. Die Jungs hingen bleich und apathisch herum, offensichtlich hatten sie einen ordentlichen Kater.

»Hoffentlich geht's euch richtig schlecht«, kommentierte er ihren jammervollen Zustand.

»Ich trink nie wieder einen Schluck«, stöhnte Matthias.

»Ich auch nicht«, kam es unisono von den anderen beiden.

Lovis nickte zufrieden. »Dann hätten wir das geklärt. Ich krieg dann noch 25 Euro von euch.«

Die Gesichter der Jungs fuhren hoch. »Wieso?«

»Fürs Bier. Meint ihr, ich lasse mir von euch das Craftbier von meinem Freund wegsaufen? Das werdet ihr mir schön bezahlen!«

Die Jungs stöhnten.

Nur Iwan schien seine Gedanken schon wieder ordnen zu können. »Ziehen Sie es uns einfach von unserem Lohn ab.«

»Lohn?«

»Dafür, dass wir den Wald aufgeräumt haben«, erinnerte er Lovis.

Lovis grinste. »Du bist wieder fit, sehe ich. Dann können wir uns jetzt an die Ermittlungen machen?«

»Erst gibt's Mittagessen«, rief Angelika von der Hütte her. »Und wundert euch nicht. Es gibt nur Aufgewärmtes.« Sie brachte den Topf mit der Gerstensuppe nach draußen und wies Iwan an, auch gleich den Rest des Fleischs vom vorigen Abend zu holen. »Das Gute ist, dass euch die ganze Nachspeise geblieben ist«, sagte sie. »Zum Dessert sind wir ja nimmer gekommen gestern.«

»Und zur Auflösung auch nicht«, sagte Lovis. »Wer war denn nun der Mörder?«

Angelika lächelte. »Das Spiel wird noch fertig gespielt, Lovis. Die Gäste bleiben ja noch die ganze Woche.«

Er konnte sich nur mit Mühe davon abhalten, zu stöhnen.

Doch es war sie, die stöhnte. Als Lovis ihrem Blick folgte, wusste er warum. Burgi kam den Pfad hoch und ihr Ziel war eindeutig seine Hütte.

»Lollo«, begann sie und Lovis sah aus dem Augenwinkel, wie Angelikas Finger sich verkrampften. »Ich wollt mich bedanken für gestern.« Sie wandte ihren Blick widerstrebend Richtung Angelika. »Bei dir auch. Es war …« Ihre Stimme versagte und ihre Augen füllten sich mit Tränen.

»… furchtbar. Mein Beileid, Burgi«, ergänzte Angelika. Irgendwie hatte sie es geschafft, so etwas wie Mitgefühl in ihre Worte zu legen.

»Danke.« Burgi schniefte. »Warum ich gekommen bin. Ich … hab solche Angst da unten und ich glaub, ich werd wahnsinnig. Ständig hör ich Schritte oder Finger, die über die Fensterläden kratzen. Ich vergeh vor Angst. Und ich wollt fragen, ob du nicht noch einmal die Runde gehen könntest unten. Alles kontrollieren. Schauen, ob er sich versteckt hat ... der Mörder.« Lovis wechselte einen Blick mit Angelika. Sie nickte kaum merklich.»Mach ich gern, Burgi.«

»Ich setz dir inzwischen einen Kaffee auf«, sagte Angelika.»Schaut aus, als könntest du einen gebrauchen.« Lovis durchschaute ihre Taktik sofort und grinste. Lieber machte Angelika Small Talk mit Burgi, als dass sie diese mit ihm losziehen ließ.»Ihr kommt mit mir«, forderte er die Jungs auf. Allgemeines Stöhnen war die Antwort, doch er blieb unerbittlich.»Ein Kater ist keine Ausrede.« Sie sollten die ganzen Folgen so eines Besäufnisses am eigenen Leib erfahren, und dazu gehörte, dass man am nächsten Tag nicht geschont wurde.

Kraftlos stemmten sie sich hoch.

»Können wir wenigstens mit dem Auto fahren?«, machte Erik einen Versuch.

Aber Lovis war schon losgegangen. Natürlich zu Fuß.

Am Hof wurden sie von dem Schäferhund wieder mit wütendem Gebell und gefletschten Zähnen empfangen. Er zerrte an der Kette und gebärdete sich wie wahnsinnig. Ins Haus würden sie wieder nicht kommen. Lovis überlegte, ob er Burgi anrufen sollte.

»An dem traut sich keiner vorbei«, sagte Erik mit ehrfürchtigem Schaudern.

Da hatte er wohl recht. Im Haus würde sich niemand verstecken, denn das wurde von diesem Zerberus verteidigt.

»Wir durchsuchen alles, wo der Hund nicht hinkommt«, schlug Lovis vor und hangelte sich die Böschung hinunter, um an dem Misthaufen herum am Wachhund vorbeizukommen. Die Jungs wandten sich in die andere Richtung. Da fiel Lovis etwas ein: »Und solltet ihr den Italiener sehen ... meinen Ex-Chef ... dann nehmt ihr die Beine in die Hand und verschwindet. Klar?« Nicht, dass Botta als Nächstes die Jungs zum Verhör schickte.

»Glasklar.«

Die Jungs stiegen den Pfad zum Bauerngarten hoch, umrundeten den Backofen und verschwanden aus Lovis' Blicken. Er ging weiter. Untersuchte die Himbeerbüsche hinter dem Misthaufen, den Bretterstapel an der Nordseite des Hofes, den Kuhstall. Diesmal warf er nicht nur einen Blick hinein, sondern ging die Standplätze der Rinder ab, bückte sich, um nach Beinen zu suchen, die sich unter den Kühen versteckt hatten, sah in den Futterschacht, öffnete die Melkkammer ... kein Mensch war zu finden.

Der Hund bellte immer noch.

Vom Kuhstall führte ein Durchgang zu einer kleineren Stallkammer, in der Schweine und zwei Kälbchen untergebracht waren. Auch hier war niemand zu sehen. Der Stall war sicher.

Lovis verließ ihn wieder und umrundete das Gebäude. Hinten sollte er mit den Jungs zusammenstoßen. Da hörte er ihr aufgeregtes Geschrei. »Was zum ...«, entfuhr es ihm und er beschleunigte seine Schritte.

Am Ende des schmalen Korridors, der zwischen Haus und Abhang lag, sprangen die Jungs zwischen lauter aufgeregten Hasen herum. Hatten sie die Tiere freigelassen? Lovis runzelte die Stirn. Dann verstand er, was sie sagten.

Gerade schimpfte Iwan mit seinem Freund.»Spinnst du, das anzufassen? Das sind doch Indizien!«

»Was weiß denn ich, dass das Indizien sind. Ich hab gedacht, das ist sonst was. Dass die Hasen das irgendwo gestohlen haben oder so!«, maulte Matthias zurück.

»Da sind jetzt aber deine Fingerabdrücke drauf!«

»Noch einmal: Woher soll denn ich wissen, dass das nicht Spielzeug für Hasen ist?«

Iwan schnaubte.»Als ob die Bauern Spielzeug in ihre Hasenställe legen. Und noch dazu so was Gefährliches wie eine Axt.«

»Ich hab doch aber nicht gleich gesehen, dass es eine Axt ist!«, verteidigte sich Matthias weiter.

Erik mischte sich beunruhigt in das Gespräch.»Glaubt ihr nicht, dass es besser ist, wir holen den Big Boss?«

»Der ist schon da«, sagte nun Lovis und die drei Köpfe fuhren zu ihm herum.»Was habt ihr Gefährliches entdeckt?«

Die Jungs gaben den Blick auf den Hasenstall frei. Darin lagen gut sichtbar eine Axt und ein Kleiderbündel.

»Die Axt hat unter dem Heu hervorgeschaut, da hab ich sie rausgezogen und ...« Matthias beugte sich plötzlich zur Seite und erbrach sich.

Iwan vollendete den Satz an seiner Stelle:»Sie ist voller Blut.« Auch er sah aus, als müsse er sich übergeben.

»Wir haben die Tatwaffe gefunden«, flüsterte Erik unbehaglich.

Lovis ging in die Hocke und erstarrte. Da lag eine Axt, damit hatten die Jungs recht. Eine Axt, auf deren Klinge Flecken waren, die verdammt nach getrocknetem

Blut aussahen. Auch auf dem Holzgriff zeichneten sich bräunlich-rote Handabdrücke ab. Was ihn aber noch mehr entsetzte, war das Stoffbündel, das in der hinteren Ecke lag. Er erkannte es auf den ersten Blick: Es war die Kleiderschürze, die Burgi gestern getragen hatte, als sie ihnen die Schupfnudeln gekocht hatte, und plötzlich fügte sich ein Puzzleteil zum anderen: der Todeszeitpunkt, der zu spät war, als dass Gabriel es gewesen sein könnte, die Körpergröße des Täters und – wie hatte er das übersehen können –»Der Hund hat nicht gebellt«, sagte er tonlos.

Die Jungs sahen ihn verwirrt an. Iwan war wie immer der Erste, der verstand, was er meinte. »Wenn der Mörder nicht vom Hof gewesen wäre, hätte der Hund die Frauen vorgewarnt und der Mörder hätte sie nicht hinterrücks erschlagen können.«

»Dann war der Mörder jemand vom Stoaner Hof?«, fragte Matthias, immer noch verwirrt. »Aber da war ja nur noch die ...«

»Burgi«, ergänzte Lovis. Ihre Reaktion auf den Tod ihrer ersten Schwester kam ihm in den Sinn, ihre Fröhlichkeit, als wäre nichts gewesen. Schon damals hatte er sich darüber gewundert, wie seltsam sie auf den Tod eines nahen Familienangehörigen reagiert hatte. Aber warum hatte sie es getan? Warum hatte sie ihre Schwestern getötet? Erbschaftsstreitigkeiten? Das gute Verhältnis, das Much und Thres zu ihr gehabt hatten, sprach dagegen. Thres, die ihren Mann darum gebeten hatte, ihre Schwester abends abzuholen, Muchs nachsichtiges Lächeln, wenn er von der Schwägerin sprach, die sich noch die Hörner abstoßen musste. Nein, da war alles im Reinen gewesen.

Egal. Das Warum war jetzt erst einmal zweitrangig, wichtiger war, dass er die Mörderin gefunden hatte. Er musste Scatolin benachrichtigen. Lovis zog sein Mobiltelefon aus der Gesäßtasche und wählte die Nummer seines Freundes. »*Il cliente da Lei chiamato* ...«, tönte ihm die Computerstimme entgegen. »*Porca miseria!*«, entfuhr es ihm. Drecksmist! Sein Freund hatte die Blockierung seiner Nummer noch nicht aufgehoben. Was sollte er jetzt tun?

»Der Notruf ist 112«, sagte ihm Iwan ein.

»Das weiß ich auch«, maulte er zurück, heftiger, als es eigentlich nötig war. Er wollte, dass sein Freund den Fall übernahm, nicht die Carabinieri. Doch es blieb ihm nichts anderes übrig. Er wählte die Notrufnummer, erklärte dem Diensthabenden am anderen Ende, was passiert war, und erwähnte dabei mindestens dreimal, dass sich die Brixner Polizei bereits mit dem Fall befasste, und zwar, um genau zu sein, der Ispettore Scatolin. Dann legte er auf.

»Und jetzt?«, fragte Erik.

»Jetzt müssen wir warten.«

»Und ... Angelika?« Unsicherheit lag in der Stimme des Jungen.

Da lief es Lovis eiskalt den Rücken hinunter. Angelika war allein mit einer Mörderin. Verzweifelt sah er die Jungs an.

Iwan verstand. »Laufen Sie. Schnell. Wir bleiben hier und warten auf die Polizei.«

Das tat Lovis. Er nickte den Jungs zu und kletterte die Böschung neben dem Hasenstall hoch auf die darüberliegende Wiese, durchquerte sie und rannte, ohne auf seine stechenden Lungen zu achten, Richtung Alm.

Er hörte sie von Weitem. Hohe, schrille Frauenstimmen, von denen eine immer wieder »Burgi!« rief. Das musste Angelika sein. Ihre Stimme klang fremd, hoch, gellend. Panik lag darin. Dazwischen undefinierbare Geräusche, die von Burgi kommen mussten. Kreischen, Knarzen, ein tiefes Brüllen. Lovis rieselte es kalt den Rücken hinunter und er hastete weiter. Seine Muskeln brannten. Als er aus dem Wald trat und freien Blick auf die Alm hatte, sah er sofort, was da oben los war. Hinter der Hütte, zwischen Holzstapel und Pferdekoppel, rannten die zwei Frauen herum. Burgi mit hoch erhobener Axt, brüllend, eindeutig darauf aus, Angelika zu treffen, die mit allen Mitteln versuchte, den Hackklotz zwischen sich und der wild gewordenen Bergbäuerin zu halten.

»Burgi!«, schrie Lovis. Dann noch einmal, so laut es seine Lungen hergaben. »Burgi!«

Doch sie hörte ihn nicht und er rannte weiter. Er verfluchte sich dafür, dass er zu Fuß zum Stoaner Hof gegangen war, dass er Angelika mit Burgi zurückgelassen und die Jungs mitgenommen hatte. Er rannte, rannte und rannte. Dann kam die kleine Erhebung, hinter der die beiden Frauen plötzlich verschwanden. Im letzten Augenblick sah er Burgis Axt niederfahren, begleitet von einem Schrei, der nicht zu einem Menschen zu gehören schien. Sein Herz machte einen Sprung. Kam er zu spät? Seine Knie drohten nachzugeben, doch er zwang sich weiter. Den kleinen Abhang hinauf, quer über die Wiese, in deren sumpfigem Boden das Fortkommen schwierig war, durch Alpenrosenbüsche und über Heidekraut. Er stolperte, fiel, krabbelte auf allen Vieren weiter, bis er sich wieder fing und die letzten Meter zur Hütte auf zwei Beinen nahm, die Hütte umrundete.

Das Bild, das sich ihm bot, ließ ihm das Blut in den Adern gerinnen. Burgi stand breitbeinig über Angelika, die Axt hoch über ihrem Kopf und atmete schwer. Es war Lovis' Axt, mit der er das gesammelte Holz hätte zerteilen wollen. Burgi hatte sie mit beiden Händen fest gefasst, ihre Oberarmmuskeln zeichneten sich deutlich unter der gebräunten Haut ab.

Wie haben wir nur alle miteinander vergessen können, dass auch eine Frau stark genug ist, um eine Axt zu schwingen?, dachte Lovis. Doch er hatte keine Zeit, diesem Gedanken nachzugehen. Angelika lag auf die Hände abgestützt vor Burgi auf dem Boden, die Augen angstvoll auf die Axt gerichtet, bereit, ihren Körper herumzuwerfen, wenn die Waffe niederfuhr. Er musste etwas unternehmen.

»Burgi!«, rief Lovis.

Als hätte er einen Knopf gedrückt, ließ Burgi die Arme sinken und wandte sich ihm zu. Ein erfreutes Lächeln ließ ihr Gesicht erstrahlen. »Lollo!« Als hätte sie nicht gerade die Liebe seines Lebens mit der Axt erschlagen wollen, ging sie auf ihn zu, selig lächelnd. »Lollo«, sagte sie noch einmal mit sanfter Stimme. »Hast du was entdeckt?«

Lovis fühlte die Furcht über seinen Rücken hochkriechen. Was war hier los? Hatte er sich die Szene gerade eben eingebildet? Er warf einen Blick zu Angelika, die mit bleichem Gesicht immer noch im Gras neben dem Hackklotz saß und ihn beschwörend ansah. Sah zu Burgi, die ihn verträumt anlächelte. Räusperte sich. »Tu erst einmal die Axt weg, Burgi. Dann erzähl ich dir, was wir gefunden haben.«

Burgi sah auf ihre rechte Hand, in der immer noch die Axt baumelte. »Oh, die Axt«, sagte sie und drehte sich um. Angelika wich vor ihr zurück, als sie das Ding hoch in die Luft hob und auf den Hackklotz niedersausen ließ. Burgi beachtete sie nicht. »Was hast denn herausgefunden, Lollo?«

»Wollen wir uns vor die Hütte setzen?« Er bedeutete ihr, vorauszugehen. Als sie an ihm vorübergegangen war, flüsterte er Angelika zu: »Bist du in Ordnung?«

Sie nickte.

»Bleib, wo du bist.«

»Und wenn sie auf dich losgeht?«

Er schüttelte den Kopf. Irgendwie hatte er das Gefühl, dass ihm keine Gefahr drohte.

»Lollo?«, kam es von vor der Hütte.

»Komme schon.« Er sah Angelika noch einmal eindringlich an. »Bleib da. Die Polizei kommt gleich.«

Burgi saß auf der Bank vor dem Haus und hielt das Gesicht in die Sonne, als sei sie nicht gerade wie eine Wilde auf seine Angelika losgegangen. Lovis setzte sich mit etwas Abstand neben sie.

»Und?«, fragte sie.

»Der Hund hat gebellt.«

Sie lächelte. »Der Hasso? Der passt auf uns auf. Wenn der nicht will, kommt keiner durch.«

Lovis nickte. Er hätte sich dafür ohrfeigen können, dass er nicht schon früher darauf gekommen war. Der Hund hatte sich immer wie wahnsinnig gebärdet, wenn er auf dem Stoaner Hof erschienen war, nur wenn er zusammen mit Burgi dort ankam, war er schwanzwedelnd auf sie zugelaufen. »Der Hund hat aber nicht gebellt, als der Mörder gekommen ist.«

Sie sah ihn an. »Was meinst damit?«

»Die Thres ist hinterrücks erschlagen worden. Genauso wie die Nandl. Wenn der Hund angeschlagen hätt, wären sie doch beide schauen gegangen.«

»Das stimmt.«

»Also muss der Hund den Täter gekannt haben.« Die Burgi sah ihn groß an. »Gekannt? Aber der Hund bellt immer. Nur bei Much nicht und bei der Thres hat er auch nicht gebellt.« Nach einer kleinen Pause fügte sie hinzu: »Und natürlich bei mir.«

Er nickte vielsagend. Doch sie sah ihn weiterhin verständnislos an. Lovis konnte sich keinen Reim darauf machen. War das dieselbe Frau, die noch vor wenigen Augenblicken seine Angelika mit hoch erhobener Axt bedroht hatte, die womöglich ihre zwei Schwestern brutal dahingemetzelt hatte? Bevor es auch ihm an den Kragen ging, wechselte er das Thema: »Die Hasen sind frei herumgelaufen. Die Jungs haben sie eingefangen.«

»Danke.«

Wieder wunderte sich Lovis. An Burgis Gesicht konnte er nicht das leiseste Zeichen von Beunruhigung ablesen. War sie doch ahnungslos? War er wieder in einer Sackgasse mit seinen Theorien und sie war unschuldig? Wie sollte er dann diese Attacke gegen Angelika einordnen. Am liebsten hätte er sie gefragt, aber er hatte Angst, mit der Frage etwas auszulösen bei Burgi. Lovis entschloss sich, über den Vorfall wegzugehen und die Zeit bis zur Ankunft der Polizei irgendwie anders zu überbrücken, Burgi abzulenken. »Hast du deinen Kaffee schon gehabt?«

Burgi sah ihn erstaunt an. »Wieso? Magst du einen? Soll ich dir einen machen?«

Im ersten Augenblick wollte er abwehren. Schließlich war er der Herr der Hütte und somit der Gastgeber. Dann fiel ihm ein, dass er sie zum Kaffeemachen hätte allein vor der Hütte lassen müssen und dass Angelika immer noch dahinter wartete und plötzlich war er froh über ihren Vorschlag. »Gern.«

Burgi stand auf und ging in die Hütte. Er hörte, wie sie die Mokkamaschine aufschraubte und den Tank mit Wasser füllte. Dann ertönte das Schnappen der Gasherdzündung. »Hast was dazu?«, kam ihre Stimme aus dem Inneren der Hütte.

Lovis überlegte fieberhaft. »Da müssten irgendwelche Kekse sein. In einem von den Kastln.«

Schranktüren klapperten, das Rascheln einer Papiertüte, in der die Kekse verstaut waren. Alles beruhigende Geräusche für Lovis. Dann fauchte der Kaffee in der Mokkamaschine und wenig später kam Burgi mit zwei dampfenden Tassen heraus. »Zum Wohl«, sagte sie, stieß lächelnd mit ihm an und nippte an dem Heißgetränk.

Plötzlich kniff sie die Augen zusammen. »Schau, da kommt schon wieder die Polizei«, sagte sie. Überrascht und doch gleichgültig, als beträfe sie das nicht.

Lovis wunderte sich weiter. Gleichzeitig war er froh, dass die Polizei so schnell gewesen war, dass er nicht gezwungen gewesen war, Burgi irgendwo festzuhalten oder einzusperren, bis die Einsatzkräfte auf der Alm waren.

Das Polizeiauto ruckelte über den Almweg und blieb neben Lovis' Golf stehen. Erleichtert erkannte er Scatolin hinter dem Steuer. »Mein Freund«, sagte er. »Komm, Burgi, ich stell ihn dir vor.«

Er ging Scatolin entgegen, umarmte ihn und klopfte ihm dabei freundschaftlich auf die Schulter. Dabei flüsterte er ihm ins Ohr: »Sie ist die Mörderin, aber mit ihr stimmt etwas nicht. Vorher ist sie mit der Axt auf Angelika losgegangen, jetzt tut sie, als wäre nichts gewesen.«

Scatolin löste sich aus der Umarmung und nickte ihm zu.

»Die Burgi kennst du eh«, sagte Lovis. »Die Schwester von der Thres und der Nandl.«

Scatolin streckte ihr die Hand entgegen. »Wir kennen uns. Wegen Ihnen bin ich auf dem Berg, Frau Steiner.«

Die Burgi klimperte kokett mit den Augendeckeln. »Wegen mir?«

Scatolin nickte. »Ja, ich brauch Ihre Aussage noch einmal. Darf ich Sie ins Auto bitten?«

Die Burgi zögerte. »Aber nicht mehr so lang wie das letzte Mal.«

»Versprochen«, sagte Scatolin lächelnd. Sabrina hakte Burgi auf sein Nicken hin unter und führte sie zum Polizeiwagen.

»Erzähl«, forderte Scatolin Lovis auf.

»Im Hasenstall haben wir eine Axt und ein Kleidungsstück gefunden, das der Burgi gehört.«

Scatolin nickte. »Die Jungs haben es mir gezeigt.«

»Ich bin wie der Wind auf die Alm und kam gerade in dem Moment an, als sie die Angelika mit meiner Axt erschlagen wollte. Kaum hat sie mich gesehen, war sie wie ausgewechselt.« Lovis runzelte die Stirn. »Sie hat so glaubwürdig getan, als wäre nix gewesen, dass ich fast dran zweifel, ob ich richtig gesehen habe.«

»Ist die Angelika noch da?«

»Hinterm Haus.«

Die beiden Männer umrundeten die Hütte. Angelika saß mit zurückgelehntem Kopf am Holzstapel und ... weinte. Lovis stürzte zu ihr hin und zog ihren Oberkörper an sich. Beruhigend strich er ihr über den Rücken. »Es ist alles gut«, flüsterte er. »Alles gut.«

Angelika ließ die Umarmung einen Moment lang geschehen, dann löste sie sich daraus und fuhr sich mit dem Handrücken über die Nase. »Ispettore?«, fragte sie und stemmte sich hoch.

»Können Sie mir sagen, was passiert ist?«, fragte Scatolin.

»Keine Ahnung. Ich hab ihr einen Kaffee gemacht, als die Jungs mit Lovis weg waren. Dann bin ich zu meinem Ross und wie ich den Sattel holen will, steht sie da mit erhobener Axt und brüllt mich an, ich soll ihren Lollo in Ruhe lassen.« Angelika warf Lovis einen anschuldigenden Blick zu.

Der hob abwehrend die Hände. »Ich hab ihr nie in irgendeiner Weise zu verstehen gegeben, dass ich irgendwas von ihr will.«

»Jedenfalls haben wir dann eine gefühlte Ewigkeit Derwischilatz gespielt. Fangen«, fügte Angelika hinzu, als sie Scatolins verständnislosen Blick sah. »Sie ist mir mit der Axt nach und ich hab versucht, auszustellen. Bis der Lollo gekommen ist.«

Lovis' Herz machte einen kleinen Hüpfer, als er erkannte, dass Angelika ihn trotz allem noch Lollo nannte.

Scatolin nickte. »Halten Sie sich zu unserer Verfügung.«

Angelika versprach es. Dann verabschiedete sich Scatolin. Kaum war er um die Ecke gebogen, da sackte Angelika wieder in sich zusammen. Lovis zog sie hoch, schloss sie in die Arme und drückte sie an sich. Er sagte gar nichts, sondern ließ sie weinen, bis sein T-Shirt an der Schulter von ihren Tränen durchtränkt war.

Die Abendsonne färbte die Dolomiten rosa. Lovis saß auf der Bank vor seiner Hütte und genoss das farbenprächtige Schauspiel. Die Jungs waren irgendwo im Wald, wo sie wieder »eine perfekte Stelle für ein Lager« entdeckt hatten, Angelika trabte mit ihrem Wallach über die Alm und er selbst genoss den Frieden, der endlich auf der Alm Einzug gehalten hatte.

»Der Eremit vom Berg«, sagte da eine Stimme neben ihm.

Lovis sah zur Seite. »Scatolin!«

Sein Freund setzte sich neben ihn. »Du hast mir ein Bier versprochen, wenn ich dich auf der Alm besuchen komme.«

Lovis zuckte entschuldigend mit den Schultern. »Das haben die Jungs ausgetrunken.«

»Echt jetzt?«

»Ja, leider. Sie haben mich überlistet. Wir können uns aber durch die Schnäpse kosten, die mir Onkel Sebastian hinterlassen hat«, schlug Lovis vor.

»Oder wir können das hier trinken.« Scatolin hielt zwei große dunkle Glasflaschen hoch, die Lovis sofort als die Flaschen einer Brixner Bierbrauerei erkannte.

Scatolin ließ sich neben seinem Freund nieder und reichte ihm eine Flasche, Lovis ließ dankbar den Bügelverschluss aufschnappen und nahm einen tiefen Zug. Dann betrachtete er weiter das Panorama.

»Und?«, fragte Scatolin.

»Was und?«

»Möchtest du nicht wissen, was wir herausgekriegt haben?«

Lovis sah ihn überrascht an. Natürlich wollte er. Er brannte darauf, die Neuigkeiten zu hören, aber er hätte sich lieber die Zunge abgebissen, als davon anzufangen und seinen Freund erneut zu vergrätzen. »Du wirst es mir schon sagen, wenn es an der Zeit ist.«

»Spielverderber.«

»Wir haben diese Walpurga also vernommen. Und sie war weiterhin sehr seltsam. Wollte nichts von der Axt wissen, von den Morden schon gar nicht. Im Gegenteil: Jedes Mal, wenn wir das Gespräch in die Richtung gelenkt haben, hat sie wieder angefangen zu weinen. Und dann hatte Sabrina diese glorreiche Idee.« Er machte eine Pause.

»Was für eine Idee?«

Scatolin grinste. »Interessiert es dich also doch?«

»Was soll die Frage? Natürlich will ich wissen, wie es ausgegangen ist. Also?«

»Also hatte Sabrina die Idee, die Krankenakte anzuschauen, und siehe da … wir sind fündig geworden.«

»Sie hat eine psychische Krankheit«, stellte Lovis nüchtern fest.

Scatolin nickte. »Ich kann es leider nicht genauso wiedergeben, wie es uns der Psychiater in der Klinik erklärt hat, aber wenn ich das richtig verstehe, war sie in ihrer Jugend wegen einer dissoziativen Persönlichkeitsstörung in Behandlung, gekoppelt mit etwas, das der Arzt als Liebeswahn bezeichnete.«

»Liebeswahn?«

»Ja. Du kennst ja die Geschichten von den Teenies, die sich in einen Popstar verlieben?«

Lovis nickte. Diese Liebe konnte zur Obsession werden und schreckliche Ausmaße annehmen.

Scatolin fuhr fort: »Das kann sich zu einer richtigen Krankheit auswachsen. Und das muss bei Walpurga Steiner passiert sein. Eigentlich war sie in den letzten Jahren stabil, aber irgendetwas muss sie getriggert haben. Möglicherweise ein Streit zwischen Michael Wieser und seiner Frau Theresia.«

»Ja, der Samuel hat die beiden streiten gehört und anschließend den Ehering von der Thres gefunden«, erinnerte sich Lovis.

»Das muss Walpurga Steiner mitbekommen haben und es hat in ihr wohl das Gefühl ausgelöst, dass sie ihren Schwager retten muss. So hat es zumindest der Arzt erklärt. Sie war wohl der fixen Überzeugung, dass dein Freund Much in sie verliebt war. Dass er zwar ihre Schwester geheiratet hat, aber nur, um ihr selbst nahe zu sein. Als die beiden dann stritten, hat sie ihre Schwester ermordet, um ihn quasi vor ihr zu retten – und sich selbst gleich mit dazu. Der kranke Teil in ihr sieht den Mord nämlich als reine Selbstverteidigung.«

»Das klingt total … verrückt«, staunte Lovis.

»Ja, aber wahrscheinlich war sie während der Tat sogar der fixen Überzeugung, dass ihre Schwester sie zuerst angegriffen hat, sagt der Arzt. Ihre Psyche hat die grässlichen Ereignisse dann abgespalten, so als sei es nicht geschehen. Dass sie danach nichts mehr davon wusste, gehört wohl auch zum Krankheitsbild ...«

Lovis fehlten die Worte.

»Wir wissen es noch nicht sicher, aber der Arzt vermutet, dass Walpurga Steiner ihre Obsession auch auf den Mann ihrer zweiten Schwester übertragen hatte und danach ...« Scatolins Blick flackerte zu Lovis hinüber.

Der hatte schon verstanden. »Auf mich. Das heißt, wenn ich nicht rechtzeitig auf die Alm gekommen wäre, hätte sie Angelika getötet?«

Scatolin nickte. »Ich fürchte.«

Lovis rieselte es kalt den Rücken hinunter. Um ein Haar hätte er seine Angelika verloren. Das Bier schmeckte plötzlich schal und er stellte die Flasche ab. »Sie hat so ... normal gewirkt.«

»Ja, das ist das eigentlich Vertrackte an der ganzen Sache. Die Leute mit dieser Störung wirken in der Regel normal.«

»Und warum hat sie geglaubt, sie muss mich vor Angelika retten?« Lovis konnte sich nicht daran erinnern, sie irgendwann um Hilfe gebeten oder über Angelika geklagt zu haben.

»Na, so wie ich deine Angelika kennengelernt habe, ist sie recht durchsetzungsfähig. Vielleicht hatte die Burgi das Gefühl, dass du zu sehr unter ihrem Pantoffel stehst?«

Lovis nickte langsam. So etwas Ähnliches hatte die Burgi sogar einmal gesagt. Wenn er damals nur gewusst

303

hätte, welche Folgen das haben würde …»Und was passiert jetzt mit ihr?«

»Sie ist bereits in der geschlossenen Abteilung der psychiatrischen Klinik. Der Staatsanwalt hat den Unterbringungsbefehl beantragt und den Rest kennst du.« Lovis nickte. Sie schwiegen eine Weile. Irgendwann meinte er:»Weißt du was vom Much?«

»Er wird wohl noch eine Weile dortbleiben.« Lovis dachte an den zufriedenen, geerdeten Kerl, der noch vor Kurzem mit ihm den Abend verbracht hatte, an den Duft des Pfeifenrauchs. Nun war er gebrochen. Ob er sich irgendwann von diesem Schicksalsschlag erholen würde?»Hoffentlich haben sie ihn nicht in derselben Nervenklinik wie Burgi untergebracht?«

Scatolin schüttelte den Kopf.»Darauf haben wir natürlich geachtet.«

»Und der Heinz?«

»Der ist noch immer im Krankenhaus und unter ständiger Beobachtung. Ein Psychologe begleitet ihn, außerdem der Krankenhauspfarrer und ein Notfallseelsorger. Sollte sich sein Zustand verschlechtern, wird er wohl auch in Behandlung müssen.«

»So viel Leid«, sagte Lovis.

Wieder saßen sie eine Weile nebeneinander, ohne ein Wort zu sagen, dann meinte der Ispettore:»Ich soll dich übrigens von Botta grüßen. Er findet es zu schade, dass er dir diesen Mord auch nicht anhängen kann, aber irgendwann, ist er sicher, klappt es schon noch.«

»Ich wünsch ihm viel Glück«, antwortete Lovis gleichgültig.»Wenn er wüsste, wie sehr ich mich bemüht habe, ihm den Mord in die Schuhe zu schieben.«

»Oh, das weiß er, keine Sorge. Du bist ja ständig aufgetaucht, wenn er ermittelt hat.«

»Er hat ermittelt?«

»Ja. Wenn ihn nachts das Blaulicht aus dem Schlaf geholt hat, bist du ihm über den Weg gelaufen, wenn er nach Indizien gesucht hat, warst plötzlich du da und die einzige Spur, die er hinterlassen hat, ein Stiefelabdruck neben dem Küchenfenster ...«

»... wurde ausgerechnet von mir identifiziert«, unterbrach ihn Lovis grinsend.

»Genau.«

»Tja, Pech gehabt, Botta. Ich bin eben immer schneller als du.«

Scatolin wurde ernst. »Das klingt jetzt spaßig, Lovis, aber glaub mir: Botta ist miserabel auf dich zu sprechen. Der macht seine Drohung wahr.«

»Ich weiß, woran ich mit ihm bin.«

»Bei wem weißt du, woran du mit ihm bist?«, kam Angelikas Stimme von der Hüttenecke. Sie trug ein Shirt, auf dem stand:

QUIEN MONTA AL
DIABLO

– die den Teufel reitet. Darunter war ein Bild eines schwarzen Hengstes, der das Abbild von Angelikas Friesenwallach hätte sein können.

Lovis lächelte. »Ich hab dich gar nicht kommen hören.«

»Da bin ich.« Sie kam zu den beiden Männern, dann setzte sie sich neben Lovis. »Alles gut ausgegangen, Ispettore?«

»Wollen Sie mich nicht irgendwann einmal Giovanni nennen?«

»Gern, Giovanni, wenn Sie Angelika zu mir sagen.«

»Und du.«

»Du.« Angelika lächelte ihn schelmisch an und für Lovis fühlte es sich an, als sei die Welt zuerst ganz aus den Fugen und mit dieser Annäherung seiner zwei liebsten Menschen wieder in Ordnung geraten. Völlig in Ordnung.

Er bot Angelika einen Schluck aus seiner Bierflasche an, dann nahm er selbst einen. Die Dolomiten erstrahlten in einem intensiven Orange.

Sie legte ihren Kopf an seine Schulter. »Schön, oder?«

Die beiden Männer nickten.

Weit entfernt bimmelte eine Kuhglocke. Am rosafarbenen Himmel zog ein Flugzeug langsam seine Bahn.

Angelika lehnte sich vor und sah Scatolin an. »Was tust du morgen Abend?«

Er überlegte. »Nichts?«

»Dann bist du hiermit gebucht.« Angelika grinste. »Für unser Krimidinner. Eigentlich bist du es uns eh noch schuldig, dass du da mitmachst.«

Lovis seufzte. »Schon wieder? Wir haben doch erst gestern …«

Aber Angelika duldete keinen Widerspruch. »Wir wissen ja noch gar nicht, wer der Mörder ist. Der richtige Mord ist uns dazwischengekommen.«

»Doch, wissen wir. Es war dieser Kalle. Das liegt doch auf der Hand. Er ist seinem Freund gefolgt und hat ihn umgebracht.« Lovis warf Scatolin einen entschuldigenden Blick zu. »Du musst also nicht mitspielen.«

Scatolin grinste. »Ich spiel aber gern mit. Du hast dich da doch sicher wieder in eine Sackgasse verrannt,

Amico. Da braucht es wirkliches investigatives Können, sonst haust du gewiss den Falschen in die Pfanne.« Angelika und Scatolin klatschten ab und Lovis stöhnte. »Ihr verschwört euch doch nicht gegen mich, oder?«

»Wenn, dann nur zu deinem Besten, Lo… Schatz«, sagte Angelika und ein warmes Gefühl durchströmte Lovis, weil sie ihn nicht nur wieder Lollo, sondern jetzt auch Schatz nannte.

»Na dann, Schatz«, sagte er, wandte ihr seinen Kopf zu und drückte ihr einen schnellen Kuss auf die Nasenspitze.

Von der Seite kamen Würgegeräusche. »Könnt ihr das nicht woanders machen?«, fragte Matthias angeekelt.

Lovis grinste und küsste Angelika als Antwort noch einmal. Diesmal auf den Mund.

MONTAG

WER IST DER MÖRDER?

»Also, ich habe genau gesehen, wie du, lieber Vinzenz, dem Rudi gefolgt bist. Es war ungefähr sechs Uhr morgens und du bist ihm nach in die Berge. Er hat den Schmugglerkorb auf dem Rücken gehabt, aber du hattest nichts bei dir. Das heißt, du warst nicht nach Österreich unterwegs, sondern bist ihm nach und hast ihm getötet.« Lovis klopfte auf den Tisch. Onkel Sebastians alter Sarner schlabberte um seine Arme und er hatte seinen vertrauten Geruch in der Nase. Auf der Tischplatte vor ihm stand eine üppig befüllte Schlachtplatte. Angelika hatte groß aufgetischt.

»He, he, he«, versuchte Kalle Lovis zu beruhigen. »Immer langsam mit den jungen Pferden. Wer sagt denn, dass ich dem Vinzenz nach bin. Vielleicht bin ich nur zufällig denselben Weg gegangen?«

»Das glaubst du doch selber nicht.«

»Jetzt dürft ihr einmal Pause machen«, unterbrach Angelika das erregte Streitgespräch »Es wird gegessen.«

Doch Lovis ließ nicht locker. »Was für einen Grund hättest du denn, in den Wald zu gehen?«

»Vielleicht hab ich dort Pilze gesucht.« Kalle grinste ihn frech an.

»Oder er hatte ein Stelldichein«, sagte Scatolin. Er wechselte einen vielsagenden Blick mit Kalle.

»Oder das, aber das kann ich auch abstreiten.«

»Kannst du?« Scatolin sah ihn lauernd an.

»Weißt du da was?«, fragte ihn Lovis. Scatolin hatte Samuels Rolle übernommen und spielte den Jäger, der sich natürlich zu der Zeit des Mordes auf der Pirsch befunden hatte.

Angelika tat ihm Sauerkraut und ein Stück Surfleisch auf.

»Weiß ich da was?« Scatolin wechselte einen Blick mit Kalle. Der schüttelte leicht den Kopf.

»Ha!«, rief Lovis triumphierend aus. »Ihr beide habt es miteinander getan!«

Scatolin schnaubte. »Amico, ich beginne langsam zu verstehen, warum du dich in jede Sackgasse verrennst, an der du vorbeikommst.«

»Männer, aus jetzt und essen«, sagte Angelika. Sie hatte inzwischen jedem eine ordentliche Portion auf den Teller gelegt und tat sich nun selbst etwas auf.

»Ich glaub doch, dass es der Kalle war«, grummelte Lovis in seinen Bart.

»Und ich sage dir, dass ich es nicht war.«

»Das würd jeder sagen.«

»Auch du?«

Lovis legte das Besteck neben seinem Teller ab. »Natürlich! Glaubst du etwa, dass ich es war?«

»Du warst da allein in deiner Hütte am Berg. Der Rudi kommt an dir vorbei, du erschießt ihn hinterrücks ... Wieso nicht?«

»Weil ich kein Motiv hab.«

»Ich auch nicht.«

Die beiden Männer funkelten sich an.

Angelika lachte auf. »Männer, könnt ihr bitte mal eine Pause machen? Und ich möchte euch dran erinnern, dass es da auch noch andere Leute gibt, die ein Motiv haben.«

»Ja, aber Kalle hat das beste«, begehrte Lovis auf.

»Schatz ...«

»Ist doch wahr, er hat ...« Das Telefon läutete in seiner Tasche. Lovis unterbrach sich und warf einen Blick auf das Display. Es war eine unbekannte Nummer. »Entschuldigt bitte. Ich muss ...« Er deutete auf sein Telefon. Alle nickten verständnisvoll.

Lovis schob sich hinter der Bank heraus und verließ die Hütte. Dann nahm er das Gespräch entgegen. »Ja?«

»Ist da Lorenz Lovis, der Privatdetektiv?«, fragte ihn eine weibliche Stimme.

»Der bin ich.«

»Ich hätte einen Auftrag für Sie.«

Lovis jubelte innerlich. »Ja?«

»Ich bin die Präsidentin von *Commedia*.«

»Dem Theaterverein?« Lovis erinnerte sich vage an ein Flugblatt, das ihm kürzlich unter die Augen gekommen war.

»Genau. Bei uns ist eingebrochen worden. Zweimal. Die Versicherung will nicht bezahlen. Sie behaupten, dass wir den Einbruch selbst verübt haben. Das ist ... ärgerlich.«

»Und ich soll jetzt beweisen, dass Sie es nicht waren?«

»Und den Täter finden.«

Lovis nickte. Nachdem seine Gesprächspartnerin das nicht sehen konnte, sagte er schnell: »Das kann ich machen.«

»Super. Nur … ich kann tatsächlich nicht die Möglichkeit ausschließen, dass es jemand aus der Gruppe ist. Aber ich möchte nicht, dass durch die Ermittlungen in der Gruppe Misstrauen entsteht. Daher wollte ich fragen, ob Sie … ob Sie es sich vielleicht vorstellen könnten, sich uns … als neuer Schauspieler anzuschließen? Praktisch undercover zu ermitteln?«

Lovis' erste Reaktion war, das Angebot abzulehnen. Er dachte an den Busfahrer Karl zurück, der ihm schon damals deutlich signalisiert hatte, dass es mit seinen schauspielerischen Fähigkeiten nicht weit her war. Wie schnell ihn die Empfangsdame im Architekturbüro Prantner entlarvt hatte, als er in die Rolle eines potenziellen Partners für das Protzhotel von Cavagna geschlüpft war … Er eignete sich nicht als Schauspieler. Doch dann huschte ein Lächeln über sein Gesicht. »Ja, das könnte ich mir vorstellen. Ich hoffe, Sie haben eine gute Rolle für mich.« Ja, er konnte schauspielern. Er konnte anderen seine Unschuld vorgaukeln und in Wirklichkeit der Bösewicht sein. Das Krimidinner hatte es ihm bewiesen. Bis jetzt hatte noch niemand herausgefunden, dass er der Mörder war …

DANKE

Liebe Leserinnen und Leser,

mittlerweile ist es ja schon eine Tradition, dass ich ganz hinten im Buch noch einmal allen danke, die die Entstehung dieses Bandes überhaupt möglich gemacht haben.

Das seid in erster Linie ihr. Ihr habt meine *Feuertaufe* und meine *Bewährungsprobe* gekauft, rezensiert und begleitet und damit dafür gesorgt, dass der Servus Verlag sich auch auf den dritten Band dieses Brixen-Krimis eingelassen hat. Danke dafür!

Dann möchte ich mich bei meinen Testleserinnen und Testlesern bedanken, die noch vor der Lektorin ganz genau auf den Text geschaut haben. Allen voran meinem Thomas, dessen erster Satz, wenn er abends heimkam, immer war:»Hast du weitergeschrieben?«Danke auch an meine Autorenkolleginnen Drea Summer, Ulrike Schmid und Carla Capellmann, die ein sehr kritisches Auge auf den Text geworfen haben, bevor ihn meine Testlesermädels in die Finger bekamen. Bianca Kober, Verena D., Be He, Stefanie Stoltenberg –

danke euch! Wahnsinn, was ihr noch einmal gefunden habt!

Danke auch Annalisa Cimino, ihrem Bruder und ihrer Schwägerin, die wieder einmal die italienischen Sprachfetzen verfeinert haben – auch wenn wir danach ganz viel davon wieder streichen mussten. Und an meine liebe Autorenkollegin Fiona Limar, die praktischerweise auch Psychiaterin ist und mich mit ihrem Rat unterstützt hat.

Erst als ihr alle mit dem Text durch wart, hat meine liebe Lektorin vom Servus Verlag, Gerlinde Tiefenbrunner, ihn in die Finger bekommen. Der schönste Teil unserer gemeinsamen Arbeit an dem Manuskript war sicher unsere Lektoratsklausur im Sommer – erst auf der Plose, dann im Garten des Theaterpädagogischen Zentrums. Das war wirklich ein schöner Tag!

Jetzt ist das Buch da und darf von euch allen gelesen werden, und ich bedanke mich gleich schon im Voraus bei allen Bloggerinnen und Bloggern, die es besprechen werden. Ich bin so froh um euch und die tolle Arbeit, die ihr für uns Autoren und unsere Bücher leistet! Danke!

Jetzt bleibt mir nur noch eines: Euch Spaß beim Lesen zu wünschen beziehungsweise diesmal sogar beim Nachkochen der Rezepte. Und wenn ihr beim Lesen Lust bekommen habt, das Krimidinner vom Messner Hof zu spielen, verrate ich euch ein Geheimnis: Wer meinen Newsletter abonniert, bekommt als Freebie die Anleitung zu diesem Krimidinner in digitaler Form von mir zugeschickt. Und wer den Newsletter fleißig liest, erhält monatlich Infos über den Messner Hof und seine

Bewohner, außerdem Kurzkrimis zum Mitraten und vieles mehr.

Abonnieren könnt ihr ihn auf meiner Website *www.heiditroi.me* oder indem ihr diesen QR-Code einscannt:

Ich würde mich freuen!

Und wenn ihr mal schnell eine Frage habt oder eine Rückmeldung oder einfach ratschen wollt: Das geht natürlich bei einem Kaffee in Brunis Bar oder – wenn ihr dafür zu weit weg wohnt: In den sozialen Netzwerken bin ich ziemlich aktiv und ich freue mich, wenn ihr mir folgt und mich ansprecht.

Bis dahin!

Pfiat enk, Heidi

REZEPTE

MELCHERMUAS / MELKERMUS

Zutaten für 4 Personen:
150 g Butter
200 g Mehl
750 ml Milch
Eine Prise Salz
100 g Butter zum Anbraten
Zucker und Zimt zum Bestreuen,
alternativ Preiselbeermarmelade

Zubereitung:
150 g Butter in einem Kochtopf zergehen lassen, dann das Mehl hinzugeben und so lange rühren, bis das Fett aufgesaugt ist. Die Milch mit einer Prise Salz einrühren, bis ein glatter Teig entsteht, der so dickflüssig ist, dass der Rührlöffel stecken bleibt.
Nun in einer Pfanne 100 g Butter zergehen lassen, die Mehl-Milch-Masse hineingeben, etwas andrücken und in der Butter schwenken, bis die Unterseite goldgelb gebräunt ist. Das Muas wie einen dicken Pfannkuchen wenden und die zweite Seite ebenfalls leicht anbräunen lassen. Den Prozess gegebenenfalls wiederholen, bis das ganze Muas eine schöne Kruste hat.
Die Pfanne vom Herd nehmen und das Muas mit Zucker sowie eventuell etwas Zimt bestreuen. Statt mit Zimt kann es auch mit Preiselbeermarmelade oder -kompott serviert werden. Es wird direkt aus der Pfanne gegessen und ein Glas Milch dazu getrunken.
Am besten schmeckt das Melchermuas, wenn es über offenem Feuer in einer Eisenpfanne zubereitet wird.

MINGGILAN/NIGILAN

Zutaten für ca. 30 Stück:
Ca. 550 g Weizenmehl
1 Würfel frischer Germ (Hefe)
40 g Zucker
40 g Butter
ca. 200 ml lauwarme Milch
3 Eier
Schale einer unbehandelten Zitrone
1 Prise Salz
Wer mag: etwas Anis
Öl zum Frittieren

Zubereitung:
Eine Handvoll Mehl mit dem Germ, dem Zucker und etwas lauwarmer Milch glattrühren und dieses sogenannte »Dampfl« zugedeckt für etwa 15 Minuten an einem warmen Platz gehen lassen.
Danach die restlichen Zutaten und so viel lauwarme Milch dazugeben, bis ein glatter und geschmeidiger Teig entsteht. Den Teig für etwa eine Stunde zugedeckt an einem warmen Platz gehen lassen.
Das Frittieröl erhitzen.
Mit einem zuvor in Öl getauchten Esslöffel Teigstücke herausstechen und vorsichtig in das heiße Öl gleiten lassen. Die Minggilan von allen Seiten goldbraun backen und anschließend auf Küchenrolle abtropfen lassen. Die Minggilan mit Puderzucker bestreuen und servieren.

GERSTENSUPPE

Zutaten für 4 Personen:
1,5 l Wasser
1 Selchhaxe, alternativ 150 g geräuchertes Schweinefleisch
oder
ein Stück geräucherter Bauchspeck
1 Tasse (ca. 125 g) Rollgerste
1 Stange Lauch
1 Kartoffel
1 Karotte
1 Selleriestange oder ¼ Sellerieknolle
Evtl. Bohnen (über Nacht einweichen lassen)
Etwas Petersilie
Salz und Pfeffer (erst abschmecken – das Fleisch ist
meistens sehr salzig)

Zubereitung:
Lauch in Streifen schneiden und anrösten, dann Wasser auf-
gießen und die Selchhaxe im ganzen Stück hineinlegen (sie
sollte mit Wasser bedeckt sein). Nicht salzen!
Kleinwürfelig geschnittenes Gemüse hinzugeben.
Die Gerste in einem Sieb mit kaltem Wasser waschen und
dazugeben. Köcheln lassen, bis die Gerste weich ist. Dann das
Fleisch herausnehmen und in mundgerechte Stücke schneiden.
Vor dem Servieren mit Salz und Pfeffer abschmecken und mit
feingehackter Petersilie bestreuen.

Kochzeit: Ich rechne eine Stunde Kochzeit pro Kilo Fleisch.
Die Gerste braucht etwa 40 Minuten, bis sie weichgekocht ist.
Also gebe ich sie etwas später hinzu.

Glutenfreie Variante:
Anstatt der Rollgerste kann man Buchweizen verwenden.
So mache ich es immer. Wer's nicht weiß, schmeckt keinen
Unterschied ;-)

Die ersten beiden Bände über Lorenz Lovis, den »Südtiroler Columbo«

Lorenz Lovis, Junggeselle, Mitte Vierzig und geschasster Beamter der Staatspolizei Brixen, schlittert unversehens in sein neues Leben als Bauer und Privatdetektiv hinein und hat gleich alle Hände voll zu tun: Während die Schulden seines Erbbauernhofs von Tag zu Tag wachsen und er sich um die Gunst seiner Angebeteten, Angelika, bemüht, ermittelt Lovis im ersten Band wegen dahingemetzelter Uhus und einem Toten in der Jagdhütte von Baron Carlo Cavagna. Im zweiten Band wird in seinem Weinberg die Leiche einer toten Reiterin gefunden. So beginnt es im beschaulichen Brixner Talkessel ordentlich zu rumoren und Lovis muss all seinen Spürsinn aufbringen, um die Fälle zu lösen.

BAND 1
HEIDI TROI
FEUERTAUFE
368 Seiten · 13,5×20,5 cm
Klappenbroschur
978-3-7104-0214-2 · € 14,00

BAND 2
HEIDI TROI
BEWÄHRUNGSPROBE
320 Seiten · 13,5×20,5 cm
Klappenbroschur
978-3-7104-0215-9 · € 14,00